Im Namen der Vergeltung
Marcus Hünnebeck & Chris Karlden

Verlag:
Zeilenfluss
Sonnenstraße 23
80331 München
Deutschland

ISBN 978-3-96714-005-7

Texte: Marcus Hünnebeck, Chris Karlden
Bildmaterialien: The old chair with the noose
https://stock.adobe.com/de/246983894 reshoot
Backgrounds Designed by Freepik.com Freepik
Covergestaltung: Buchcoverdesign.de / Chris Gilcher –
http://buchcoverdesign.de;
Lektorat: Philip Anton
Korrektorat: Sandra Nyklasz, Dr. Andreas Fischer
Satz: André Piotrowski

Alle Rechte vorbehalten.
Jede Verwertung oder Vervielfältigung dieses Buches – auch
auszugsweise – sowie die Übersetzung dieses Werkes ist nur mit
schriftlicher Genehmigung der Autorin gestattet. Handlungen und
Personen im Roman sind frei erfunden. Ähnlichkeiten mit lebenden
oder verstorbenen Personen sind rein zufällig und nicht beabsichtigt.

Im Namen der Vergeltung

THRILLER

MARCUS HÜNNEBECK *&* CHRIS KARLDEN

ZEILENFLUSS

1

Als Gregor Brandt am Nachmittag heimkam, stellte er die beiden Taschen, in denen sich seine nach der Arbeit getätigten Einkäufe befanden, in der Küche ab und legte eine Schallplatte von Charlie Parker auf.

Nachdem er sich frischgemacht und Anzug und Krawatte gegen legere Kleidung getauscht hatte, lehnte er sich in seinen Lieblingssessel im Wohnzimmer zurück, schloss die Augen und genoss die Jazzmusik, die aus den Boxen drang. Die chaotisch anmutenden Bebop-Klänge, die die meisten Menschen als stressig empfanden, beruhigten ihn ungemein. Und Entspannung hatte er dringend nötig.

Der Mordprozess, bei dem er die Anklage vertrat, machte ihm zu schaffen. Auch der heutige letzte Verhandlungstag für diese Woche war nicht so gelaufen, wie er es sich vorgestellt hatte. Ein Zeuge, der den Angeklagten in der Nähe des Tatortes gesehen haben wollte, räumte ein, dass er zum besagten Zeitpunkt betrunken gewesen sei, und meinte auf einmal sogar, dass er sich geirrt haben könnte. Ein gefundenes Fressen für den Anwalt des Angeklagten, der die Aussage des Zeugen genüsslich zerpflückt hatte. Nächste Woche standen zwar noch drei weitere Verhandlungstage und die Schlussplädoyers an, doch Gregor ließ das Gefühl nicht los, dass seine ansonsten nur auf Indizien beruhende Anklage für eine Verurteilung nicht ausreichen würde.

Er seufzte und versuchte das Thema beiseitezuschieben. Es war Freitagabend. Das Wochenende stand vor der Tür, und er war mit seiner Traumfrau verheiratet. In einer

Woche würden sie nach Lissabon fliegen und sechs Nächte in dem luxuriösen Hotel logieren, in dem sie vor einem Jahr ihre Flitterwochen verbracht hatten.

Die Erinnerungen an die Zeit und die Vorfreude darauf, bald in die portugiesische Metropole zurückzukehren, erfüllten ihn augenblicklich mit einem Glücksgefühl. Beschwingt von der Musik erhob er sich aus dem Sessel und begab sich in die Küche.

Etwa eine Stunde später war er mit den Vorbereitungen für das Viergangmenü, mit dem er Rabea zum Abendessen überraschen wollte, so gut wie fertig. Nur den Hauptgang, ein Gemüse-Curry, musste er noch zubereiten.

Als das Telefon klingelte, legte er schnell das Messer beiseite, mit dem er gerade die Paprika schnitt, wischte sich die Finger an einem Küchentuch ab und nahm den Anruf entgegen. Es war Rabea.

»Hallo, mein Schatz«, begrüßte er sie.

»Schön, deine Stimme zu hören. Ich wollte dir nur sagen, dass ich jetzt Feierabend mache. Wie war dein Tag?«

»Nicht der Rede wert. Hast du deinen Artikel fertigbekommen?«

»Es fehlen ein paar Fakten, aber die recherchiere ich nächste Woche.«

»Gut so! Du bist schwanger und musst dich schonen.«

Sie lachte auf. »Du machst Scherze. Wir sind erst in der zehnten Woche. Sag mir lieber, ob du eine Idee hast, was wir zu Abend essen könnten. Ich habe wahnsinnigen Hunger. Soll ich uns etwas mitbringen?«

»Das brauchst du nicht. Ich habe schon was vorbereitet.«

Sie seufzte erleichtert. »Du bist der Beste. Was gibt es denn?«

»Lass dich überraschen.«

Rabea war Vegetarierin. Dies hatte ihn mit der Zeit ebenfalls dazu veranlasst, auf Fleisch und Fisch zu verzichten.

Was er anfangs aus Solidarität getan hatte und ihm nicht leichtgefallen war, war nach den anderthalb Jahren, in denen sie ein Paar waren, zur Gewohnheit geworden. Inzwischen konnte er den ethischen Gründen, aus denen Rabea sich hauptsächlich fleischlos ernährte, durchaus etwas abgewinnen.

Als Vorspeise hatte er eine Karottencremesuppe und einen Rucolasalat mit Schafskäse zubereitet. Zum Nachtisch würde er Mousse au Chocolat mit Eis servieren. Nur auf den dazu passenden Wein würden sie wegen Rabeas Schwangerschaft verzichten müssen.

Die Zutaten für die aus dem Internet stammenden Rezepte hatte er nach dem Ende der heutigen Verhandlung frisch in einem Bio-Supermarkt gekauft. Er sah schon vor sich, wie Rabea aus dem Häuschen geriet, denn normalerweise war sie die Köchin. Er wagte sich nur selten an den Herd und hatte es noch nie in diesem Umfang getan.

»Es ist jetzt sieben Uhr. Wann, denkst du, wirst du zu Hause sein?«, fragte er.

»Der PC fährt gerade herunter. So in zwanzig Minuten.«

»Perfekt.« Wenn er sich beeilte, konnte er das Curry bis dahin zubereitet haben. »Ich liebe dich.«

»Ich liebe dich auch.« Bevor sie auflegte, gab sie ihm einen Kuss durch die Leitung.

Zwanzig Minuten später köchelte das Curry in der Pfanne, und ein Duft von gebratenem Gemüse, Ingwer und Kokosmilch lag in der Luft.

Gregor zog sich noch einmal um, da er Rabea nicht mit der nach Essen riechenden Kleidung in die Arme schließen wollte. Er schaffte es sogar, den Tisch zu decken, klassische Musik aufzulegen und Kerzen anzuzünden, sodass in seinen Augen alles perfekt war.

Als er anschließend auf die Uhr sah, war Rabea bereits eine Viertelstunde überfällig. Das Curry, das auf einer niedrigen Stufe vor sich hin köchelte, wurde langsam zu weich, und die Soße verkochte.

Es war nicht auszuschließen, dass sie auf dem Heimweg in einen Stau geraten war. Im Gegensatz zu ihm besaß Rabea einen Wagen, damit sie bei ihren tagesaktuellen Berichten schnellstmöglich zum Ort des Geschehens oder zu ihren Interviewpartnern gelangen konnte. Aber Stau gab es auf dem Weg von ihrem Büro aus nur selten, und wenn, dann zu einer früheren Uhrzeit. Wahrscheinlicher war, dass sie von einem Arbeitskollegen aufgehalten worden war.

Er nahm das Telefon und wählte ihre Handynummer. Nach dem fünften Klingeln hatte er jedoch nur die Stimme ihrer Mailboxansage in der Leitung. Allmählich trübte sich seine gute Laune ein. Musste das sein? Warum ließ sie ihn warten?

Er setzte sich vor den Fernseher und sah sich die Aufzeichnung der letzten Viertelstunde eines Fußballspiels vom vergangenen Wochenende an. Dann versuchte er erneut, Rabea zu erreichen. Als er über das Handy wieder keinen Erfolg hatte, wählte er ihre Büronummer. Auch dort hob sie nicht ab.

Das Curry war mittlerweile verkocht. Er stellte die Herdplatte ab und blickte missmutig auf das Essen, auf das ihm der Appetit erst einmal vergangen war. Aber dann machte er sich klar, dass es einen Grund für Rabeas Verspätung geben musste. Normalerweise rief sie an, wenn sie aufgehalten wurde. Rabea wusste nicht, dass er etwas Warmes vorbereitet hatte. Vermutlich ging sie davon aus, dass er – wie schon so manches andere Mal – Antipasti gekauft und frisches Brot und Käse aufgeschnitten hatte. Vielleicht hatte sie beschlossen, doch einen Zwischenstopp bei ihrem Lieblingschinesen einzulegen, um von dort etwas mitzubringen. Das wäre zwar überflüssig, aber sagte man schwangeren Frauen nicht nach, dass sie ganz plötzlich bestimmte

Essensgelüste überkamen, von ihrem Heißhunger ganz zu schweigen?

Weitere zehn Minuten vergingen, in denen er sich eine wissenschaftliche Sendung anschaute, die sich mit dem Nutzen und den Gefahren von künstlicher Intelligenz beschäftigte. Als er auf die Uhr sah, verwandelte sich sein Unmut und das seltsame Rumoren in seiner Magengegend in ein sehr genau bestimmbares Gefühl: Verunsicherung.

Er schaltete den Fernseher aus. Es war nun vollkommen ruhig in ihrer neunzig Quadratmeter großen Wohnung am Prenzlauer Berg. Zuvor hatte Rabea allein hier gelebt. Als sie drei Monate zusammen gewesen waren, war er aus seiner kleinen Zweizimmerkiste in Friedrichshain zu ihr gezogen.

Zwei Stehlampen, die sie auf einem Antikflohmarkt erstanden hatten, tauchten das Wohnzimmer in ein schummrig warmes Licht. Hier konnte man sich wohlfühlen, und im Allgemeinen tat er das auch. Doch nun schnürte ihm ein unsichtbares Band allmählich die Kehle zu, und das Blut rauschte in seinen Ohren.

Es war einfach zu viel Zeit vergangen seit ihrem Telefonat. Niemals würde Rabea ihn so lange im Ungewissen lassen.

Das Klingeln an der Wohnungstür riss ihn aus der Umklammerung seiner düsteren Gedanken. Das musste sie sein. *Endlich.* Er sprang aus seinem Sessel auf, als wäre das Läuten der Startschuss für einen Hundertmeterlauf.

Während er zur Wohnungstür eilte, machte sich schlagartig Erleichterung in ihm breit. Gleichzeitig schossen ihm verschiedene Gedankenfetzen durch den Kopf. Warum klingelte Rabea? Sie hatte doch einen Schlüssel. Aber klar, sie musste ihn verloren haben. Und den Autoschlüssel und ihr Handy gleich noch dazu. Das war die Erklärung für ihre Verspätung. Oder ein Dieb hatte ihr beim Verlassen des Bürogebäudes die Handtasche samt Inhalt gestohlen.

Bevor ihm Zweifel an seinen hastig entwickelten Theorien kommen konnten, riss er die Tür auf. Das breite Lächeln auf seinen Lippen erstarb, seine Mundwinkel sackten nach unten. Mit zusammengezogenen Augenbrauen musterte er den Mann und die Frau, die mit betretenen Mienen im Hausflur standen.

Die Sneakers des Mannes waren abgenutzt. Seine Steppjacke war aus der Mode gekommen. Gregor schätzte ihn auf Ende fünfzig. Vielleicht ließen ihn aber die dunklen Ringe unter den Augen, die aschfahle Gesichtsfarbe und das schüttere Haar nur älter wirken.

Die Frau hatte ihre Haare zu einem Zopf zusammengebunden. Sie hatte etwas Verletzliches in ihren Zügen und war in eine enganliegende Daunenjacke gehüllt. Ihre schwarze Jeans passte zu ihren wie neu aussehenden schwarzen Stiefeln.

»Wir sind von der Kriminalpolizei«, sagte der Mann. Er senkte den Kopf und massierte sich mit Daumen und Zeigefinger die Stirn.

Auf Gregors Ohren legte sich augenblicklich ein unangenehmer Druck, der sein Gehör fast vollständig blockierte. Er wandte sich der Frau zu, doch auch sie hatte nun die Augen niedergeschlagen und gab ihm erst gar nicht die Möglichkeit zu einem Blickkontakt.

Als der Mann wieder zu ihm aufsah und weitersprach, glaubte Gregor, dass dieser ihm seinen Namen und den der Frau nannte. Aber genau wusste er es nicht, denn er nahm die Worte des Polizisten wie lang gedehnt und unnatürlich tief moduliert wahr, als ob jemand einen Film inklusive des Tons in Zeitlupe abspielen würde.

Gleich darauf konnte Gregor wieder normal hören – als hätte jemand die Korken, die den Schall zuvor absorbiert und verändert hatten, aus seinen Ohrmuscheln gezogen.

»Sind Sie Staatsanwalt Gregor Brandt?«

Gregor merkte, dass sein Mund leicht geöffnet war. Seine Zunge war rau wie Sandpapier, sein Hals staubtrocken.

»Ja.« Es war kaum mehr als ein Hauchen. Seine Beine wurden weich. Er hielt den Atem an und begann kaum merklich zu zittern.

»Ich bedauere sehr, Ihnen mitteilen zu müssen, dass es einen Unfall gegeben hat. Ihre Frau Rabea ist dabei ums Leben gekommen.«

Gregors kalte Hand rutschte von der Türklinke ab, die er bis jetzt umklammert hatte. Seine Beine gaben nach. Der Mann machte einen Schritt nach vorne, packte ihn stützend am Oberarm und half ihm, sich wieder aufzurichten. Wie in Trance strauchelte Gregor zurück ins Wohnzimmer bis zu dem breiten Fenster, von dem man auf die Straße und die gegenüberliegenden Häuser sehen konnte. Er neigte den Kopf nach unten, und sein Blick fiel auf das gerahmte Hochzeitsfoto, das neben ein paar Urlaubsfotos auf der Fensterbank stand und auf dem Rabea ihm ein vor Glück strahlendes Lachen zuwarf. Er empfand eine ungeheure Leere.

»Das kann nicht sein. Ich habe eben noch mit ihr telefoniert«, flüsterte Gregor mehr zu dem Foto seiner Frau als zu den beiden Beamten.

Er spürte einen sanften Druck auf seiner Schulter. In der reflektierenden Fensterscheibe erkannte er, dass der Kriminalpolizist hinter ihn getreten und es seine Hand war, die auf seiner Schulter ruhte. Mit etwas Abstand zu ihnen stand die junge Frau. Sie sah mitgenommen aus.

»Es tut mir wirklich sehr leid«, sagte der Mann.

Gregor drehte sich um. Sein Atem ging flach, ihm war speiübel, und er hatte Tränen in den Augen. Trotzdem versuchte er sich einen Ruck zu geben und die Tatsachen nicht kampflos hinzunehmen.

»Rabea wollte Feierabend machen und dann sofort nach Hause kommen. Sie ist eine besonnene Autofahrerin. Insbesondere jetzt, wo sie schwanger ist. Es muss eine Verwechslung vorliegen.« Seine Stimme klang wimmernd und hell. Er erkannte sie selbst kaum wieder.

Die junge Polizistin schloss kurz die Augen und biss sich auf die Unterlippe.

Der Kripobeamte musste schlucken und massierte sich mit der rechten Hand die Schläfe. »Leider ist ein Irrtum ausgeschlossen«, sagte er dann. »Wir konnten sie anhand ihrer Papiere zweifelsfrei identifizieren. Ihre Frau wurde beim Überqueren der Straße vor dem Nebeneingang des *Berliner Boulevardblatt* von einem Auto erfasst und dabei tödlich verletzt. Vermutlich wollte sie zu ihrem Wagen, der auf der anderen Straßenseite geparkt war.«

Er konnte sich nicht mehr daran erinnern, was im Anschluss daran geschehen war. Die folgenden Tage glichen einem Albtraum, der zwar echt wirkte und ihn in seiner Grausamkeit mitten ins Herz traf, dem er aber dennoch nur als Zuschauer beizuwohnen glaubte. Es hatte etwas Surreales.

Er sah sich gemeinsam mit Rabeas Mutter die Beisetzung organisieren, und gleichzeitig fühlte es sich an, als ob seine Frau nur verreist wäre und jeden Moment wieder nach Hause und zur Wohnungstür hereinkommen würde. Vielleicht lag es an den Beruhigungsmitteln, die er – ohne auf die zulässige Dosis zu achten – eingenommen hatte und die über seine Wahrnehmung einen nebulösen Schleier legten.

Erst ein paar Tage nach Rabeas Beerdigung begriff er allmählich, dass er den Rest seines Lebens ohne sie verbringen musste, dass er sie tatsächlich nie wiedersehen, spüren und mit ihr reden würde. Dass ihr gemeinsames Kind mit ihr gestorben war und er niemals ihr Baby in den Armen halten würde. Die Trostlosigkeit dieser Erkenntnis ließ sein Innerstes zersplittern. Trauer und Angst vor der Zukunft bohrten sich wie Dolche in seine Brust und Eingeweide.

Der Wagen, der Rabea frontal und ungebremst niederschmettert hatte, war kurz zuvor gestohlen worden und laut Augenzeugen mit viel zu hoher Geschwindigkeit herangerast. Rabea hatte keine Chance gehabt auszuweichen. Nachdem der Wagen sie überrollt hatte, hatte der Fahrer angehalten, war zu ihr gegangen und hatte sie leicht gerüttelt. Vermutlich um festzustellen, ob sie noch lebte. Dann war er wieder ins Auto gestiegen, ohne von irgendjemandem daran gehindert zu werden, und weitergefahren, als ob nichts geschehen wäre. Später hatte die Polizei den Unfallwagen ausgebrannt auf einem verlassenen Industriegelände vorgefunden. Etwa dreißig Meter von dem Wagen entfernt konnte ein Lederhandschuh mit Rabeas Blut an den Fingern und Hautpartikeln des Handschuhträgers im Inneren sichergestellt werden. Möglicherweise war der Handschuh dem Fahrer unbemerkt aus der Jackentasche gefallen, als er sich von dem brennenden Auto entfernt hatte. Doch trotz dieses Beweisstücks konnte der Unfallverursacher bisher nicht ermittelt werden.

Als Staatsanwalt hatte er mit vielen Angehörigen von Opfern von Gewaltverbrechen gesprochen. Die Begegnungen hatten ihn jedes Mal zutiefst erschüttert. Dabei war er sich immer bewusst gewesen, dass er niemals in der Lage sein würde, deren Leid nachzuempfinden. Nun spürte er selbst diesen unerträglichen Schmerz, der, wie es schien, niemals enden würde.

2

Dreizehn Monate später

Montag

Gustav Freund legte den Kopf in den Nacken und streckte sein Gesicht der warmen Herbstsonne entgegen. Mitte Oktober, und man gewann jetzt am Nachmittag den Eindruck, es wäre noch immer Hochsommer. *Herrlich!*

Er lächelte zufrieden. Gut, dass er genügend Überstunden angesammelt hatte, um eine Stunde früher nach Hause zu gehen, ohne schief angeschaut zu werden. So konnte er ohne schlechtes Gewissen einen Umweg über den Park wählen und ein bisschen Sommergefühle tanken. Der Berliner Winter würde wieder grau und lang sein und die Gemüter der Einwohner quälen – daran zweifelte Freund nicht. Spätestens, wenn sich der erste Schnee in Matsch verwandelte, würde seine Laune – genau wie die seiner Mitmenschen – noch tiefer im Keller sein als die Temperaturen.

In fünfzig Metern Entfernung, unweit eines kleinen Spielplatzes, stand ein Eisverkäufer mit seinem Wagen. Davor warteten ein paar Kinder. Deren Eltern beobachteten die Sprösslinge oder hatten sich gleich an ihre Seite gestellt. Ein Vanilleeis wäre jetzt genau das Richtige. Vielleicht noch eine Kugel Stracciatella dazu? Bei Eissorten mochte er es klassisch. Freund reihte sich in die Schlange ein. Möglichst unauffällig beäugte er die Kinder. Die meisten waren im

Vorschulalter, von bezaubernder Unschuld. Sie lachten, plapperten oder zappelten unruhig herum.

Freund liebte Kinder.

Oh ja, er liebte sie!

Fast wäre er aus der Reihe geflüchtet, doch in diesem Moment fragte ihn der Verkäufer nach seinen Wünschen.

»Vanille und Stracciatella«, antwortete er. »In der Waffel.« Er musste sich zwingen, dem Eisverkäufer in die Augen zu schauen.

Der lächelte ihm zu und holte eine Waffel aus dem Vorratsbehälter. Nun schweifte Freunds Blick doch umher. Am Rand des Spielplatzes waren ausschließlich Frauen zu sehen. Hatte die Gleichberechtigung ausgerechnet in diesem Viertel noch keine Fortschritte erzielt? Die meisten Mütter waren jung, höchstens Mitte zwanzig. Zwischen ihnen ein paar ältere Frauen – wie Sommersprossen auf einem sonst makellosen Gesicht.

»Bitte sehr. Das macht zwei Euro vierzig.« Der Verkäufer hielt ihm das Eis entgegen.

Freund griff nach seinem Portemonnaie und zahlte den Betrag passend, dann nahm er die Waffel in die Hand. »Danke.«

»Bis zum nächsten Mal.«

Freund strebte eine der Parkbänke an, die um den Sandkasten gruppiert waren. Einige der Mütter musterten ihn misstrauisch, doch es war sein gutes Recht, hier eine Pause einzulegen. Immerhin stand nirgendwo ein Schild, das den Aufenthalt für Erwachsene ohne Kinderbegleitung untersagte.

Er leckte an dem Stracciatellaeis und schloss die Augen. Im Gegensatz zu manch anderen Gesellen liebte er die Geräusche der spielenden Kleinen. Sie hatten eine sehr beruhigende Wirkung auf ihn.

Freund bedauerte es zutiefst, dass seine Ehe mit Veronika

ungewollt kinderlos geblieben war. Ob die Partnerschaft besser verlaufen wäre, wenn sie einem Jungen oder Mädchen das Leben geschenkt hätten?

Er dachte an den Streit von gestern Abend, der sich an einer Kleinigkeit entzündet hatte. Wie so oft. Ständig genügten unwichtige Bemerkungen, um eine lautstarke Diskussion zu provozieren.

Freund seufzte.

»Geht's Ihnen nicht gut?«

Er drehte seinen Kopf zur Seite und öffnete die Augen. Unbemerkt hatte sich eine junge Frau Mitte zwanzig neben ihn gesetzt, die ihn leicht besorgt musterte.

»Alles in Ordnung, danke.«

»Sie haben gestöhnt«, informierte sie ihn.

»Eher geseufzt«, korrigierte er. »Ich habe an meine Frau gedacht. Wir haben jahrelang versucht, Nachwuchs zu bekommen. Hätte es geklappt, würde ich jetzt wahrscheinlich mit meinem Sohn hier sitzen.«

»Oder Ihrer Tochter. Das tut mir sehr leid.«

»Mir auch.« Er erhob sich. Obwohl das Eis bereits leicht tropfte, unterband er den Impuls, es abzulecken, solange ihn die Frau musterte. »Ich wünsche Ihnen einen schönen Tag.«

»Ebenso.«

Plötzlich kam er sich wie ein Störfaktor in einer heilen Welt vor. Schnellen Schrittes verließ er den Spielplatz. Diesen Umweg sollte er in nächster Zeit wohl nicht mehr wählen, bevor ihn die hiesige Mutterbrigade auf die Liste potenzieller Kinderschänder setzte.

* * *

Fünfhundert Meter von der Haustür entfernt hatte der Mann den perfekten Beobachtungsposten gefunden. Er parkte unter einer Eiche, deren Zweige noch genügend verfärbtes Blattwerk zierte. Sein Wagen stand komplett im Schatten. Bestimmt würde sich später bei Befragungen der Nachbarschaft niemand an ihn erinnern.

Um nicht der Stille ausgeliefert zu sein, hatte er das Radio eingeschaltet. Unterbrochen von nervigen Jingles und der hektischen Stimme der Moderatorin dudelten *aktuelle Hits und das Beste der Neunziger* aus den Lautsprecherboxen. Nach jedem Lied schaute er auf seine Armbanduhr.

Normalerweise war Freund jeden Nachmittag ein bis zwei Stunden allein zu Hause, ehe seine Frau heimkehrte. Der Job in der Berliner Baubehörde, den der Beamte bekleidete, ließ deutlich regelmäßigere Arbeitszeiten zu als die Führungsposition seiner Ehefrau. Nur selten kamen sie zeitgleich heim. Das hatte er in den letzten Wochen bei seinen Observationen herausgefunden.

Als ihn ein Jingle des Senders zum wiederholten Mal darüber in Kenntnis setzte, dass er dem *zuverlässigsten Verkehrsservice der Stadt* lauschte, wechselte er die Frequenz. Fast im gleichen Moment sah er seine Zielperson die Straße entlanglaufen. Unbeirrt steuerte Gustav Freund das Einfamilienhaus an.

Er blickte zur Uhr. Freund hatte pünktlich Feierabend gemacht. Vielleicht sogar etwas früher als sonst. Falls dessen Ehefrau nicht eher nach Hause kam, blieb ihm genügend Zeit, um seinen Plan auszuführen.

Er griff nach seinem Handy und aktivierte den Countdown, den er auf fünfzehn Minuten einstellte. Ungefähr die Länge von vier radiotauglichen Songs.

Dreieinhalb Lieder und einige vermeintlich witzige Moderatorensprüche später gab das Handy einen sich langsam steigernden Dreiton von sich, der das Ende des Countdowns ankündigte. Er deaktivierte ihn und atmete tief durch. Im Fußraum des Beifahrersitzes stand ein Rucksack, in dem

17

alle Utensilien steckten, die er benötigen würde. Er packte den Tragegriff und deponierte sein Arbeitsgerät kurz auf dem Nebensitz. Aus einer Seitentasche holte er einen Stromschocker heraus, den er einsetzen würde, sobald Freund die Haustür öffnete. Der wanderte in die rechte Jackentasche. Als Rechtshänder käme er so am schnellsten daran.

Bevor er den Wagen verließ, schaute er sich unauffällig um. Niemand zu sehen, der ihn beobachtete. Er stieg aus, warf die Tür zu und verriegelte sie per Funk. Rasch lief er zum Haus der Familie Freund und klingelte.

»Hallo?«, erklang durch die Gegensprechanlage eine müde Stimme.

»Herr Freund? Hier spricht Hauptkommissar Schlenz. Es geht um Ihre Ehefrau.«

»Was ist mit ihr?«

»Machen Sie mir bitte auf?«

Es dauerte nur Sekunden, bis Freund die Tür öffnete.

»Ist Veronika etwas passiert?«

In einer fließenden Bewegung zog er den Stromschocker aus der Tasche. Bevor Freund die Gefahr wittern konnte, drückte er ihm das Gerät an den Hals und verpasste ihm einen starken Stromschlag. Der Mann schrie vor Schmerz, wankte und stürzte ohnmächtig zu Boden.

Er betrat über Freund hinweg den Hausflur. Ohne nach hinten zu blicken, schloss er die Tür. Nun musste er sich beeilen. Er nahm die Beine des Bewusstlosen und schleifte ihn ins Wohnzimmer.

Freund erwachte. Seine Augenlider flatterten, bevor sie aufgingen. Er stöhnte. Hektisch schaute er sich um, bis er seinen Peiniger erkannte, der eine Waffe in der Hand hielt.

Instinktiv krabbelte Freund ein paar Meter zurück. »Was wollen Sie?«

»Die Wahrheit!«, antwortete der Mann. »Du wirst sie mir geben.«

»Worüber?«

»Das weißt du genau.«

Freund schaute den Eindringling an. »Wovon sprechen Sie?«

Der Mann erkannte in den Augen Freunds, wie sehr der sich bemühte, ihn zu identifizieren. Doch selbst wenn es ihm gelänge, würde es ihm nicht weiterhelfen.

Er zeigte nach links. »Du stellst dich auf den Stuhl und legst dir die Schlinge um.«

»Was?«, erwiderte der Beamte verzweifelt. Sein Kopf ruckte zur Seite. Erst jetzt bemerkte er den Esstischstuhl, der nicht mehr an seinem Platz, sondern unter der Wohnzimmerlampe stand. An der Deckenhalterung der Lampe war ein Seil befestigt, an dessen Ende eine Schlinge baumelte.

»Nein«, flehte Freund verzweifelt.

»Entweder das, oder ich schieße dir in die Hoden.«

Instinktiv hielt der Beamte seine Hände schützend vor den Unterleib. »Wieso?«

»Weil ich die Wahrheit hören will.«

»Worüber?«

»Das erfährst du früh genug. Letzte Chance. Eins. Zwei.« Der Mann visierte den Unterleib an.

»Aufhören!« Mühsam rappelte Freund sich auf. Er packte den Rand des Stuhls und zog sich daran hoch.

»Die Schlinge um den Hals!«

Freund schluchzte. Tränen liefen ihm aus den Augen. »Bitte nicht!«

»Flenn nicht rum! Los jetzt! Sonst kommt deine Frau nach Hause, und ich muss sie deinetwegen erschießen. Dir wird nichts passieren, wenn du mir verrätst, was ich wissen will. *Euch* wird nichts passieren. Ich kann verschwinden, bevor Veronika heimkehrt.«

Freund war anzusehen, dass ihm der Gedanke Hoffnung gab. Er kletterte auf die Sitzfläche. Wegen der drei Meter hohen Decke war er noch ein gutes Stück von der Lampenbefestigung entfernt. Zögerlich legte er die Schlinge um seinen Hals.

»Am Knoten zuziehen, bis die Schlinge eng sitzt«, befahl der Mann. Freund folgte dem Befehl. Zufrieden nickte sein Gegenüber. »Warum hast du die Drohung nicht ernst genommen?«

»Welche Drohung?«, erwiderte Freund.

»Falsche Antwort!«

Ohne Vorwarnung trat er den Stuhl beiseite, der polternd zu Boden stürzte. Freund sackte kurz nach unten, bis das Seil den Sturz aufhielt. Seine Beine zappelten, und die beigen Chinos verfärbten sich im Schritt, als sich die Blase des Todgeweihten entleerte.

Gefühllos schaute er Gustav Freund beim Sterben zu. Er wartete, bis die letzte Zuckung versiegte.

»Du hättest es ernst nehmen sollen«, flüsterte er.

Bevor er das Wohnzimmer verließ, blickte er sich gewissenhaft um. Er hatte nicht ein Möbelstück ohne Handschuhe berührt. Die Bullen könnten ihn nicht durch solch einen einfachen Fehler überführen. Er holte sein Handy heraus und schoss ein Foto des Toten. Dann ging er hinaus.

3

Das Ehepaar Freund nannte ein schönes Haus sein Eigen. Dem Fallanalytiker Hannes Stahl fielen die zahlreichen liebevoll gestalteten Details ins Auge. Die Holzmöbel im Wohnzimmer passten perfekt zusammen und schienen zu einer Möbelserie zu gehören. An den Wänden hingen Gemälde, bei denen es sich um Originale angesagter Berliner Künstler handelte. Die Läufer am Boden wirkten hochwertig.

Für einen Zwei-Personen-Haushalt besaß das Ehepaar viel Platz. Von der Haustür führte eine Art Vorraum zu dem Wohnbereich. Keines der Zimmer maß weniger als fünfundzwanzig Quadratmeter.

Veronika Freund hatte Hannes Stahl und seinen beiden Kollegen – Hauptkommissarin Natalie Schrader und Hauptkommissar Benno Reiland – kurz Rede und Antwort gestanden und davon berichtet, wie sie ihren Mann gefunden und den Notruf gewählt hatte. Dann hatte sie ein Weinkrampf überwältigt. Stahl hatte die Witwe zwischen zwei Schluchzern um den Namen des Hausarztes gebeten, und der war innerhalb einer halben Stunde hergekommen. Momentan kümmerte er sich im Schlafzimmer um seine Patientin.

»Finanzprobleme scheinen die Freunds nicht zu haben.« Reiland deutete zu einem der Ölgemälde. »Ist das ein echter Mischer?«

Stahl erstaunte es, dass Reiland den Künstler kannte, der die Berliner Kunstszene seit zwei Jahren *aufmischte* – ein beliebtes Wortspiel im Feuilleton aufgrund seines Nachnamens.

»Ja, aus der Frühphase. Meine Frau und ich waren letztes Jahr auf einer Ausstellung. Da hab ich es gesehen. Entweder haben die Freunds das Bild für die Ausstellung verliehen oder es damals erwor...«

»Könnten wir zur Sache kommen?«, fragte Schrader ungeduldig. »Spart euch die Kunstgespräche für die nächste Vernissage auf. Zwei Morde in fünf Wochen. Beide nach dem gleichen bekannten Muster. Und wir wissen alle, wer der Mörder ist.«

»Nicht so voreilig«, wandte Stahl ein.

Schrader runzelte die Stirn. »Du zweifelst nicht wirklich daran.«

»Heiko Frost hatte für die erste Tat ein Alibi«, schlug sich Reiland auf Stahls Seite.

»Ein schwaches Alibi.« Schrader wurde sichtlich ungeduldig. »Er tötet vor vier Jahren einen alten Stasifunktionär, indem er ihm eine Schlinge um den Hals legt. Zufälligerweise ist dieser Funktionär sein Pflegevater, bei dem Heiko gelebt hat, seitdem er drei Jahre alt war. Anstatt dafür lebenslänglich zu bekommen, tischt er dem Gericht eine unfassbare Lüge auf, die ihm Richter und Schöffen abnehmen. Kaum kommt er ein halbes Jahr später unter Bewährungsauflagen frei, sterben zwei weitere Menschen unter ähnlichen Umständen. Zufall? Ganz sicher nicht.«

»Wir sollten uns nicht darauf versteifen«, widersprach Stahl. »Das erste Mordopfer, Valerie Niebach, war für eine große Immobilienfirma in leitender Position tätig. Gustav Freund arbeitete als Beamter für die Baubehörde. Könnte ein Zusammenhang sein. Vor allem, wenn man an die Bestrebungen denkt, Immobilienfirmen zu enteignen.«

Schrader stöhnte, doch sie hatte Stahls Argumenten nichts entgegenzusetzen. Als erfahrene Hauptkommissarin wusste sie, dass sie gerade am Anfang von Ermittlungen in alle Richtungen denken musste.

Das Öffnen einer Tür unterbrach ihre Diskussion. Aus dem Schlafzimmer kam der Arzt heraus. Er wirkte besorgt.

»Ich habe Frau Freund ein Beruhigungsmittel gegeben. Sie wird vermutlich gleich einschlafen.«

»Können wir sie vorher befragen?«, erkundigte sich Schrader.

Der Arzt verzog den Mund. »Höchstens einer von Ihnen. Nicht länger als fünf Minuten.«

»Ich mache das.« Stahl ging rasch in Richtung Schlafzimmer.

Schrader sollte diese Vernehmung nicht verderben, indem sie den Namen Heiko Frost ins Spiel brachte. Aus dem Augenwinkel sah er, dass sie ebenfalls aufgestanden war, sich nun jedoch wieder hinsetzte.

Er klopfte an die Schlafzimmertür, wartete einen kurzen Moment und betrat den Raum. Die Frau des Opfers schaute ihn mit verweinten Augen an.

»Hallo«, sagte er leise. »Darf ich mich zu Ihnen setzen?« Veronika Freund nickte.

Neben der Tür stand ein Stuhl. Stahl trug ihn ans Bett und nahm darauf Platz.

»Ich würde Ihnen das am liebsten ersparen«, begann er, »aber die ersten Stunden sind in einer Ermittlung immer sehr wichtig.« Absichtlich vermied er das Wort *Mord*.

»Was wollen Sie wissen?«, fragte die Witwe.

Stahl gingen hunderte Gedanken durch den Kopf, doch besonders Fragen nach Eheproblemen erschienen ihm vorläufig unangemessen. Außerdem hatte der Arzt ihm maximal fünf Minuten eingeräumt. Er musste sich auf einen Ermittlungsansatz konzentrieren. Sollte er Schraders Vermutung ansprechen und den Namen Heiko Frost doch erwähnen? Sein Bauchgefühl riet ihm davon ab.

23

»Ist Ihr Mann jemals bedroht worden?« Die Frage ließ verschiedene Möglichkeiten offen.

»Wer sollte Gustav bedrohen?«, erwiderte sie leise.

»Vielleicht wegen seiner beruflichen Stellung?«, entschied sich Stahl für eine Stoßrichtung. »Wir haben in der Zwischenzeit ein bisschen nachgeforscht. Ihr Mann hat bei der Vergabe großer städtischer Grundstücke eine wichtige Rolle gespielt, oder?«

»Ja.«

»Wenn man an die aufgeheizte politische Stimmung denkt …«

Sie starrte zur Wand. »Ich glaube nicht, dass ihn deswegen jemand bedroht hat. Obwohl er nie mit seiner Meinung hinter dem Berg gehalten hat.«

»Welche Meinung?«

»Er hält nichts davon, wenn Kommunen die Hauptverantwortung bei großen Bauprojekten tragen. Gustav meint, private Investoren würden kostengünstiger bauen. Er findet …« Plötzlich hielt sie inne und führte eine Hand an den Mund. »Er *fand*. Oh Gott!«

Stahl umfasste ihre andere Hand. »Sie schaffen das«, versprach er. »Helfen Sie uns jetzt zu begreifen, was geschehen ist.«

»Ich fühle mich gerade so gar nicht stark.« Tränen traten ihr aus den Augen.

Stahl beschloss, die Vernehmung zu beenden. Sie würden in den nächsten Tagen zwangsläufig noch öfter miteinander sprechen, aber heute hatte eine Fortsetzung keinen Sinn mehr. »Ich lasse Sie jetzt in Ruhe. Sollen wir jemanden anrufen, der herkommen könnte?«

»Meine Schwester Julia. Ihre Nummer ist …« Veronika Freund runzelte die Stirn.

»Ich finde sie heraus. Keine Sorge.« Er erhob sich, stellte den Stuhl zurück und verließ den Raum.

24

Um einundzwanzig Uhr standen die Polizisten bei Heiko Frost vor der Wohnung. Der Mann lebte in einem Hochhaus in der fünften Etage.

Schrader klopfte energisch gegen die graue Tür. »Herr Frost, Polizei!«

Hinter ihrem Rücken verdrehte Stahl die Augen. Ein solches Vorgehen verkomplizierte die Situation unnötig.

Trotz ihres polternden Auftritts öffnete ihnen niemand. Ungeduldig drückte Schrader die Klingel. In diesem Moment erreichte der Fahrstuhl ihre Etage. Automatisch drehte sich Stahl um.

»Das könnte er sein.«

Der sechsunddreißigjährige Heiko Frost verließ den Aufzug. In der rechten Hand trug er einen schwarzen Rucksack. Für eine Sekunde hielt er bei ihrem Anblick inne.

Schrader hatte ihn sofort erkannt und rannte in seine Richtung. Tatsächlich wirkte der Mann so, als würde er den Rückzug antreten wollen. Dann straffte er seine Schultern und kam ihnen entgegen.

»Was wollen Sie hier?«

»Zeigen Sie mir Ihren Rucksack«, verlangte Schrader.

»Haben Sie einen richterlichen Beschluss?«

Die Hauptkommissarin griff nach dem Rucksack, den er jedoch außer Reichweite brachte. »Wagen Sie es nicht! Ich kenne meine Rechte.«

»Natalie!«, ermahnte Reiland seine Kollegin. »Vorsicht!«

Schrader besann sich ihrer Pflichten und trat zwei Schritte zurück. »Wo kommen Sie gerade her?«

Frost musterte sie kalt. »Wieso sollte ich ausgerechnet Ihnen das verraten?«

»Es hat einen weiteren Toten gegeben. Er ist genauso gestorben wie Ihr Vater.«

Frost ging an ihr vorbei. »Werner war nicht mein Vater.«

Aus der Hosentasche zog er einen Schlüsselbund.

25

»Herr Frost, können wir uns kurz mit Ihnen unterhalten?«, bat Stahl.

Der Angesprochene führte den Schlüssel ins Schloss. »Mit Ihnen würde ich sogar sprechen. Ihre Kollegen müssen draußen warten.«

»Einverstanden«, sagte Stahl.

»Von wegen!«, widersprach Schrader.

Stahl warf ihr einen finsteren Blick zu. Er ahnte, dass es ihr nicht gefiel, bloß die zweite Geige zu spielen. Offiziell war Schrader in ihrem Dreierteam die Hauptverantwortliche. Doch was hatte es für einen Sinn, jeglichen Kooperationswillen Frosts im Keim zu ersticken?

Reiland sah das zum Glück ähnlich. Er packte ihren Arm. »Wir warten im Auto.«

Er zog sie ein Stück zurück. Unterdessen betrat Frost die Wohnung.

»Darf ich?«, fragte Stahl.

»Meinetwegen.«

In dem schmalen Flur öffnete Frost einen Wandschrank und stellte den Rucksack hinein. »Gehen wir ins Wohnzimmer.«

»Wo waren Sie?«, wollte Stahl wissen.

»In Hamburg.« Frost betrat den großen Raum, in dem es leicht muffig roch. Er ging zur gegenüberliegenden Wand und öffnete zwei der drei Fenster.

»Wie lange?«

»Nur für eine Nacht. Was ist passiert?«

Frost setzte sich an den Tisch, Stahl nahm ihm gegenüber Platz.

»Kennen Sie Gustav Freund?« Der Fallanalytiker achtete genau auf verräterische Zeichen in Frosts Gesicht.

Der war entweder ein guter Pokerspieler oder hatte mit der Sache nichts zu tun. »Nie gehört.«

»Heute ist jemand bei ihm eingebrochen und hat ihn an

der Lampenaufhängung aufgeknüpft. Seitdem Sie entlassen worden sind, ist Freund das zweite Mordopfer, das wie Ihr Pflegevater gestorben ist.«

Frost schloss die Augen. »Ein einziger Fehler! Ich habe *einen einzigen* Fehler begangen! Wissen Sie, wie es ist, wenn man von seiner *Mutter* auf ihrem Sterbebett erfährt, dass man gar nicht aus der Familie stammt? Nein, natürlich nicht. Wie könnten Sie auch! Werner mauerte total. Aber ich fand trotzdem ein paar Sachen heraus. Mein Pflegevater war ein Stasioffizier. Ich bin Systemgegnern weggenommen und zu meiner *Familie* gebracht worden. *Frost* ist nicht einmal mein richtiger Name. Ich trage ihn bloß noch so lange, bis ich die Wahrheit kenne.« Er öffnete die Augen. »Ich wollte Werner nicht umbringen. Aber nachdem ich erfahren habe, dass er wohl selbst für die Folter von Regimekritikern zuständig war, hab ich seine Methoden angewandt.« Frost erhob sich und trat ans Fenster. »Der Stuhl ist versehentlich umgekippt. Ich habe eine Viertelstunde versucht, ihn zu halten. Dann bin ich ins Straucheln geraten. Werner sollte nicht sterben.«

Damit wiederholte Frost genau die Erklärung, die er vor Gericht abgegeben hatte.

»Haben Sie seit Ihrer Entlassung weitergeforscht?«, wechselte Stahl das Thema.

»Deswegen war ich in Hamburg. War leider ein Fehlschlag.«

»Wo haben Sie geschlafen?«

Frost drehte sich zu ihm um und verschränkte die Arme vor der Brust. Nach kurzem Zögern nannte er den Namen des Hotels.

»Wie sind Sie nach Hamburg gekommen? Mit Ihrem Auto?«

»Mir wäre es lieber, wenn Sie jetzt gehen.«

»Herr Frost, im Gegensatz zu meiner Kollegin Schrader glaube ich Ihnen. Helfen Sie mir, Ihr Alibi zu untermauern.«

27

»Ich brauche kein Alibi«, erwiderte Frost. »Außerdem sind es meistens die verständnisvollen Bullen, die einem die größten Schwierigkeiten bereiten. Das weiß ich aus Erfahrung. Wieso habe ich Sie überhaupt hereingelassen? Ein Fehler! Gehen Sie einfach!«

»Bitte!«, unternahm Stahl einen erneuten Versuch. »Haben Sie irgendwo unterwegs getankt?«

»Entweder verhaften Sie mich oder Sie verlassen die Wohnung.«

»Gibt es einen Grund für eine Verhaftung?«

»Verschwinden Sie!«

Stahl schaute in die eiskalten Augen seines Gegenübers. Heute würde er nicht weiterkommen.

»Das war nicht unser letztes Aufeinandertreffen«, warnte er den Mann.

»Als ob ich das nicht wüsste.«

»Ich finde allein heraus.«

Im Flur schaute er zum Wandschrank. Aufgrund von Frosts Verhalten spürte auch er den Drang, den Rucksack zu überprüfen. Doch ohne Durchsuchungsbeschluss wäre jeder darin gefundene Beweis vor Gericht nicht verwertbar. Stahl öffnete die Wohnungstür und trat in den Hausflur.

4

Dienstag

Gregor Brandt lag in seinem Bett, starrte im Schein der Nachttischlampe an die Decke und lauschte den allmählich lauter werdenden Geräuschen der Stadt, die durch die dünne Verglasung in seine Mietwohnung drangen. Auf der Straße vor dem Haus setzte ein reger Autoverkehr ein, und weit entfernt schwoll die Sirene eines Polizeiwagens an und verebbte langsam wieder.

Um sechs Uhr piepte der Wecker. Es war ein schriller, sich schnell wiederholender Ton. Gregor langte neben sich und stellte das Gerät aus, ohne hinzuschauen. Kurz blieb er noch liegen, dann schlug er die Decke beiseite, setzte sich auf die Bettkante und rieb sich mit den Händen durchs Gesicht.

Seit Rabeas Tod litt er unter Schlafstörungen und Albträumen. Meistens kam Rabea darin vor. Und oftmals starb sie auf die eine oder andere Weise. Erst vor einer halben Stunde war er schweißgebadet aus einem solchen Traum hochgeschreckt. Er konnte sich noch an jedes Detail erinnern.

Rabea und er gingen Hand in Hand im Wald spazieren und erfreuten sich auf einer Lichtung an den Blumen, dem hohen, saftig grünen Gras und dem Gesang der Vögel. Doch plötzlich bebte die Erde unter ihnen. Sie wankten wie auf einem Schiff, das in eine Monsterwelle geraten war. Die riesigen Bäume um sie herum wurden entwurzelt und stürzten um. Die Erde zwischen ihnen riss auf, und sie wurden durch einen tiefen und breit klaffenden Spalt voneinander getrennt. Felsbrocken flogen wie Asteroiden durch die Luft und schlugen mit der zerstörerischen Kraft von Bomben auf der Lichtung ein. Er musste mitansehen, wie einer dieser Brocken Rabea traf und zerschmetterte. Dann war er aufgewacht.

Diese Träume waren wie eine parallele Welt. Mittlerweile war er daran gewöhnt. Doch die vergangene Nacht war besonders schlimm und alles andere als erholsam gewesen.

Nachdem er kalt geduscht und sich angezogen hatte, fühlte er sich ein wenig besser. In der Küche bereitete er sich einen Kaffee zu und sog dabei den Duft seines Lieblingsgetränks ein, der ihm in die Nase stieg. Mit dem dampfenden Becher ging er zu seinem an der Wand stehenden Schreibtisch und wandte sich auf dem Drehstuhl den Räumlichkeiten zu, die im krassen Gegensatz zu der Wohnung standen, die er sich mit Rabea geteilt hatte.

Für seine Niedergeschlagenheit und Trauer waren die Erinnerungen, die mit ihrer alten gemeinsamen Wohnung verbunden waren, wie Öl, das man ins Feuer goss. Recht schnell hatte er gespürt, dass er einen Wechsel seines Lebensmittelpunktes brauchte, wenn er wieder in eine Art Normalität zurückfinden wollte.

Er hatte sich für diese kleine Wohnung im Berliner Ortsteil Schöneberg entschieden. Die Küche war schlauchförmig eng und das winzige Bad ohne Fenster. In den kleinen Raum, der zur Straße hinausging, passten nur ein Einzelbett und ein schmaler Schrank. In dem zweiten zur Wohnung gehörenden Zimmer hatte er mit Mühe einen runden Esstisch samt drei Stühlen, eine Kommode, seinen Schreibtisch, den Sessel und das Regal für den Fernseher und den Schallplattenspieler untergebracht.

Nur seinen Lesesessel hatte er aus der alten Wohnung

mitgenommen. Den Rest der Möbel hatte er verkauft oder verschenkt.

Gregor seufzte. Bis auf eine kleine Schallplattensammlung und wenige ausgesuchte Bücher befanden sich keine persönlichen Gegenstände mehr in dieser Wohnung.

Die gemeinsamen Fotos und Videos sowie die Geschenke, die sie sich gemacht hatten, hatte er in dem ihm zur Verfügung stehenden Kellerabteil in einer Umzugskiste verstaut.

Sein Leben hatte sich nach Rabeas Tod in allen Bereichen radikal verändert. So musste er sich eingestehen, dass er seinen Job als Staatsanwalt nicht mehr mit der gleichen Hingabe würde ausüben können. Deshalb hatte er eine Beurlaubung ohne Weiterzahlung seines Gehalts auf unbestimmte Zeit beantragt. Obwohl es streng genommen in seinem Fall keinen Anspruch auf eine solche Freistellung gab, hatte sein Dienstherr sofort eingewilligt. Er könne jederzeit wieder zurückkehren, hatte man ihm versichert. Doch davon war er weit entfernt.

Er nahm noch einen kräftigen Schluck von seinem Kaffee, dann setzte er den Becher auf dem Schreibtisch ab und schaltete den PC ein.

In dem Wandregal über dem Computermonitor stand eine Reihe säuberlich beschrifteter Ordner. Er hatte darin Kopien sämtlicher Ermittlungsergebnisse der Polizei und seine eigenen Recherchen zu Rabeas Tod abgeheftet.

In der Regel pflegte er als Erstes am Morgen darin zu blättern und darüber nachzudenken, ob ihm oder den Ermittlern etwas Entscheidendes entgangen sein könnte. Noch unter den Eindrücken der Albträume der vergangenen Nacht gelang es ihm diesmal jedoch, dem Drang zu widerstehen, und er wandte sich dem Monitor zu.

Der PC war inzwischen hochgefahren. Zunächst rief er seine E-Mails ab, die wie so oft nur aus Werbung bestanden. Nachdem er die Nachrichten des Tages im Internet überflogen hatte, begab er sich auf die Suche nach einem geeigneten neuen Fall für seinen Audio-Podcast, mit dessen Produktion er einen weiteren großen Teil seiner Zeit verbrachte. In einzelnen kostenlos zu beziehenden Episoden widmete er sich darin ungelösten Verbrechen sowie den Angehörigen ums Leben gekommener Opfer von Gewalttaten. Der Name des Podcasts war *Die Vergessenen – Im Schatten des Verbrechens.*

Seinen Eltern, die nicht wussten, was genau ein Podcast war, hatte er erklärt, dass sie sich diesen als Radiosendung vorstellen sollten, die man unabhängig von der Sendezeit hören konnte.

In den letzten beiden Episoden hatte er sich mit dem mysteriösen, ungeklärten Mord an einer Familie beschäftigt. Das Mädchen in der Familie hatte nur überlebt, weil es beim Basketballtraining gewesen war. Der oder die Täter waren nachmittags in die Wohnung eingedrungen und hatten den Vater, die Mutter und den jüngeren Bruder erschossen. Das Motiv war bis heute nicht klar.

Zu hören, wie es der heute Siebzehnjährigen nach der Tat ergangen war und wie sie damit umging, war herzzerreißend gewesen.

Nachdem Gregor seine Suche nach einem geeigneten neuen Fall ergebnislos beendet hatte, klingelte es an der Tür. Während er zur Sprechanlage ging, sah er auf die Uhr. Mittlerweile war es kurz vor acht. Um diese Uhrzeit besuchte ihn normalerweise niemand.

»Hallo?«

»Hi, Gregor, hier ist Nina. Überraschung. Ich habe uns was zum Frühstück mitgebracht. Lässt du mich rein?«

Nina Raber war seine Arbeitskollegin bei der Staatsanwaltschaft gewesen. Sie war sechsunddreißig und damit zwei Jahre jünger als er. Mit ihr hatte er sich am besten verstanden, und über die drei Jahre, in denen er ihr Abteilungsleiter gewesen war, hatte sich sogar eine Freundschaft zwischen ihnen entwickelt. Nina war ein echter Kumpeltyp, und hin und wieder waren sie nach der Arbeit etwas zusammen trinken gegangen. Mehr war zwischen ihnen nie gewesen. Vom Typ her standen sie beide offenbar nicht aufeinander. Nina machte keinen Hehl aus ihren meist nie lange haltenden Beziehungen. Das lag Gregors Ansicht nach daran, dass sie keinen Mann wirklich nah an sich heranließ.

Er drückte den Knopf zur Entriegelung der Hauseingangstür. Seine Wohnung befand sich im Parterre, weshalb Nina wenige Sekunden später vor seiner Tür stand und er sie hereinlassen konnte.

Dabei rümpfte sie die Nase. »Du solltest hier mal ordentlich durchlüften.«

Sie ging voraus, und Gregor schloss die Tür hinter ihr. Im Vorbeigehen warf sie einen kritischen Blick in die Küche und sein Schlafzimmer. Im Wohnzimmer öffnete Gregor das zum Hinterhof gehende Fenster. Nina stellte die beiden Papiertüten aus der Bäckerei auf den Tisch, setzte sich und sah sich um.

»Ich war nicht auf Besuch eingestellt«, sagte er und ging in die Küche, um Geschirr, Marmelade und Butter zu holen.

»War eine spontane Idee. Ich wollte wissen, wie es dir so in deiner neuen Behausung geht, und dachte mir, ein gemeinsames Frühstück wäre nicht schlecht.«

»Und wie findest du es?«, fragte Gregor, als er mit den Sachen zurückkam.

Nina verdrehte die Augen, nickte und lächelte breit. »Ja, schön hast du es hier. Nicht so toll wie in eurer alten Wohnung, aber doch irgendwie gemütlich.«

»Du bist eine schlechte Lügnerin.« Er grinste und ging wieder in die Küche, um den frisch mit dem Vollautomaten gebrühten Kaffee zu holen.

»Der erfahrene Staatsanwalt. Dir kann man einfach nichts vormachen«, meinte sie, als er mit den beiden Tassen zurückkehrte und sich ihr gegenübersetzte.

»Wann kommst du zurück?« Während sie einen Schluck von dem Kaffee nahm, fixierte sie ihn mit neugierigem Blick über den Rand ihrer Tasse hinweg.

»Du weißt, ich hab nicht vor, wieder als Staatsanwalt zu arbeiten.«

»Nun komm schon. Du kannst doch nicht einfach deinen Job aufgeben. Du warst so gut darin. Der Staat braucht dich.«

»Jeder ist ersetzbar.«

»Für mich bist du das nicht.«

»Das sagst du nur, weil du deinen neuen Chef nicht leiden kannst.«

»Schon wieder ertappt.« Nina grinste. »Nein, Quatsch. Wir waren ein gutes Team. Und was willst du denn sonst tun?«

»Ich kann das nicht mehr. Oder von mir aus im Moment noch nicht. Außerdem habe ich meinen Podcast.«

»Aber davon kann man doch nicht leben.«

»Weißt du, dass du dich gerade anhörst wie meine Mutter?«

»Die Frau hat vollkommen recht.«

Gregors Mutter war Lehrerin, sein Vater besaß einen kleinen Buchladen in Berlin. Jeden Sonntag besuchte er die beiden zum Mittagessen, und auch sie konnten nicht akzeptieren, dass er seinen Job als Staatsanwalt, in dem er so überaus erfolgreich gewesen war, an den Nagel gehängt hatte.

»Ich brauche nicht viel zum Leben, und ich habe Ersparnisse.«

Außerdem hatte er eine große Summe aus Rabeas Lebensversicherung erhalten. Doch das Geld rührte er nicht an. Es kam ihm falsch vor.

Nina zuckte mit den Schultern und biss in ihr Croissant. Gregor bestrich ein Brötchen mit Butter und Marmelade und begann ebenfalls zu essen.

»Aber mal ehrlich: Deinen Podcast hört doch kaum jemand, oder? Wer interessiert sich schon für die armen Hinterbliebenen? Und dir tut das Ganze auch nicht gut.«

Er grinste. »Ich habe so meine Fans. Meine Nachbarin von gegenüber zum Beispiel. Sie verpasst keine Episode.«

Ninas Blick ging an ihm vorbei auf das Ordnerregal über seinem Schreibtisch. Dann wandte sie sich wieder ihm zu. »Es war ein Unfall. Solange du das nicht akzeptierst, findest du keine Ruhe.«

Gregor zog die Augenbrauen zusammen. »Der Wagen war gestohlen, und der Fahrer hat sich aus dem Staub gemacht.«

»Er ist gerast und hat sie vermutlich nicht rechtzeitig gesehen. Die Polizei hat den Fahrer nicht ausfindig machen können, und du kannst das auch nicht. Du machst dich kaputt, wenn du weiterhin von einer vorsätzlichen Tat ausgehst und die Gründe dafür in Rabeas Arbeit als Enthüllungsjournalistin suchst. Vielleicht gibt es irgendwann einen Treffer in der DNA-Datenbank. Aber bis dahin solltest du mit deinen eigenen Ermittlungen aufhören und dich wieder dem Leben zuwenden. Rabea hätte das auch so gewollt.«

Gregor senkte den Kopf. Der Fahrer hatte den Wagen in Brand gesetzt und damit alle Spuren darin vernichtet. Bis auf den Handschuh. Es war die einzige Spur, die geblieben war.

»Du hast ja recht«, sagte Gregor schließlich.

»Ich muss leider schon wieder los.« Nina erhob sich. »Heute ist ein herrlicher Tag. Versprich mir, dass du ein bisschen den Kopf in die Sonne hältst und dich bald bei mir

35

meldest. Wir sollten mal wieder zusammen was trinken gehen, okay?«

»Versprochen. Lieb von dir, dass du dir Sorgen um mich machst, und danke für das Frühstück.«

Nachdem sie sich verabschiedet hatten, meldete ein Signalton den Eingang einer E-Mail. Als Gregor den Absender las, atmete er geräuschvoll durch und rieb sich mit der Hand übers Gesicht.

Die Mail stammte von Timo Weiler, einem der wenigen treuen Hörer seines Podcasts. Genau wie er hatte Weiler seine Frau bei einem tragischen Autounfall verloren. Ein betrunkener Lkw-Fahrer hatte sie auf dem Gewissen. Er hatte die Studentin, die mit dem Fahrrad auf dem Weg zur Uni gewesen war, beim Rechtsabbiegen übersehen und noch hundert Meter unter dem Lastwagen mitgeschleift, bevor er bemerkte, dass er jemanden überfahren hatte. Das hatte Weiler ihm in seinen vorhergehenden E-Mails geschildert.

Gregor öffnete die neue Nachricht. Wie er bereits vermutet hatte, bot Weiler erneut an, sich mit ihm zu treffen und für den Podcast interviewen zu lassen. Gregor schloss die Augen und presste die Lider zusammen. Bisher hatte er Weilers Offerte abgelehnt, da ihn dessen Geschichte zu sehr an seine eigene erinnerte und er befürchtete, dass ihn das Interview zu stark mitnehmen würde. Aber vorhin bei seiner Internetrecherche war er auf keinen Fall gestoßen, der für eine neue Podcast-Episode infrage gekommen wäre.

Er biss die Zähne zusammen, dann gab er sich einen Ruck und schrieb Weiler, dass er sich gerne heute um vierzehn Uhr im Wilmersdorfer Park bei den Schachtischen aus Stein mit ihm treffen würde. Eine halbe Stunde später antwortete Weiler, dass er sich sehr auf das persönliche Kennenlernen freue und pünktlich da sein werde.

5

Um halb zwölf Uhr mittags verließ Gregor Brandt seine Wohnung. Aufgrund der hohen Temperaturen verzichtete er auf eine Jacke und trug stattdessen über seinem T-Shirt nur eine dünne Kapuzenweste. Das digitale Aufnahmegerät und das separate Mikrofon für das Interview mit Timo Weiler befanden sich in seinem Rucksack.

Als er sich umdrehte, um die Wohnung abzuschließen, hörte er, dass hinter seinem Rücken die Tür geöffnet wurde. Er ahnte bereits, was nun kommen würde, und sollte recht behalten.

»Guten Tag, Herr Brandt.« Die krächzende, helle Stimme seiner Nachbarin Elfriede Majewski war unverwechselbar.

Gregor atmete durch, setzte ein breites Lächeln auf und drehte sich um.

»Frau Majewski«, sagte er in gespieltem Erstaunen.

Gleich als Erstes nach seinem Einzug vor acht Monaten hatte sie ihn neugierig nach seiner Arbeit gefragt. Er hatte den Fehler begangen, ihr zu erklären, dass er Staatsanwalt gewesen sei und nun einen Krimi-Podcast produzieren würde. Elfriede Majewskis Augen waren riesig geworden.

»Das ist ja großartig«, hatte sie gerufen. »Wissen Sie, ich liebe Krimis. Ich lese nichts anderes. Mittlerweile bringe ich es im Schnitt auf zwölf Bücher im Monat. Aber kein Wunder, ich arbeite ja an der Quelle. In der Stadtbibliothek, halbtags.« Nach jedem ihrer Sätze folgte ein hysterisches Auflachen.

Gregor wusste auch, dass Elfriede geschieden war und keine Kinder hatte.

»Ich habe Sie zufällig aus Ihrer Wohnung kommen sehen und dachte mir, jetzt fange ich Sie einfach mal ab und frage, wann Ihre nächste Podcast-Episode herauskommt. Ich warte sehnsüchtig darauf.«

Gregor bezweifelte, dass diese Begegnung ein Zufall war. Er traute ihr durchaus zu, dass sie schon eine ganze Weile hinter dem Türspion auf ihn gelauert hatte.

»Das weiß ich noch nicht so genau. Ich bin aber gerade unterwegs zu einem neuen Interviewgast.«

Elfriede Majewski schlug die Hände vor den Mund. »Wirklich? Verraten Sie mir als Ihrem größten Fan, worum es geht?«

Er zuckte entschuldigend mit den Schultern. »Tut mir leid. Das ist noch ein Betriebsgeheimnis.«

Elfriede machte einen Schmollmund. »Na gut. Die letzte Episode war so ergreifend. Das arme Mädchen! Der Rest ihrer Familie wird scheinbar grundlos ermordet, und sie bleibt ganz allein zurück. Ich war zu Tränen gerührt.«

»Danke. Freut mich, dass es Sie so berührt hat. Ich möchte ja mit diesem Podcast gezielt darauf aufmerksam machen, was Angehörige von Verbrechensopfern durchmachen. Oftmals gerät ihr jahrelang anhaltendes Leid im Schatten der Tat in Vergessenheit. Manche kommen nie darüber hinweg und zerbrechen.«

»Das haben Sie in der Episode hervorragend hinbekommen. Vor allem ist Ihr Podcast authentisch. Sie wissen schließlich, wovon Sie reden.«

Gregor senkte den Blick. Er hatte sich vor ein paar Wochen bei einem Interview dazu hinreißen lassen, zu erzählen, dass seine Frau bei einem Unfall mit Fahrerflucht ums Leben gekommen war. Seitdem wussten seine treuen Zuhörer, dass er auch ein Hinterbliebener eines Verbrechensopfers war. Kurz hatte er erwogen, seine Aussage herauszuschneiden oder die Episode nicht zu veröffentlichen.

Gregor sah theatralisch auf seine Armbanduhr und runzelte die Stirn. »Nun muss ich aber wirklich los, Frau Majewski.«

»Nur noch eins. Sie halten sich ja öffentlich mit Mutmaßungen zurück. Was glauben Sie, wer hat die Familie des Mädchens in der eigenen Wohnung erschossen?«

»Ich weiß es nicht. Ich habe recherchiert, bin aber nicht weitergekommen als die damaligen Ermittler.«

Elfriedes Augen leuchteten auf. »Ich habe eine neue Theorie. Ich würde zu gerne wissen, was Sie davon halten. Wollen Sie nicht mal auf einen Kaffee zu mir kommen?«

»Das kann ich gerne machen«, sagte Gregor und meinte es auch so.

Elfriede Majewski hatte eine Schraube locker, daran bestand für ihn kein Zweifel. Schon öfter hatte sie ihm ihre hanebüchenen Lösungsansätze zu den ungeklärten Fällen aus seinem Podcast im Treppenhaus kundgetan. Aber sie war nett und vermutlich einsam. Daher wollte er ihr den Gefallen tun und ihr demnächst bei einem Kaffee zuhören.

Als er sich an der Haustür noch einmal umdrehte, stand sie weiterhin vor ihrer Wohnungstür und winkte ihm zu. Gregor hob die Hand zum Abschied und trat auf den Bürgersteig.

Draußen war es angenehm warm. Die Sonne fiel auf die herbstlich verfärbten Blätter und ließ diese in einem besonderen Glanz erstrahlen. Selbst die tristen umliegenden Gebäude mit den vereinzelten kleinen Geschäften in den Erdgeschossen erschienen nun einladend freundlich.

Bevor Gregor sich mit Timo Weiler im Volkspark Wilmersdorf traf, wollte er Rabeas Grab einen Besuch abstatten. Der Friedhof, auf dem auch ihr vor ein paar Jahren verstorbener Vater seine letzte Ruhestätte gefunden hatte, lag nur zwei Kilometer von Gregors neuer Wohnung entfernt. Das war mitunter ein Grund gewesen, warum er sich für diese Gegend entschieden hatte.

An einer Straßenecke kaufte er sich an einem Imbiss eine Falafeltasche und nahm diese mit einer Cola an einem der vor dem Lokal aufgestellten Tische zu sich. Danach setzte er seinen Weg fort.

Keine hundert Meter vom Eingang des Friedhofs entfernt gab es ein Blumengeschäft, wo Gregor einen kleinen bunten Strauß kaufte.

Um Viertel vor eins kam er schließlich auf dem Friedhof an. Er mochte die Ruhe, die dieser Örtlichkeit zu eigen war.

Die Urne mit Rabeas Asche ruhte in einem grasbewachsenen Grab, das ein kleiner Granitstein mit ihrem Namen und ihrem Geburts- und Todestag zierte.

Jeden zweiten bis dritten Tag verspürte er das dringende Bedürfnis hierherzukommen. Manchmal erwischte er sich dabei, wie er leise zu ihr sprach. Wenn ihm das plötzlich bewusst wurde, sah er sich unauffällig um, da es ihm peinlich war.

Einmal hatte eine alte Dame, die das Grab ihres Mannes ein paar Meter weiter pflegte, ihn vor sich hinreden gehört und ihm lächelnd zugenickt.

Gregor nahm die welken Blumen, die er vor einer Woche mitgebracht hatte, aus der Vase, die vor dem Grabstein stand, warf sie in den dafür vorgesehenen Kompostbehälter, füllte neues Wasser ein und stellte den frischen Strauß zurück aufs Grab. Obwohl er nicht besonders gläubig war, faltete er die Hände und gedachte seiner Frau.

Rabeas Schwester lebte schon seit Jahren glücklich verheiratet in den USA und hatte inzwischen zwei Kinder. Ihre Mutter war vor zwei Monaten zu ihr gezogen, und so war Gregor nun der Einzige, der sich um Rabeas Grab kümmerte. Hin und wieder sah er auch nach der Ruhestätte ihres

Vaters, der noch in einem Sarg beerdigt worden war. Dieses Versprechen hatte er Rabeas Mutter geben müssen. Aber er hätte dies ohnehin getan, da er wusste, dass Rabea ihn darum gebeten hätte.

Trotz des Sonnenscheins und des blauen wolkenlosen Himmels legte sich beim Betrachten des Grabes eine bleierne Schwere auf Gregors Brust, und ihm wurde kalt.

Es fiel ihm nicht gerade leicht, an die schönen gemeinsamen Erlebnisse zu denken. Stattdessen spürte er wieder den altbekannten Zorn auf denjenigen, der ihm seine Frau genommen hatte, in sich aufsteigen.

Er konnte nicht akzeptieren, dass die Polizei die Ermittlungen ergebnislos eingestellt hatte. Er war wie besessen davon, den Fahrer zu finden, von dem er noch immer glaubte, dass er Rabea absichtlich überfahren haben musste. Möglicherweise wollte er aber auch einfach nicht wahrhaben, dass es eben doch ein tragischer Unfall gewesen war, der Rabea so plötzlich aus dem Leben gerissen hatte.

Seit Monaten suchte er einen Beweis dafür, dass sie ermordet worden war. Vermutlich kam er gerade deshalb nicht von seiner Trauer los.

Neben ihrer Tätigkeit für das *Berliner Boulevardblatt* hatte Rabea an investigativen Storys gearbeitet, die sie an andere Zeitungen und Fernsehsender verkauft oder auf Leak-Seiten selbst veröffentlicht hatte. Sie war davon überzeugt gewesen, dass sie ihren Beitrag für eine bessere Welt leisten konnte, indem sie Missstände aufdeckte, die unter den Teppich gekehrt wurden.

Da er das Passwort für ihren Laptop kannte, war es ihm möglich gewesen, ihre Dateien zu durchforsten. Danach hatte er sich unter Vorgabe fadenscheiniger Gründe – und ohne sich und seine wahre Absicht zu offenbaren – mit Rabeas Informanten und den Personen, denen ihre Artikel geschadet hatten, getroffen. Darunter war ein Bürgermeister, der wegen der von ihr aufgedeckten Machenschaften sein Amt hatte räumen müssen. Ein Politiker, dessen Verbindung zu Rüstungsfirmen sie offengelegt hatte. Ein wegen im Dienst begangener Körperverletzungen suspendierter Polizeibeamter. Ein Fußballschiedsrichter, der von der Wettmafia bezahlt worden war, und so weiter und so fort.

Es war eine lange Liste von möglichen Feinden, die sie sich mit ihren Artikeln geschaffen hatte. Er hatte sogar DNA-Material von diesen Leuten für einen Abgleich besorgt – einmal von einer Kaffeetasse und von einem Zigarettenstummel. Doch bisher ohne Erfolg. Bei der Polizei hatte man eines seiner Beweisstücke für einen Abgleich herangezogen, aber insgesamt fühlte er sich nicht ernst genommen.

Dabei war natürlich nicht ausgeschlossen, dass einer dieser Leute jemanden beauftragt hatte, Rabea zu überfahren und es wie einen Unfall mit Fahrerflucht aussehen zu lassen. Jedoch hatte er bei keiner der Personen, die er getroffen hatte, den Eindruck gewonnen, dass sie für Rabeas Tod verantwortlich zeichnen könnte. Und in der Regel konnte er sich auf sein Gespür und sein Bauchgefühl verlassen.

Um mögliche Motive für einen Mord zu finden, hatte er sich auch alle an ihrem Arbeitsplatz noch vorhandenen Unterlagen zu ihren Artikeln aushändigen lassen.

Unzählige Male hatte er den Chefredakteur aus Rabeas Abteilung aufgesucht und ihn mit Fragen gelöchert, um Näheres über ihre Arbeit zu erfahren. Den für die Ermittlungen in der Unfallsache zuständigen Polizeibeamten hatte er verschiedene mögliche Täter und Hintergründe ihres Todes präsentiert, sodass diese mittlerweile genervt die Augen verdrehten, wenn er wieder einmal bei ihnen vorstellig wurde.

Doch trotz seiner intensiven Recherche war er auf nichts gestoßen, das seine These eines als Unfall getarnten Mordes stützte – neben dem für ihn auffälligen Umstand des ausgebrannten Wagens. Aber auch in diesem Punkt folgte ihm die Polizei offenbar nicht.

Sein Verhalten war bei näherer Betrachtung kaum anders zu bewerten als das von Elfriede Majewski, die die Welt mit ihren Thesen zu ungeklärten Kriminalfällen nervte. Aber es war allmählich genug.

Es war gut, dass Nina heute Morgen zu ihm gekommen war und ihn wachgerüttelt hatte. Im Grunde genommen wusste er es selbst auch schon lange: Er konnte nichts finden, weil es nichts zu finden gab. Er würde nicht zur Ruhe kommen und Rabeas Tod niemals verwinden, wenn er so weitermachte. Es war an der Zeit, endlich einen Schlussstrich unter seine eigenmächtigen Ermittlungen zu ziehen.

Der langhaarige Friedhofsgärtner ging mit einer quietschenden Schubkarre an ihm vorbei und grüßte ihn freundlich. Gregor erwiderte den Gruß und sah auf die Uhr. Es war kurz vor halb zwei. Wenn er pünktlich zu seinem Treffen mit Timo Weiler kommen wollte, war es jetzt höchste Zeit, sich auf den Weg zu machen.

6

Am frühen Nachmittag saßen die Polizisten mit einem Arbeitskollegen des Mordopfers in Gustav Freunds Büro. Seit dem Leichenfund waren fast zwanzig Stunden vergangen. Nennenswerte Fortschritte waren bislang nicht erzielt worden.

Der Kollege namens Jakob Rosenthal hatte vor ihrer Ankunft bereits von der Ermordung erfahren und somit Zeit genug gehabt, die schockierende Nachricht zu verarbeiten. Trotzdem wirkte er noch immer betroffen. Sein Blick glitt mehrfach zur Bürotür, als würde er erwarten, dass Gustav hereinkäme.

»Wie lange haben Sie mit Herrn Freund zusammengearbeitet?«, fragte Stahl.

»Elf Jahre. Wir haben gemeinsam in dieser Abteilung angefangen und uns bei Urlauben und Krankheiten gegenseitig vertreten.« Rosenthal seufzte. »Wir wussten Sachen voneinander, die unseren Frauen nicht bekannt waren.«

»Irgendetwas, das uns in der Mordermittlung weiterhelfen könnte?«, hakte Stahl nach.

Rosenthal entfuhr ein spöttisches Auflachen. »Nur, falls Sie glauben, dass eingewachsene Fußnägel etwas zu der Lösung beitragen.«

»Nein«, sagte Schrader ohne den Anflug eines Lächelns. »Das tut es wohl nicht. Klingelt es bei dem Namen Valerie Niebach bei Ihnen?«

»Wer ist das?«

Seine Reaktion kam so spontan, dass sie Stahl aussage-kräftig erschien. Oder hatte Freund illegale Tätigkeiten vor dem Kollegen gut versteckt?

»Die Abteilungsleiterin der Berliner Immobilienfirma Verstappen. Wir vermuten, Niebach und Freund hatten Kontakt zueinander«, erklärte Schrader.

»Beruflich oder privat?«, wollte Rosenthal wissen.

»Das wissen wir nicht.« Stahl wollte verhindern, dass Schrader den Beamten in eine Richtung lenkte. »Frau Niebach ist vor einigen Wochen unter sehr ähnlichen Umständen gestorben.«

Rosenthal stöhnte. »Oh mein Gott.«

»Es könnte also sein, dass es eine Schnittmenge zwischen den Toten gibt«, fuhr Stahl fort. »Eine Übereinstimmung, die beide Morde erklärt. Herr Freund entschied doch über Grundstücksvergaben?«

»Genau wie ich«, bestätigte Rosenthal.

»Frau Niebach wiederum war zuständig für Grundstücks-aufkäufe durch die Firma Verstappen«, führte Reiland aus.

»Ich verstehe«, sagte Rosenthal. »Sie glauben also, so könnten sie aufeinandergestoßen sein. Das lässt sich leicht herausfinden.«

Stahl richtete sich in seinem Stuhl auf. »Wirklich?«

»Natürlich.« Der Beamte fuhr sich übers Gesicht. »Jeder städtische Grundstücksverkauf wird lückenlos dokumentiert. Ich muss also nur prüfen, ob Gustav jemals in einen Verkauf involviert war.«

Eine Viertelstunde später schüttelte er den Kopf. »Nein, in den letzten zwei Jahren hat die Firma Verstappen keine Grundstücke erworben, über deren Verkauf Gustav oder ich entschieden haben. Tut mir leid.«

Stahl entdeckte Schraders zufriedenen Gesichtsausdruck. Sie sah in Heiko Frost den einzig logischen Verdächtigen, weswegen es ihr gelegen kam, andere Verbindungen auszuschließen. Stahl hingegen wollte nicht so schnell aufgeben.

»Hat sich Verstappen in Person von Frau Niebach denn für Projekte beworben und keinen Zuschlag erhalten?«, brachte Stahl eine weitere Alternative ins Spiel.

»Oh weh«, murmelte Rosenthal. »Das kann ich zwar auch prüfen, aber die Abfrage dürfte ein bisschen länger dauern. Soll ich Ihnen in der Zwischenzeit Kaffee aufbrühen? Ich könnte einen kleinen Koffeinkick gut gebrauchen.«

»Ich hab etwas«, rief Rosenthal aufgeregt wiederum eine halbe Stunde später.

Verwundert schaute Stahl auf seine Armbanduhr und schlürfte den Kaffee zu Ende.

»Ist noch gar nicht lange her. Vor drei Monaten hat sich Verstappen um das Projekt G 273/54 beworben. Gustav hat allerdings einer anderen Firma den Zuschlag gegeben, die das höhere Angebot abgegeben hat.«

»Ist das mit rechten Dingen abgelaufen?« Schlagartig klang Schrader interessiert, anders als noch vor dreißig Minuten.

Bevor Rosenthal antwortete, vertiefte er sich in die Dateien, die ihm der Computer anzeigte. »Definitiv«, sagte er schließlich. »Der Konkurrent hat fünf Prozent mehr geboten. Die dazugehörigen Sicherheitsleistungen sind vergleichbar. Ebenso die Bonität der betreffenden Firmen. Da ist Gustav kein Fehler unterlaufen.«

* * *

Im Präsidium fassten sie die Erkenntnisse zusammen.

Schrader wirkte angetan von der neuen Spur, die vor ihnen zu liegen schien. »Was haltet ihr von folgender Idee: Dunkle Hintermänner ...«

»Dein Ernst?«, fuhr Stahl ihr dazwischen. »*Dunkle Hintermänner? Wieso so dramatisch?*«

»Weil Firmen es gewohnt sind, nicht bei jedem Projekt den Zuschlag zu erhalten. Da muss also mehr dahinterstecken.« Sie verdrehte die Augen. »Du bist doch derjenige, der nichts von Frost als Verdächtigem hält. Dürfte ich das weiter ausführen? *Unbekannte* beauftragen Valerie Niebach, das Projekt G 273/54 an Land zu ziehen. Wahrscheinlich fließen dabei Bestechungsgelder. Gustav Freund soll sich für Verstappen entscheiden. Leider gibt eine konkurrierende Firma ein besseres Angebot ab. Freund bleibt nichts anderes übrig, als der Konkurrenz den Zuschlag zu erteilen. Die unbekannten Hintermänner sind darüber so erbost, dass sie zuerst Niebach und danach Freund töten.«

»Klingt erst mal nicht schlecht«, bekannte Stahl. »Zumindest besser als die Frost-Vermutung. Trotzdem hab ich so meine Bedenken.«

Schrader presste ihre Lippen aufeinander.

»Wir haben die Zahlungseingänge bei Niebach geprüft«, erinnerte Stahl seine Kollegen. »Da war nichts Unregelmäßiges zu entdecken. Außerdem hat uns Freunds Witwe ebenfalls ins Onlinekonto schauen lassen. Da war nichts Auffälliges. Wo sind die vermeintlichen Bestechungsgelder hingeflossen?«

»Dass wir nichts gefunden haben, heißt nicht, dass dort nichts ist«, erwiderte Schrader schnippisch. »Ab sofort fahren wir zweigleisig. Wir nehmen Frosts Alibiangaben haarklein unter die Lupe. Vielleicht finden wir sogar etwas, das auf eine Verbindung zwischen Niebach, Freund und Heiko Frosts Jugend hinweist.«

Stahl stöhnte. »Du suchst nach der Nadel im Heuhaufen.«

»Und du widersetzt dich jedem geeignet klingenden Ermittlungsansatz. Was ist los mit dir? Neben dieser Spur müssen wir noch herausfinden, ob bei Verstappen alles mit rechten Dingen zugeht. Vielleicht sollten wir da anfangen.« Schrader erhob sich. »Kommt ihr?«

Reiland folgte ihrem Beispiel.

Stahl hingegen winkte ab. »Ich bleibe im Präsidium und überprüfe das bisherige Material. Ihr schafft das bei Verstappen sicher allein, oder?«

»Umso besser«, murmelte Schrader, ehe sie das Büro verließ.

* * *

Stahl schloss die Augen und massierte seinen Nasenrücken. Natalie verrannte sich in etwas, und Benno folgte ihr aus reiner Bequemlichkeit, weil er die Auseinandersetzung mit der Kollegin scheute. Also blieb es an ihm hängen, neue Sichtweisen in die Ermittlungen zu bringen.

Wie so oft.

Er dachte an den Akt des Todes. Enthielt er eine Botschaft?

Der Täter überwältigt dich, versetzte sich Stahl gedanklich in eines der Opfer. *Du öffnest ihm die Tür, und er schickt dich mit einem Stromstoß zu Boden. Als du wieder zu dir kommst, musst du dich auf einen Stuhl stellen und dir eine Schlinge um den Hals legen.*

Stahl öffnete die Augen und griff zu den Obduktionsberichten. An diesem Punkt seiner Gedanken verließ er sich auf die Rechtsmedizin. Die Kollegen hatten Spuren an der Haut beider Opfer entdeckt, wie sie bei einem starken Stromstoß entstanden, außerdem Hämatome, die vom Sturz stammen konnten. Sie hatten jedoch keine Hämatome lokalisiert, die darauf hindeuteten, dass die Opfer über den Boden geschleift oder getragen wurden. Wobei das auch nur bei sehr grober Behandlung nachweisbar gewesen wäre – zum Beispiel, wenn der Mörder die Opfer gewollt oder ungewollt irgendwo gegengestoßen hätte.

Er schloss die Augen wieder – diesmal, um sich in den Täter hineinzuversetzen.

Du wartest, bis sie aus der kurzen Bewusstlosigkeit erwachen. Bedrohst du sie mit einer Waffe oder hast du ein anderes Druckmittel?

In seiner Fantasie sah er eine Pistole vor sich.

Ängstlich folgen sie der Forderung, klettern auf den Stuhl und legen sich die Schlinge um den Hals. Was machst du dann?

Stahl betrachtete die Wand ihm gegenüber, an der einige mit Reißzwecken angebrachte Ausdrucke hingen. Er dachte an Heiko Frost. Der hatte seinen Pflegevater mit Waffengewalt in die demütigende Position gebracht und ihm Fragen gestellt. Fragen, auf die er keine befriedigenden Antworten erhalten hatte, weswegen er frustriert eine tödliche Kettenreaktion ausgelöst hatte.

Hatte der Mörder Niebach und Freund ebenfalls zu etwas befragt? Das erschien einleuchtend. Wieso sonst diese umständliche Mordmethode – vorausgesetzt, sie diente nicht bloß dazu, falsche Spuren zu legen?

Noch einmal machte er sich Gedanken über Heiko Frost. War er für die Taten verantwortlich? Stahl glaubte es nicht. Doch wenn er Frost ausklammerte und von einer Befragung der Opfer ausging, konnte das Ganze nicht mit dem Immobilienprojekt zu tun haben. Eine Befragung wäre nicht notwendig gewesen. Sie hätten ihren Teil der Vereinbarung nicht eingehalten und wären deshalb gestorben.

Stahl sah einen gesichtslosen Mörder vor sich, der Niebach und Freund quälte. Von ihnen Antworten forderte, die beide nicht geben konnten.

Was hatte der Unbekannte wissen wollen?

49

Irgendwo musste eine Schnittmenge zwischen den Opfern existieren. Stahl griff zu den Aufzeichnungen, die er über Valerie Niebach angefertigt hatte und die sich hauptsächlich auf Privates konzentrierten.

Zehn Minuten später telefonierte er mit Veronika Freund und hatte sie überzeugt, die Liste von Hobbys und anderen Details durchzugehen.

»Fangen wir an. War Gustav Mitglied in einem Bogensportverein? Ich frage so konkret, weil das erste Opfer Bogensport betrieben hat.«

»Nein«, erwiderte Veronika Freund. »Vereinssport hat ihn nie interessiert.«

Womit sie direkt die nächste Frage beantwortete.

»Hat er sich in einer Partei engagiert? Eventuell auch schon vor ein paar Jahren?«

»Nicht, seitdem wir verheiratet sind.«

»Davor?«

»Weiß ich nicht. Aber ich schätze nicht. Ihn hat so etwas schnell genervt. Gustav ist oft mit Begeisterung an eine Sache herangegangen, die ihn mit zunehmender Dauer immer mehr frustriert hat. Seine Schöffentätigkeit ist ein gutes Beispiel. Anfangs hat er geglaubt, die Welt ein Stückchen gerechter zu machen. Hinterher …«

»Moment«, unterbrach er die Witwe. Hektisch suchte er in den Unterlagen über Valerie Niebach nach dem entsprechenden Punkt. »Ihr Mann war Schöffe?«

»Bis Ende letzten Jahres. An der Großen Strafkammer. Danach ist die Schöffenzeit abgelaufen. Das hat ihn sehr erleichtert.«

Endlich fand Stahl die Notiz. Auch Valerie Niebach hatte bis Ende vergangenen Jahres an der Großen Strafkammer des Landesgerichts Berlin als Schöffin Recht gesprochen.

7

Gregor Brandt stieg an der Station Blissestraße aus der Bahn, ging die Treppe hoch und folgte dem Straßenverlauf in südlicher Richtung. Nach etwa dreihundert Metern erreichte er den Volkspark Wilmersdorf, der zusammen mit dem sich nahtlos anschließenden Rudolph-Wilde-Park über eine Länge von mehreren Kilometern einen hundertfünfzig Meter breiten Grünstreifen bildete. Das hohe Freizeitangebot, das unter anderem aus einer Minigolfanlage, einem Basketball- und mehreren Spielplätzen bestand, lockte bei den sommerlich anmutenden Temperaturen zahlreiche Besucher an.

Jogger drehten ihre Runden. Sonnenanbeter lagen mit freiem Oberkörper auf den frisch gemähten Rasenflächen, und fast alle Bänke waren besetzt. Gregor sah im Vorübergehen in die strahlenden Gesichter von Menschen, die das schöne Wetter offensichtlich genossen.

Ihm selbst war schwer ums Herz. Timo Weilers Frau war auf dem Weg zur Uni mit dem Fahrrad von einem Lkw überrollt worden. Die E-Mails, die Timo ihm geschrieben hatte, ließen auf einen Menschen schließen, dessen Leben dadurch bis heute aus der Bahn geraten war. Je näher Gregor dem vereinbarten Treffpunkt kam, desto unwohler fühlte er sich. Das Schicksal von Weilers Frau war dem von Rabea so ähnlich. Am liebsten hätte er kehrtgemacht.

Er atmete durch und versuchte seine aufkeimenden Erinnerungen an die erste Zeit nach Rabeas Tod zu unterdrücken. Es gelang ihm kaum. Alles war wieder präsent, als wäre es erst gestern geschehen.

Zehn Minuten nachdem er den Park betreten hatte, war Gregor bei den Steintischen mit den eingelassenen Schach- und Mühlemustern, die er als Treffpunkt vereinbart hatte.

Nur drei der acht Tische, die im Schatten alter Kastanienbäume standen, waren besetzt. An zweien davon wurde Schach gespielt. An dem dritten saß ein junger Mann mit dunklen Haaren. Als Gregor näherkam, wandte dieser sich ihm zu. »Sind Sie Timo Weiler?«

Der Mann stand auf, nickte, ohne die Mundwinkel zu verziehen, und reichte ihm die Hand. »Ja, der bin ich. «Sie setzten sich gegenüber an den Tisch. »Ich wohne in Kreuzberg und bin zum ersten Mal hier.«

Sein nach vorne geneigter Kopf ruhte zwischen eingezogenen Schultern. Unter seinen Augen waren dunkle Ränder zu erkennen, und sein Gesicht war blass. Gregor schätzte ihn auf Ende zwanzig.

»Das Wetter lud dazu ein, sich draußen im Grünen zu treffen«, meinte Gregor.

»Das ist richtig. Danke, dass Sie gekommen sind, Herr Brandt.« Seine leise Stimme war von Unsicherheit geprägt.

»Ihre Geschichte ist sehr bewegend.«

»Das ist sie wohl.« Weiler starrte auf die Tischplatte. »Über zwei Jahre ist es her, dass Maja mir genommen wurde. Es vergeht kein Tag, an dem ich nicht an sie denke und mir ausmale, wie sich unser Leben gestalten würde, wenn sie noch bei mir wäre.«

Weiler hob den Blick. Seine Augen waren feucht. »Anfangs habe ich versucht, meinen Schmerz mit Haschisch, Tabletten und Alkohol zu betäuben. Das habe ich mittlerweile im Griff. Aber meine Depression lastet unverändert auf mir, und ich schlafe nach wie vor sehr schlecht. Auch

52

fühle ich mich außerstande, wieder einer geregelten Arbeit nachzugehen.«

»Das tut mir sehr leid für Sie.«

Aus den E-Mails wusste Gregor, dass Timo Weiler Informatik studiert und als Systemadministrator gearbeitet hatte. Er nahm seinen digitalen Aufnahmerecorder und das Mikrofon mit dem Windschutz aus seinem Rucksack. Timo Weiler zog die Augenbrauen zusammen und verfolgte jede seiner Bewegungen.

»Darf ich unser Gespräch ab jetzt aufzeichnen?«, fragte Gregor.

Weiler blinzelte. »Könnten Sie damit bitte noch warten?«

»Ganz wie Sie möchten.« Gregor wollte sein Gegenüber nicht unter Druck setzen.

»An dem Tag, als der Besoffene meine Maja niedergemäht hat, wollte sie nicht zur Uni«, fuhr Weiler fort. »Ich war krankgeschrieben, und sie wollte bei mir bleiben. Ich habe ihr gesagt, dass ich nicht der Grund dafür sein will, dass sie durch ihre Prüfungen rasselt.«

Gregor sah ihn bedauernd an. »Sie dürfen sich deshalb nicht die Schuld geben. Ihr Handeln hat nichts mit dem Unfall zu tun. Sie müssen versuchen, sich selbst zu verzeihen und mit dem Geschehenen abzuschließen – so schwer das auch sein mag.«

»Ihr Podcast hilft mir, damit klarzukommen. Was Sie machen, ist ehrlich und mitfühlend. Man merkt, dass es Ihnen eine Herzensangelegenheit ist, den Fokus auf die Verbrechensopfer und deren Hinterbliebene zu lenken. Die meisten anderen Podcasts, die sich mit *True Crime* beschäftigen, setzen den Täter und die Ausführung des Verbrechens möglichst effekthascherisch in den Mittelpunkt. Als ob es sich dabei nur um irgendeine erfundene Geschichte handeln würde, bei der niemand wirklich zu Schaden gekommen ist. Das empfinde ich als pervers, und es ekelt mich an. Das, was Sie tun, ist das genaue Gegenteil davon. Auch wenn Sie damit kaum Quote machen werden.«

Gregor räusperte sich. »Vielen Dank. Wie sind Sie denn auf meinen Podcast gestoßen?«

»Durch Zufall. Ich weiß nicht mehr, welche Begriffe ich bei Google eingegeben und wonach genau ich gesucht habe. Jedenfalls war Ihr Podcast in den angezeigten Ergebnissen. *Die Vergessenen – Im Schatten des Verbrechens.* Der Titel hat mich sofort angesprochen.«

»Und Sie möchten nun das, was Ihrer Frau zugestoßen ist und wie es Ihnen in der Folgezeit ergangen ist, mit mir und meinen Zuhörern teilen.«

Weiler schluckte, atmete schwerfällig und sah nervös zur Seite.

»Ich will das eigentlich gar nicht. Vielleicht würde es dem einen oder anderen Zuhörer helfen, aber in der Vergangenheit herumzuwühlen und Gegenstand eines Hörbeitrags im Internet zu sein, würde mir selbst nicht guttun. Um ehrlich zu sein, Ihnen meine Geschichte anzubieten, habe ich nur als Vorwand benutzt, um Sie zu treffen.«

Gregor lehnte sich zurück und zog die Augenbrauen zusammen. Ärger keimte in ihm auf. »Aber warum? Warum wollten Sie mich treffen?«

»Es ist jetzt schon über zwei Jahre her, seit Maja starb. Ich habe mein Leben noch immer nicht wieder auf die Reihe gebracht. Ich wollte Sie fragen, wie Sie das geschafft haben. Wie es Ihnen nach dem Unfalltod Ihrer Frau ging und wie Sie sich heute fühlen und damit umgehen. Keine Ahnung … Ich dachte, vielleicht haben Sie ja eine Idee, was ich tun könnte, damit es mir irgendwann wieder besser geht.«

Gregor Brandt holte tief Luft. Er fühlte sich ausgenutzt und verschaukelt. Es kostete ihn einige Beherrschung, ruhig zu bleiben und Timo Weiler nicht anzublaffen, aber der Mann hatte starke seelische Probleme. Er wollte es nicht noch schlimmer machen. Ohne ein Wort zu verlieren, packte er sein Aufnahmeequipment zurück in den Rucksack. Er spürte, dass er dabei innerlich wieder runterkam. Dennoch hätte er am liebsten das Treffen für beendet erklärt. Andererseits tat Weiler ihm leid. Noch war er aber zu aufgewühlt, um sich weiter mit ihm zu unterhalten. Er musste etwas Zeit gewinnen, um sich zu besinnen.

»Ich weiß nicht, wie es Ihnen geht«, sagte er schließlich. »Aber ich habe Durst. Da drüben ist ein Kiosk. Was darf ich Ihnen mitbringen? Ich lade Sie ein.«

Weiler verzog die Mundwinkel zu einem gequälten Lächeln. Die Anspannung wich aus seinem Gesicht. »Danke, das ist sehr nett von Ihnen. Ich würde eine Cola nehmen, ohne Zucker, wenn es geht.«

Wenige Minuten später kam Gregor mit zwei Cola-Dosen zurück. Auch er hatte die zuckerfreie Variante gewählt.

»Danke.« Weiler trank einen Schluck. »Besonders dafür, dass Sie nicht einfach gegangen sind.«

»Es fiel mir, ehrlich gesagt, nicht leicht. Haben Sie denn niemanden, der Ihnen auf professionelle Weise hilft?«

»Sie meinen einen Psychiater?«

»Ja, zum Beispiel.«

»Ich halte nicht viel von diesen Seelenklempnern. Meiner Meinung nach haben die fast alle selbst einen an der Waffel. Darf ich Sie fragen, wie es Ihnen geht, Herr Brandt? Wie lange ist es her, seit Ihre Frau starb?«

Gregor setzte seine Dose an die Lippen und nahm zwei große Schlucke. Das eiskalte Getränk tat gut, half aber nicht über das Unwohlsein hinweg, welches Weilers Frage ausgelöst hatte. Er wollte sich nicht in dieses finsterste Tal begeben. Doch es war schon zu spät.

»Dreizehn Monate und vier Tage«, sagte er. »Sie wurde beim Überqueren einer Straße von einem Auto erfasst, das kurz zuvor gestohlen worden war.« Er biss die Zähne fest aufeinander. Seine Kiefermuskeln zuckten. Es zerriss ihm noch immer das Herz, wenn er über den Unfall redete. Dass Rabea schwanger gewesen war, ging niemanden etwas an.

»Was ist mit dem Fahrer?«

»Er wurde nie gefasst.«

»Das ist wirklich schrecklich. Der Lkw-Fahrer, der Maja überfuhr, sitzt noch für ein paar Jahre im Knast. Aber das bringt mir meine Frau nicht zurück und macht es auch nicht erträglicher für mich. Ich finde es bewundernswert, wie Sie Ihr Leben nach Ihrem Verlust meistern.«

Gregor fiel es auf einmal schwer zu atmen, und ein unsichtbares Gewicht lag auf seiner Brust. »Das scheint nur so. Seit dem Tod meiner Frau leide ich unter Albträumen und Schlafstörungen. Ich predige zwar, dass man akzeptieren muss, was geschehen ist, um ins Leben zurückzufinden, aber selbst habe ich das auch noch nicht geschafft. Stattdessen habe ich an dem Glauben festgehalten, dass es gar kein Unfall war, sondern Mord.«

Weiler runzelte die Stirn und sah ihn überrascht an. »Wie kommen Sie zu dieser Annahme?«

»Meine Frau war Journalistin und hat so manchen Skandal aufgedeckt«, erklärte er. »Ich habe jeden Stein umgedreht, um zu beweisen, dass sie deshalb umgebracht wurde. Aber nun werde ich damit aufhören.«

Weiler nickte. Er wirkte jetzt ausgelassener. Seine Haltung war gerader und seine Stimme nicht mehr ganz so zaghaft. »Danke für Ihre Offenheit. Wenn es nach mir ginge, käme dieser Kerl, der meine Maja umgebracht hat, nie wieder frei. Aber für diesen Verbrecher geht nach ein paar Jährchen alles wieder ganz normal weiter. Ich bin so entsetzlich wütend. Unser Rechtssystem ist viel zu lasch. Ich könnte dieses Dreckschwein umbringen. Er hat den Tod verdient, finden Sie nicht?« Weiler hatte sich regelrecht in Rage geredet.

56

Gregor schwieg, schließlich sagte er: »Danach würden Sie sich auch nicht besser fühlen.«

Weiler sah beschämt unter sich. »Wenn Sie möchten, können Sie meine Geschichte und das, was ich gerade gesagt habe, doch in Ihrem Podcast bringen, ohne Namen zu nennen.«

Gregor schürzte die Lippen. »Danke, ich überlege es mir. Geben Sie mir dann bitte Ihre Telefonnummer? Ich werde gegebenenfalls noch ein paar Detailinformationen benötigen, damit der Podcast die nötige Tiefe bekommt.«

»Ja, klar.« Weiler nannte ihm seine Handynummer, und Gregor speicherte diese in seinem Smartphone ab. »Darf ich Sie anschreiben, wenn ich Ihren Rat brauche?«

»Ich bin kein Psychiater.«

Weiler nickte. »Ich verstehe. Dann danke ich umso mehr für dieses Gespräch. Sie wissen nicht, was mir das bedeutet und wie sehr Sie mir damit schon geholfen haben.«

Als sie sich verabschiedeten, fühlte Gregor sich niedergeschlagen und ausgelaugt.

8

Schrader und Reiland betraten am späten Nachmittag noch einmal das Büro. Gerade Schrader wirkte unzufrieden.

»Du bist ja noch immer im Dienst«, begrüßte sie Hannes Stahl, der an seinem Arbeitsplatz saß. »Häufst du unnütze Überstunden an?«

»Ihr scheint auch nicht sehr erfolgreich gewesen zu sein«, konterte er.

»Wir haben bei Verstappen niemanden aus der Führungsriege angetroffen. Morgen früh hat der Geschäftsführer Zeit für uns«, erklärte Reiland. »Die Mitarbeiter auf Niebachs Ebene waren nicht sonderlich gesprächig. Wobei wir keinen Kollegen aufgetrieben haben, der Valerie der Bestechung oder anderer illegaler Machenschaften für fähig hält.«

»Und der liebe Herr Frost hat uns wieder einmal nicht die Tür geöffnet«, ergänzte Schrader. »Obwohl ich von außen Licht gesehen habe. Verdammt verdächtig!«

»Wenn dir das Leben Zitrone gibt, dann mach Limonade daraus«, sagte Stahl lachend. »Dein Gesicht wirkt so, als hättest du in etwas sehr Saures hineingebissen.«

»Und warum wirkst du so ekelhaft selbstzufrieden?«, fragte sie.

»Ich habe einen Zusammenhang zwischen Niebach und Freund gefunden. Sie kannten sich persönlich.«

»Durch ein Immobiliengeschäft?«, mutmaßte Reiland.

»Hat nichts damit zu tun. Sie waren zwischen 2014 und 2018 als Schöffen an der Großen Strafkammer tätig. Gustav

Freund hat sich dafür freiwillig beworben, Valerie Niebach hatte Pech und ist gezogen worden.«

Schrader sah ihn interessiert an, doch bevor sie ihn unterbrechen konnte, sprach Hannes rasch weiter. »Ich habe noch nicht wahnsinnig viel herausgefunden, weil die meisten Ansprechpartner am Landgericht schon Feierabend hatten oder zumindest kurz angebunden waren. Niebach und Freund haben den größten Teil der fünfjährigen Amtsperiode unterschiedlichen Richtern beigesessen. Doch bei Richter Radke waren sie in mehreren Prozessen gemeinsam tätig. Ich habe morgen früh um elf Uhr einen Termin bei ihm. Vorher hatte er leider keine Zeit. Aber ich komme morgen erst mal nicht ins Präsidium, sondern fahre direkt zum Gericht.«

»Du glaubst, die Ermordung der beiden steht in Zusammenhang mit ihrer Schöffentätigkeit«, folgerte Reiland.

»Ich bin mir absolut sicher.«

Schrader entfuhr ein spöttisches Geräusch.

Stahl sah sie missmutig an. »Was stört dich?«

»Mich wundern vor allem deine Schnellschüsse«, antwortete sie. »Du bist dir sicher, Heiko Frost ist unschuldig. Du gehst davon aus, dass die Morde nichts mit einem geplatzten Immobilienprojekt zu tun haben. Kaum sind wir mal ein paar Stunden unterwegs, entwickelst du eine Theorie und erwartest, dass wir alle anderen Spuren sausen lassen. Manchmal könnte man den Eindruck haben, du seist allwissend.«

»Das hab ich noch nie behauptet.« Er versuchte, den Groll gegenüber Schrader zu unterdrücken. Immerhin war dies nicht die erste Auseinandersetzung zwischen ihnen.

Sie hielt von der operativen Fallanalyse nicht viel. Wenn es nach ihr ginge, könnte man auf solchen *Hokuspokus* bei Mordermittlungen verzichten. Ihrer Meinung nach brachten die Fakten immer den richtigen Mörder ans Licht. Dass sie schon oft durch seine Betrachtungsweise schneller ans Ziel gelangt waren, würde sie vehement abstreiten – trotz der Tatsachenlage.

Statt sich auf eine Grundsatzdiskussion einzulassen, schob Stahl den aufkommenden Frust beiseite. »Ich habe mir Gedanken über die Todesart gemacht.« So kurz wie möglich fasste er seine Überlegungen zusammen. »Der Täter befragt seine Opfer. Wenn ihm die Antworten nicht gefallen, stößt er den Stuhl um. Das passt einfach nicht zu einem geplatzten Immobiliendeal.«

»Ich favorisiere ohnehin die Frost-Spur«, erinnerte Schrader ihn.

»Solange wir keinen Zusammenhang zu Frosts DDR-Vergangenheit herstellen, halte ich das für ziemlich weit hergeholt. Aber zur Schöffentätigkeit passt das Vorgehen des Mörders. Stellt euch vor, jemand wird Opfer eines ungerechten Urteils. Also knöpft er sich die Schöffen vor, um zu erfahren, wie es zu diesen Urteilen gekommen ist. Sobald er Antworten erhält, die ihm nicht passen, rächt er sich.«

»Schöne Theorie«, erwiderte Natalie Schrader. »Allerdings mit hässlichen Makeln. Meine Schwester war vor vielen Jahren selbst Schöffin. In den Urteilen wird nirgendwo protokolliert, wie die Schöffen oder der Richter abgestimmt haben. Wieso sollte sich der Unbekannte nur an Schöffen rächen? Würde er sich nicht eher die Richter vorknöpfen?«

»Vielleicht hat er Angst davor, dass ein Richtermord zu hohe Wellen schlägt. Oder wir stehen erst am Anfang einer Rachewelle. Zunächst die Schöffen, dann die Richter.«

»Überzeugt mich nicht«, bekannte seine Kollegin.

Warum wundert mich das nicht?, dachte Hannes.

»Aber wir können uns gerne morgen früh aufteilen. Du klapperst die Richter ab, wir fahren zum Firmensitz von Verstappen.«

»Seit wann sprichst du eigentlich in Bennos Namen?«, fragte Stahl.

Herausfordernd schaute er den Kollegen an, der sich wie immer bedeckt hielt. In ihrer Dreierkonstellation saß Reiland oft zwischen den Stühlen. Manchmal neigte er zu Stahls Meinung, häufiger schloss er sich Schrader an.

»Für mich fühlt sich die Verstappen-Spur heißer an. Sorry, Hannes.«

Aus dem Augenwinkel sah Stahl Schraders triumphierendes Lächeln. Zwar hätte er sich über Bennos Unterstützung gefreut, doch die Gespräche mit den Richtern konnte er genauso gut allein durchführen.

»Kein Problem«, brummte er. »Aber wie schon gesagt, ich fahre morgen früh direkt zum Gericht und komme erst danach ins Präsidium.«

»Tu, was dir richtig erscheint.« Schrader zuckte mit den Schultern. »Wir lösen unterdessen den Fall.«

* * *

Mittwoch

Die ehrenwerte Richterin Schiefer empfing Hannes Stahl am nächsten Morgen in ihrem Büro. Er sah eine Frau vor sich, deren Züge von der langen beruflichen Tätigkeit gezeichnet waren, gleichwohl jedoch Energie und Wachsamkeit verrieten. Sie bat ihn, Platz zu nehmen.

»Es geht um die vergangene Schöffenperiode?«, wiederholte sie eine Information vom Vortag. »Hab ich das gestern richtig verstanden?«

»Das haben Sie«, bestätigte er. »Mich interessieren die Prozesse, bei denen Sie von Frau Valerie Niebach als Schöffin unterstützt wurden.«

»Eine kompetente Dame«, erinnerte sich die Richterin sofort. »Im ersten Jahr ihrer Tätigkeit hat man ihr eine gewisse Lustlosigkeit angemerkt – wie so oft bei gezogenen Schöffen, die sich nicht freiwillig beworben hatten. Doch danach wurde es deutlich besser. Sie hatte eine fantastische Auffassungsgabe und ein gutes Gespür für die kleinen Zwischentöne, die über das Strafmaß entscheiden. Empfindet der Angeklagte echte Reue oder spielt er sie bloß vor? Solche Fragen. Da lagen wir auf einer Wellenlänge. Nur in den letzten sechs Monaten habe ich wieder eine abnehmende Motivation verspürt. Aber auch das ist normal.«

»Hat sich Frau Niebach bei den Beratungen je seltsam verhalten? Vielleicht sogar gerade in diesen letzten Monaten? Zum Beispiel, indem sie zu einem Freispruch tendiert hat, obwohl die Schuld eines Angeklagten offensichtlich war?«

»Schwebt Ihnen ein bestimmter Prozess vor?«, erkundigte sich die Richterin.

»Nein«, antwortete er.

»Ich kann mich an kein Fehlverhalten der Schöffin erinnern. Zumal wir in Schuldfragen immer zum gleichen Ergebnis gekommen sind.«

»Mit dem Schöffen Gustav Freund haben Sie nie zusammen Recht gesprochen?«, vergewisserte sich Stahl.

»Nein«, wiederholte Richterin Schiefer die Antwort des Vorabends. »Wieso wollen Sie das eigentlich wissen?«

»Frau Niebach ist vor ein paar Wochen ermordet worden.«

»Das ist ja schrecklich!«

»Herr Freund ist das zweite Mordopfer. Ich habe erst gestern herausgefunden, dass beide als Schöffen tätig waren.«

»Und nun vermuten Sie einen Zusammenhang«, schlussfolgerte sie. »Das ist nachvollziehbar.«

Hannes gab die Meinung der Richterin inneren Auftrieb. Wäre Schrader mal mitgekommen, um sich das anzuhören.

»Hat einer meiner Kollegen mit beiden Schöffen zusammengearbeitet?«, fragte Schiefer.

»Richter Radke. Ich treffe ihn gleich.«

»Bin gespannt, was er Ihnen erzählt. Halten Sie mich bitte auf dem Laufenden.«

* * *

Bevor Radke Zeit für Stahl hatte, stand noch der Termin bei Richter Müller auf dem Programm. Müller war ein paar Jahre jünger als Richterin Schiefer und machte auf Stahl den Eindruck eines etwas unterkühlten Pragmatikers. Er war bei zahlreichen Prozessen von Gustav Freund unterstützt worden, doch er erinnerte sich genauso wenig wie seine Kollegin an eine ungewöhnliche Urteilsfindung.

»Wie hat Herr Freund als Schöffe auf Sie gewirkt?«, fragte Stahl. »Er hatte sich ja eigenständig beworben.«

»Herr Freund war motiviert, das stimmt. Lediglich im letzten Jahr hat sich eine gewisse Amtsmüdigkeit eingestellt. Davor hat er alle Informationen wissbegierig aufgesaugt.«

»Im letzten Jahr?«, hakte er nach. »Vielleicht sogar nur im letzten halben Jahr?«

Er erinnerte sich an Schiefers Aussage über Valerie Niebach. Eventuell war ja in den letzten Monaten etwas passiert, das die Begeisterung der Schöffen geschmälert hatte.

»Nein«, widersprach der Richter. »Mir ist das schon nach der Weihnachtspause aufgefallen. Hab ihn aber nie zurechtgewiesen. Immerhin hatte er sich davor vier Jahre einwandfrei verhalten. Das ist mehr, als man von vielen Schöffen erwarten darf.«

Müller berichtete noch etwas über seine Erfahrungen mit Schöffen, ehe Hannes zum letzten Termin aufbrach und Richter Radkes Büro aufsuchte.

63

Der Mann stand kurz vor seiner Pensionierung; nächstes Jahr im März hatte er die Altersgrenze erreicht. Trotzdem ließ er es sich nicht nehmen, Stahl persönlich die Tür zu öffnen, statt bloß ›Herein‹ zu rufen. Der grauhaarige Mann führte ihn gemächlichen Schrittes durch einen kleinen Vorraum in sein eigentliches Büro.

Er zeigte auf einen bequem wirkenden Besucherstuhl. »Setzen Sie sich. Ich hoffe, Sie haben nicht lange warten müssen.«

»Alles in Ordnung«, versicherte Stahl, obwohl ihn der Richter tatsächlich erst zehn Minuten später als vereinbart empfangen hatte.

»Die Kollegin Schiefer hat mich gerade angerufen. Sie ging fälschlicherweise davon aus, dass wir bereits miteinander gesprochen hätten.«

»Oh.«

Richter Radke winkte ab. »Nicht schlimm.«

Hannes Stahl empfand das anders. Er hatte gehofft, Radke genauso unvorbereitet wie seine Kollegen anzutreffen.

»Stimmt es, was Frau Schiefer behauptet? Frau Niebach und Herr Freund sind kurz hintereinander ermordet worden? Das ist einfach nicht zu fassen.«

»Aber leider ist es so.«

Richter Radke seufzte betrübt. »Was ist bloß mit der Welt los? Die beiden haben doch keiner Seele etwas zuleide getan. Sie vermuten einen Zusammenhang?« Stahl nickte. »Jetzt suchen Sie nach einem Prozess, der Ihre Theorie stützt?«

»Oder zumindest …«

»Da sind Sie bei mir an der richtigen Stelle«, unterbrach Radke ihn.

Stahl sah den Mann mit großen Augen an.

9

Gregor Brandt setzte sich mit einer Tasse Kaffee vor seinen Computer und öffnete ein neues Dokument in seinem Schreibprogramm.

Das gestrige Gespräch mit Timo Weiler war ihm sehr nahegegangen. Er hatte sich danach nicht mehr motivieren können, an einer Episode für seinen Podcast zu arbeiten. Auch die spontane Einladung eines befreundeten Rechtsanwaltes auf ein Bier hatte er abgelehnt. Stattdessen hatte er den Abend vor dem Fernseher verbracht und sich von Netflix-Serien berieseln lassen.

Heute Morgen hatte er dann zwei Stunden hartes Training in dem Boxsportclub absolviert, in dem er seit gut einem halben Jahr Mitglied war. Seine Fingerknöchel und Handgelenke taten ihm noch weh von den unzähligen Schlägen, mit denen er den schweren Sandsack bearbeitet hatte. Nach der anschließenden Dusche fühlte er sich zur Belohnung aber nicht nur körperlich, sondern auch seelisch gereinigt.

Bevor es mit der Aufzeichnung der neuen Podcast-Episode losgehen konnte, waren noch ein paar Recherchen zu dem Fall Weiler nötig. Aber wenigstens den Ablaufplan konnte er schon jetzt festlegen.

Er würde seinen Zuhörern nicht nur in anonymisierter Form Weilers Geschichte präsentieren, sondern anschließend auch auf Rabeas Unfalltod eingehen und seine damit verbundenen Emotionen schildern.

Er spürte, dass jetzt, da er beschlossen hatte, nicht mehr

nach einem bestimmten Grund für ihren Tod zu suchen, der richtige Zeitpunkt dafür gekommen war.

Unvermittelt trat ihm vor Augen, wie groß der Hass Weilers auf den verurteilten Unfallverursacher war. Er war regelrecht aus der Haut gefahren, hatte den Mann beschimpft und diesem den Tod gewünscht. Gregor würde seine Zuhörer auch daran teilhaben lassen und ihnen die Frage stellen, was sie von Weilers Wutausbruch und seiner Meinung, das Rechtssystem sei viel zu milde, hielten.

Das Klingeln an der Haustür riss ihn aus seinen Gedanken. Egal, wer das war, es passte ihm gerade überhaupt nicht.

Nur widerwillig begab er sich in den Flur, wo sich die Türsprechanlage befand, und drückte den Gegensprechknopf. »Hallo?«

»Hannes Stahl, LKA Berlin. Könnte ich kurz mit Ihnen reden, Herr Brandt?« Die dynamische Stimme wurde vom Straßenlärm und dem Knacken des Lautsprechers untermalt.

Gregors Neugier war augenblicklich geweckt, sein Unmut über die Störung verflogen. Aus seiner Tätigkeit als Staatsanwalt waren ihm viele Kriminalbeamte bekannt. Er meinte, sich daran zu erinnern, dass einer der Fallanalytiker beim Landeskriminalamt Stahl hieß, hatte den Mann aber persönlich noch nie getroffen.

»Worum geht es denn?«, wollte er wissen.

»Wir ermitteln in einer Mordserie, und ich würde Ihnen gerne ein paar Fragen dazu stellen. Würden Sie mich bitte reinlassen?«

»Geht es um einen meiner früheren Fälle?«, hakte Gregor Brandt nach, als Stahl wenig später vor seiner geöffneten Wohnungstür im Hausflur stand und ihm seinen Dienstausweis zeigte.

Er musterte den Kripobeamten. Der überdurchschnittlich große Mann schien nicht ein Gramm zu viel Fett auf den Rippen zu haben – soweit Brandt es trotz der Kleidung abschätzen konnte. Stahls schwarzes Haar war voll, jedoch durchzogen von ein paar grauen Sprenkeln. Vor allem fielen ihm aber die intelligent wirkenden blauen Augen auf, die ihn warmherzig anschauten.

»Mittelbar«, sagte Stahl zögerlich und lächelte verkniffen. Gleich darauf legte sich wieder ein ernster Ausdruck auf sein Gesicht, der nichts Gutes verhieß.

»Möchten Sie reinkommen?«

»Nur zu gern.«

»Dann erzählen Sie mal«, forderte Brandt sein Gegenüber auf, als sie sich am Tisch gegenübersaßen und Stahl das Angebot, ihm etwas zu trinken zu holen, dankend abgelehnt hatte.

»Wir haben zwei aktuelle Morde nach dem gleichen Muster. Der Täter dringt in die Wohnungen der Opfer ein, zwingt sie, sich auf einen Stuhl zu stellen und sich eine Schlinge um den Hals zu legen. Anschließend stößt er den Stuhl um.«

»Dazu fällt mir aufgrund der Vorgehensweise auf Anhieb der Fall Frost ein. Der wurde ja auch ausgiebig von der Presse besprochen. Aber da war ich nicht der zuständige Staatsanwalt.«

»Ich komme wegen der Mordopfer auf Sie zu. Sie hatten mit beiden bei einem Ihrer Fälle Kontakt.« Stahl machte eine kurze Pause. »Es handelt sich um Gustav Freund und Valerie Niebach.«

Brandt hielt die Luft an. Dann atmete er geräuschvoll aus. »Das waren die beiden Schöffen in dem letzten von mir geführten Gerichtsverfahren.«

Stahl nickte. »Ein Mordprozess gegen einen Clanangehörigen, bei dem Sie im Verlauf der Hauptverhandlung, eine Woche vor den Schlussplädoyers, durch eine neue Staatsanwältin ersetzt werden mussten.«

»Das war im September, vor genau dreizehn Monaten und fünf Tagen«, sagte Brandt mit monotoner Stimme, die wie aus einem Automaten klang.

Gregor hatte gerade versucht, endgültig mit Rabeas Tod abzuschließen. Doch nun war es, als wollte ihn eine höhere Macht davon abhalten. Warum sonst und warum jetzt musste ausgerechnet die damalige Gerichtsverhandlung für diese aktuellen Ermittlungen von Wichtigkeit sein?

Ein mitfühlender Ausdruck legte sich auf Stahls Gesicht. »Ich komme gerade von dem Vorsitzenden Richter Radke. Er hat mir den verhandelten Fall geschildert und auch erzählt, dass Ihre Frau während des Prozesses an den Folgen eines Autounfalls gestorben ist und dass dies der Grund war, warum Sie sich nach einer kurzen Krankschreibung auf unbestimmte Zeit beurlauben ließen.«

Brandt rieb sich mit der Hand durchs Gesicht und atmete aus.

»Der Angeklagte wurde damals freigesprochen«, fuhr Stahl fort.

»Ein Zeuge, der ihn am Tatort gesehen haben wollte, ist eingeknickt und war sich auf einmal unsicher«, erklärte Brandt.

»Das passt für mich ins Bild. Und jetzt wurden die beiden Schöffen ermordet. Vielleicht wurden sie damals bedroht oder bestochen, damit sie für den Freispruch stimmen.«

»Ausschließen kann man das nicht; diesen Clans ist alles zuzutrauen. Geld spielt da keine Rolle. Sie verpflichten die besten und teuersten Anwaltskanzleien Berlins. Nur welchen Sinn würde es machen, die Schöffen eine so lange Zeit nach dem Prozess zu töten?«

»Vielleicht haben die beiden nach Ablauf ihrer Amtszeit

eine weitere Zahlung verlangt und wurden deshalb besei-
tigt. Oder der Clan wollte lästige Mitwisser für immer zum
Schweigen bringen. Das würde den zeitlichen Abstand der
Morde zum Prozess erklären. Unmittelbar im Anschluss
an den Freispruch wären die Tötungen viel zu auffällig
gewesen.«

»Ich muss zugestehen, dass Ihre Theorie vernünftig
klingt. Aber warum kommen Sie damit zu mir?«

»In erster Linie wollte ich Ihre Meinung dazu hören und
Sie bitten, sich den Prozessablauf nochmals genau anzusehen. Vermutlich werden Fragen dazu auftauchen, die Sie
dann am besten beantworten können. Ehrlich gesagt, bin
ich mir noch nicht sicher, ob ich meine Kollegen davon
überzeugen kann, dieser Spur Priorität einzuräumen und
den damaligen Angeklagten und sein Umfeld genauer unter
die Lupe zu nehmen.«

»Wenn diese Leute hinter den Morden stecken, wird es
ohnehin fast unmöglich, ihnen etwas nachzuweisen«, gab
Brandt zu bedenken. »Ein Clan verfügt über ein weit ver-
zweigtes Netz. Trotzdem komme ich Ihrem Anliegen gerne
nach. Kann ich sonst noch etwas für Sie tun?«

Stahl senkte kurz den Blick. Dann sah er mit bedrückter
Miene wieder auf.

»Der Freispruch damals wurde vermutlich zusätzlich dadurch begünstigt, dass eine andere Staatsanwältin, die nicht
genügend Zeit hatte, sich in den Fall einzuarbeiten, das
Schlussplädoyer halten musste.« Bevor Stahl es aussprach,
ahnte Brandt bereits, was dieser sagen wollte. »Ich ziehe
in Betracht, dass Ihre Frau damals nicht zufällig bei einem
Unfall starb, sondern gezielt getötet wurde, damit Sie den
Prozess nicht zu Ende führen.«

Er brauchte einen Moment, um diese Information zu
verarbeiten. Sein Mund öffnete sich leicht, ohne dass er es
sofort bemerkte.

Die ganze Zeit über hatte er die These vertreten, dass Rabea ermordet worden sein könnte. Damit hatte er stets allein dagestanden. Nun teilte erstmalig ein Polizeibeamter seine Annahme, auch wenn dieser von einem anderen Motiv ausging.

»Ich weiß, was jetzt in Ihnen vorgeht«, sagte Stahl. »Aber ich hätte diesen Verdacht nicht ausgesprochen, wenn er mir zu weit hergeholt erschienen wäre. Und ich finde, Sie haben das Recht, dass ich Sie an meinen Gedanken teilhaben lasse.«

Brandt wusste nicht, ob er Stahl dafür dankbar sein sollte. »Sie haben angedeutet, dass Ihre Kollegen andere Spuren verfolgen. Es könnte also auch sein, dass die Morde nichts mit der Schöffentätigkeit der Opfer zu tun haben.«

»Selbstverständlich. Aber ich habe nicht das Gefühl, dass meine Kollegen richtigliegen.«

»Wie heißen sie?«

»Natalie Schrader und Benno Reiland. Kennen Sie sie?«

Er nickte. »Ich hatte mit beiden schon zu tun. Sie haben einen positiven Eindruck bei mir hinterlassen. Erfahrene Polizisten, die einen guten Job machen. Auch wenn Schrader mir – Sie verzeihen – sehr überzeugt von sich und ein wenig übereifrig vorgekommen ist. Aber das ist nicht automatisch ein Fehler.«

»Das stimmt wohl. Wir haben unsere Reibungspunkte, funktionieren als Team aber ausgezeichnet«, sagte Stahl.

»Haben Sie schon mal daran gedacht, dass Heiko Frost erneut zugeschlagen haben könnte oder hier ein Serienmörder am Werk ist, der seine Opfer ganz einfach willkürlich auswählt?«

»Auch das können wir tatsächlich noch nicht ausschließen. Aber halten Sie sich dennoch für eventuelle Fragen bereit und schauen Sie sich vorsorglich bitte die damalige Prozessakte nochmals an?«, fragte Stahl.

Brandt atmete hörbar aus. »Also gut«, sagte er dann. »Wenn Sie mich im Gegenzug über die laufenden Ermittlungen unterrichten.«

Stahl kniff die Lippen zusammen. »Das ist nicht so einfach. Sie sind als Staatsanwalt beurlaubt. Die Entscheidung kann ich nicht ohne meine Kollegen treffen.« Er griff in seine Jackentasche, holte eine Visitenkarte heraus und reichte sie Gregor Brandt. »Rufen Sie mich bitte jederzeit an, falls Ihnen noch etwas einfällt, das uns weiterhelfen könnte.«

10

Nach dem Gespräch mit den Richtern und dem beurlaubten Staatsanwalt wäre es für Hannes Stahl an der Zeit gewesen, ins Präsidium zu fahren. Doch er verspürte keinerlei Sehnsucht nach weiteren abfälligen Bemerkungen Schraders. Wahrscheinlich wählte Reiland aus den gleichen Motiven immer wieder den Weg des geringsten Widerstands und schlug sich viel zu oft auf die Seite der Kollegin.

Er entschied sich für einen neuerlichen Besuch bei den Opferangehörigen. Obwohl Veronika Freund die ganze Woche krankgeschrieben war, suchte er sie auf, ohne sich zuvor telefonisch anzumelden.

Von Brandts Wohnung benötigte er für den Weg durch Berlin zwanzig Minuten. Er fand einen Parkplatz vor ihrer Haustür. Bevor er ausstieg, schaltete er an seinem Handy die Diktierfunktion ein. Wenn Veronika Freund seine Theorie untermauerte, wollte er ihre Aussage für Schrader dokumentiert haben. Er stieg aus und klingelte.

Schon wenig später erklang die schwache Stimme durch die Gegensprechanlage. »Wer ist da?«

»Hauptkommissar Hannes Stahl. Entschuldigen Sie die Störung. Ich habe noch ein paar Fragen.«

Frau Freund öffnete ihm. Sie sah ein wenig besser aus als bei seinem letzten Besuch, trotzdem stand ihr der Kummer ins Gesicht geschrieben.

»Gehen wir ins Wohnzimmer«, schlug sie vor, ohne sich nach einem konkreten Grund des Auftauchens zu erkundigen.

Auf dem Tisch lagen zahlreiche Beileidsbriefe – die meisten unberührt.

Veronika Freund interpretierte seinen überraschten Blick richtig. »Ich schaffe es nicht, sie zu öffnen«, bekannte sie. »Jeder noch so liebevoll gemeinte Satz fühlt sich wie ein Fingernagel an, der einen Stich aufkratzt.«

»Lassen Sie sich die Zeit, die Sie benötigen«, empfahl er. »Bald werden Sie die Zeilen Ihrer Freunde zu schätzen wissen.«

Frau Freund brachte ein gequält wirkendes Lächeln zustande. »Warum sind Sie hier?«

»Hat Ihr Mann während seiner Schöffenzeit je mit Ihnen über die Gerichtsprozesse geredet, an denen er beteiligt war?«

»In den ersten Jahren häufiger. Anfangs war das alles neu. Er empfand es als aufregend. Hinterher ...« Sie brach ab.

Stahl vermutete erst, sie würde die Routine meinen, die sich auch bei dieser Tätigkeit eingeschlichen hatte. Aber Veronika Freund schaute zur Seite und presste ihre Lippen zusammen. Offenbar steckte mehr dahinter.

»Was beschäftigt Sie?«, fragte er. »Hat es Drohungen während eines der Prozesse gegeben? Drohungen, die keiner von Ihnen ernst genommen hat?«

Nun schaffte sie es wieder, ihn anzusehen. »Wer sollte Gustav bedrohen?«

»Prozessbeteiligte. Angehörige von Angeklagten.«

»Nein.«

»Er hat nie etwas in diese Richtung erwähnt?« Stahl musste seine Enttäuschung verbergen, da er große Hoffnungen in diese Theorie setzte.

Natürlich hätte Gustav Freund das vor seiner Ehefrau verheimlichen können. Trotzdem war es unwahrscheinlich, dass sie nichts bemerkt hätte.

Plötzlich flossen bei Veronika die Tränen.

»Entschuldigung«, murmelte sie.

Die Witwe griff zu einem Taschentuch und verbarg einen Teil ihres Gesichts. Doch Stahl spürte eine andere Wahrheit hinter der Geste. Frau Freund versteckte noch viel mehr. Das Benutzen des Taschentuchs war eine Übersprunghandlung.

»Was haben Sie bislang verschwiegen?«, fragte er mit leiser Stimme.

Sie schaute ihn kurz an, bevor sie seitlich an ihm vorbei ins Leere starrte.

»Unsere Ehe lag die letzten Jahre in Trümmern«, bekannte sie flüsternd. »Meinetwegen. Jetzt habe ich keine Chance mehr, das alles wiedergutzumachen. Neben Gustavs Tod ist es das, was mich am meisten schmerzt.« Sie schluchzte.

»Erzählen Sie mir davon«, bat er.

»Ich hatte eine Affäre. Mit einem Arbeitskollegen.«

»Wann hat das begonnen?«

»Vor ungefähr zwei Jahren. Es hat fast achtzehn Monate gedauert, bis mich Gustav erwischt hat.«

»Und danach?«

»Er war fuchsteufelswild. Wollte im ersten Impuls die Scheidung. Das Verrückte daran war, dass die Affäre nur noch aus Gewohnheit lief. Nebenbei. Ohne den Zauber der Anfangstage. Ohne das frische Verliebtsein. Ich hätte sie Monate zuvor beenden können. Dann hätte ich Gustav den Schmerz erspart.«

»Wie haben Sie reagiert, als Ihr Mann dahintergekommen ist?«

»Die Affäre beendet. Am gleichen Tag. Es hat mir nichts ausgemacht.«

»Und Ihrem Kollegen? War er deswegen verärgert? Wütend?«

Bot sich hier eine neue Spur?

»Nein. Irgendwie war er fast erleichtert. Unsere Beziehung – falls man es so nennen will – hinderte ihn an seinen Plänen.«

»An welchen Plänen?«

»Max wollte auswandern. Nach Ungarn. Er liebt das Land. Vier Wochen nach unserem Schlussstrich hat er im Betrieb fristlos gekündigt. Er hat mir kurz darauf eine Nachricht geschickt. Fotos seiner neuen Wohnumgebung in Ungarn. Seitdem habe ich nichts mehr von ihm gehört.«

»Haben Sie die Nachricht aufbewahrt oder gelöscht?«

Sie griff zu ihrem Telefon. »WhatsApp unter dem Namen Maximilian. Ich mag es nicht ansehen.«

Die Witwe reichte ihm das Smartphone. Er nahm es entgegen und fand rasch die Bilder. Außerdem sah er noch mehr. Sie hatten in den letzten Monaten keinen Kontakt zueinander gehabt, es sei denn, Veronika hatte den Chatverlauf gelegentlich bereinigt. Doch warum sollte sie das tun?

Gustav Freund hatte die Affäre erst aufgedeckt, als die Schöffenzeit beendet gewesen war. Aber hatte er vorher Veränderungen im Verhalten seiner Frau wahrgenommen? Hatte er ihr deswegen nicht von einer Bedrohung erzählt?

»Sie sprechen von einer in Trümmern liegenden Ehe. Glauben Sie, Ihr Mann hätte eine Drohung überhaupt erwähnt?«

»Ja«, antwortete sie, ohne zu zögern. »Irgendwann im letzten Jahr hat er begonnen, jedes kleine Wehwehchen aufzuzählen und zu dramatisieren. Sodbrennen deutete auf Speiseröhrenkrebs hin. Kopfschmerz auf einen Gehirntumor. Das war eine neue Angewohnheit. Wahrscheinlich ein Versuch, mein Mitleid zu erwecken. Hätte ihn jemand ernsthaft bedroht, hätte ich davon erfahren.«

Zwar gefiel ihm die Antwort nicht, aber sie klang schlüssig.

* * *

Eine Viertelstunde später wählte Hannes Stahl in seinem Auto die Nummer von Frank Niebach, Valeries Witwer. Da der seit einigen Wochen wieder im Arbeitsleben stand, zog Stahl die Variante einer telefonischen Befragung vor – vorausgesetzt, er erreichte ihn.

Nach wenigen Sekunden Freizeichen meldete sich der Mann. »Niebach!«

»Hauptkommissar Stahl. Guten Tag. Haben Sie einen kurzen Moment Zeit?«

»Wirklich nur kurz. In fünf Minuten muss ich zu einem wichtigen Meeting.«

Niebach schien trotz der schicksalhaften Ereignisse sein altes Leben fortzuführen.

»Versprochen«, sagte Stahl. »Es geht um die Schöffentätigkeit Ihrer verstorbenen Ehefrau.«

»Erinnern Sie mich bloß nicht daran.« Niebach stöhnte. »Sie hat den Dienst gehasst. Was sie mich unmissverständlich wissen ließ. Ich glaube, sie war wütend, dass man nicht mich an ihrer Stelle gezogen hatte.«

»Hat sie Ihnen je Einzelheiten von den Prozessen berichtet?«

»Jedes Mal, wenn Sie aus dem Gericht kam. Über die bescheuerten Angeklagten, die verweichlichten Staatsanwälte und die viel zu verständnisvollen Richter.«

»Das waren ihre Worte?« Nach allem, was Richterin Schiefer erwähnt hatte, verwunderte Stahl diese Einzelheit.

»Hundertprozentig. Eigentlich gab es nur eine Richterin, die in Valeries Ansehen gut wegkam. Eine gewisse …« Er zögerte. »Verdammt, ich habe den Namen dutzendmal gehört, jetzt fällt er mir nicht mehr ein.«

»Richterin Schiefer?«, vermutete Stahl.

»Richtig. So hieß sie.«

»Ihren Worten entnehme ich, dass Ihre Frau für eine harte Strafverfolgung eintrat.«

»Schon immer. Auch vor der Schöffentätigkeit. Sie war eine Gerechtigkeitsfanatikerin. Das habe ich an ihr geschätzt.«

»Ich gehe einer Spur nach, die im Zusammenhang mit der Schöffentätigkeit steht. Hat sie jemals von einer Bedrohung berichtet?«

»Während eines Prozesses?«, vergewisserte sich der Witwer.

»Genau.« Stahl dachte an den Clanangehörigen. »Ich könnte mir vorstellen, dass Unbekannte einen Freispruch garantieren wollten und deswegen die Schöffen unter Druck gesetzt haben. Eventuell sogar die Richter.«

Niebach ließ die Luft aus diesem Versuchsballon. »Nein!«

»Sicher?«, hakte Stahl nach.

»Hundertprozentig. Wäre Valerie bedroht worden, hätte sie das genutzt, um aus dem Schöffendienst entlassen zu werden. So tickte sie. Das wäre ihr größter Triumph gewesen. Dem Staat eine lange Nase drehen, um diese Verpflichtung vorzeitig loszuwerden. Hauptkommissar Stahl, ich muss jetzt leider auflegen. Mein Chef ruft.«

»Alles klar.« Enttäuscht beendete Stahl das Telefonat.

Ohne die Umgebung wahrzunehmen, starrte er durch die Windschutzscheibe.

Seine Theorie hatte durch die Gespräche mit den Angehörigen einen gewaltigen Kratzer abbekommen. War sie damit bereits widerlegt?

Sein Instinkt riet ihm, nicht so schnell aufzugeben. Aber es wäre gut, einen aufgeschlossenen Mitstreiter an seiner Seite zu wissen. Automatisch dachte er an Gregor Brandt. Der wollte über die laufenden Ermittlungen informiert werden. Vielleicht wäre er sogar zu aktiver Mitarbeit bereit. Ein beurlaubter Staatsanwalt hatte zu Richtern und anderen

77

Mitgliedern der Exekutive sicher viel bessere Zugangsmög-
lichkeiten als die Polizei.

Er drehte den Zündschlüssel herum. Wie würde Schrader auf seinen Vorschlag reagieren? So wie er es erwarten
würde? Oder erlebte er ausnahmsweise eine Überraschung?

Er betätigte den Blinker und fuhr aus der Parklücke heraus.

11

Nachdem Stahl gegangen war, setzte sich Gregor Brandt
an seinen Schreibtisch. Für einen Moment war er unfähig,
einen klaren Gedanken zu fassen. Stahls Verdacht, Rabea
könnte ermordet worden sein, um zu verhindern, dass er
den Mordprozess gegen das Clanmitglied zu Ende führte,
wirbelte in seinem Kopf herum.

Mit starrem Blick fixierte er die unbeschriebene weiße
Dokumentenseite auf dem Computerbildschirm. Der rhyth-
misch blinkende Cursor schien ihm zuzurufen, dass er endlich mit der Arbeit an seiner neuen Podcast-Episode anfangen sollte. Doch danach stand ihm nun wahrlich nicht
mehr der Sinn. Sein Verstand kramte vielmehr in seinen
Erinnerungen an seinen letzten Fall als Staatsanwalt.

Ein V-Mann des LKA war in einen der Berliner Clans ein-
geschleust worden. Dies galt bis dahin als unmögliches Un-
terfangen, da die Clans familiär organisiert waren. Dennoch
war es gelungen, und der V-Mann versorgte die Polizei mit
wertvollen Informationen aus erster Hand. Ein Jahr später
verschwand der Informant spurlos und erschien nicht mehr
zu den vorgesehenen Treffen mit seiner Kontaktperson. In
der Bar des Angeklagten Bassam Masoud wurden Blutspu-
ren und winzige Fragmente vom Schädelknochen entdeckt,
sodass die an Sicherheit grenzende Wahrscheinlichkeit bestand, dass der V-Mann dort umgebracht worden war und
man seine Leiche hatte verschwinden lassen. Zuletzt war
der Undercover-Polizist gesehen worden, als er das Lokal
nach Ladenschluss betreten hatte. Der Angeklagte verwies

darauf, dass er zu der Zeit nicht in der Bar gewesen sei, sondern bei seinem Bruder. Ein äußerst schwaches Alibi, das mithilfe eines Zeugen, der ihn kurz vor dem V-Mann das Lokal hatte betreten sehen, leicht zu entkräften gewesen wäre. Nur war dieser Zeuge leider nicht bei seiner Aussage geblieben. Ein genauer Tatzeitpunkt konnte nicht festgesetzt, eine Leiche genauso wenig präsentiert werden wie eine Tatwaffe, und so stand der Prozess auf wackligen Beinen.

Wie er es auch drehte und wendete, unter dem Aspekt, dass nun beide Schöffen ermordet worden waren, konnte er Stahls Theorie nicht ohne Weiteres verwerfen. Und er war es Rabea schuldig, alles in seiner Macht Stehende beizutragen, damit derjenige, der ihr das Leben genommen hatte, gefunden und einer Strafe zugeführt wurde. Dies galt umso mehr, falls es sich um Mord handelte. Dass die Suche nach der Wahrheit nie verheilte seelische Wunden erneut bei ihm aufreißen würde, durfte dabei keine Rolle spielen.

Er griff zum Telefon und wählte Nina Rabers Nummer.

Sie hatte damals als Ersatz für ihn einspringen müssen. Es war ihr nicht leichtgefallen. Ihr Vater hatte kurz zuvor einen Schlaganfall erlitten. Er hatte überlebt, war aber danach halbseitig gelähmt geblieben. Nina war dadurch emotional sehr stark betroffen gewesen. Gleichzeitig hatte sie ihrem Vater und ihrer Mutter Trost spenden und ihnen bei der Bewältigung der Probleme helfen müssen, die sich durch die geänderten Umstände ergaben.

»Woran liegt es nur, dass ich nicht glaube, dass du mich anrufst, um mit mir etwas zu unternehmen?«, begrüßte Nina ihn, als sie abhob.

»Erwischt«, sagte Gregor, obwohl ihm nicht nach Scherzen zumute war.

»Na schön, was kann ich für dich tun?«

Er erzählte ihr von Stahls Besuch und den Morden an den

Schöffen, die in dem Prozess gegen den Clanangehörigen vor dreizehn Monaten Recht gesprochen hatten.

»Ich fasse es nicht«, empörte sich Nina, als er ihr Stahls Theorie darlegte, Rabeas Tod sei möglicherweise kein Unfall, sondern Mord gewesen – in der Absicht, ihn aus dem Gerichtsverfahren zu entfernen.

»Da hat Hannes Stahl ja bei dir offene Türen eingerannt«, wetterte sie weiter. »Gerade habe ich den Eindruck gewonnen, dass du endlich akzeptierst, was geschehen ist, und dich wieder dem Leben zuwendest. Und jetzt kommt Stahl, setzt dir einen Floh ins Ohr und macht alles zunichte.«

»Kennst du ihn?«, fragte er.

»Ja, er ist gut. Er kann sich hervorragend in Menschen hineinversetzen und hat eine spezielle Befragungstechnik, die ihm so schnell keiner nachmacht. Seine Aufklärungsquote spricht Bände. Aber diesmal hat er sich meiner Meinung nach vergaloppiert.«

»So ganz abwegig ist es nicht. Ich muss der Sache nachgehen. Das verstehst du doch sicherlich.«

»Verstehen wäre zu viel gesagt. Dafür ist die Polizei da. Wenn du dich gedanklich und emotional wieder in die Zeit des Unfalls zurückbegibst, grenzt das an seelische Selbstzerstörung. Da ich dich mag, kann ich dem nichts abgewinnen. Aber ich kann dich ohnehin nicht daran hindern. Vermutlich willst du jetzt, dass ich dir eine Kopie der Prozessakte von damals besorge.«

»Wie hast du das nur wieder erraten?«

»Ich kann deine Gedanken lesen.«

»Nina, ich muss dich das fragen, da du bei dem Prozess für mich eingesprungen bist. Hat damals jemand versucht, dich in irgendeiner Weise zu beeinflussen?«

»Natürlich nicht.«

»Und ist dir sonst ein ungewöhnliches Verhalten bei den Schöffen oder den Richtern aufgefallen?«

»Die Antwort lautet ebenfalls Nein, Gregor. Selbst, dass unser Hauptzeuge umgekippt ist, stellt, wie du weißt, leider keine Seltenheit dar.«

Dem musste er zustimmen. »Es hätte auch ohne den Zeugen aufgrund der Indizien für eine Verurteilung reichen können.«

»Ja, schon. Aber meines Erachtens ging der Freispruch in Ordnung. Die Beweislage war zu dürftig, um jemanden für mindestens fünfzehn Jahre hinter Gitter zu schicken.«

»Wann kann ich die Akte bekommen?«

»Lass mich überlegen. Wir haben jetzt dreizehn Uhr. So in drei Stunden habe ich sie aus dem Archiv geholt und kopieren lassen, denke ich.«

»Perfekt.«

»Halt. So ganz ohne Gegenleistung kommst du mir nicht davon.«

»Okay, ich höre.«

»Du weißt doch, dass Kaffee und Kuchen meine Achillesferse sind«, sagte sie.

»Ah ja, verstehe. Wie wäre es, wenn wir uns um halb fünf in der Konditorei in der Kantstraße treffen und du mir dort die Akte übergibst. Die Kuchenrechnung geht selbstverständlich auf mich.«

»Das hört sich für mich nach einem Deal an.«

Nachdem sie sich verabschiedet hatten, ließ Brandt sich nacheinander mit den hauptamtlichen Richtern, die dem Prozess gegen Masoud beigewohnt hatten, telefonisch verbinden.

Zuerst hatte er den Vorsitzenden Richter Egon Radke am Apparat, der ihm glaubwürdig versicherte, dass er in dem Prozess weder genötigt wurde, für einen Freispruch zu stimmen, noch ein Bestechungsversuch stattgefunden habe. Er habe nach seinem besten Gewissen und Wissen entschieden.

Als Zweites sprach er mit der Richterin Jennifer Krapp. Sie kannten sich aus zahlreichen Prozessen, und sie war auf nette Weise überrascht, dass er anrief. Nach ein paar kurzen Worten der Begrüßung, bei denen sie ihn nach seinem Befinden fragte und ihm nochmals versicherte, wie sehr ihr leidtue, was seiner Frau zugestoßen war, kam Gregor zur Sache.

»Es geht um den Prozess gegen Bassam Masoud vor dreizehn Monaten. Hat man Sie damals bestochen, bedroht oder erpresst, damit Sie für einen Freispruch stimmen?«

Er hatte sich gut überlegt, die Richterin so direkt zu fragen. Dabei war er zu der Überzeugung gelangt, dass ihm ihre spontane Reaktion darauf vermutlich den besten Hinweis auf den Wahrheitsgehalt ihrer Antwort liefern würde.

»Um Himmels willen! Natürlich nicht. Wo kämen wir denn da hin? Es haben keinerlei Manipulationsversuche stattgefunden. Wäre dem so gewesen, hätte ich das sofort der Polizei gemeldet.«

Krapp hatte keine Sekunde gezögert. Ihrer Stimme war auch keine Unsicherheit anzumerken, wie es oftmals vorkam, wenn sich jemand ertappt fühlte und versuchte, sich mit einer Lüge aus der Situation zu befreien.

Abschließend telefonierte Gregor mit Richter Torwald, der Ende fünfzig war und damit altersmäßig in der Mitte der drei Richter rangierte.

Andreas Torwald reagierte auf die Frage anders als gedacht. Auch er stritt ab, dass man von außen an ihn herangetreten sei, damit er sich für einen Freispruch starkmachte. Aber er verriet zusätzlich etwas, das eigentlich der Geheimhaltung unterlag und seine Glaubwürdigkeit untermauerte. Vorher musste Brandt ihm versprechen, dass er für sich behalten würde, was er gleich erfahren sollte.

»Ich war sogar der Einzige, der für eine Verurteilung gestimmt hat. Diesen Clans muss das Handwerk gelegt werden. Ich war mir sicher, dass der Zeuge bedroht wurde und deshalb seine Aussage zurückgezogen hat. Aber beide Schöffen und die zwei anderen Richter waren der Ansicht, dass man den Angeklagten nach dem Grundsatz *in dubio pro reo* freisprechen müsse.«

»Ich danke Ihnen für Ihre Offenheit«, sagte Gregor und beendete das Telefonat.

Noch kurz ließ er die Gespräche auf sich wirken, dann griff er zum Hörer und rief Stahl an, um ihn an den gewonnenen Eindrücken und Informationen teilhaben zu lassen.

»Das nächste Mal überlassen Sie bitte mir diese Ermittlungsarbeit«, sagte Stahl, als Gregor mit seinem Bericht fertig war.

Stahl hatte seine Worte in einem wohlwollenden Ton ausgesprochen, was ihrem Inhalt keinen sonderlichen Nachdruck verlieh. Gregor glaubte sogar, herausgehört zu haben, dass der Kommissar im Grunde guthieß, dass er Initiative bewiesen hatte, dies aber nicht offen zugeben wollte.

»Sie können mir keinen Knochen hinwerfen und dann davon ausgehen, dass ich stillhalte«, erwiderte er. »Was denken Sie nun über die Aussagen der Richter?«

»Auch wenn alle drei behaupten, ihre Entscheidung frei getroffen zu haben, ist es dennoch möglich, dass zumindest einer von ihnen gelogen hat und doch von außen beeinflusst war«, sagte Stahl.

»Da stimme ich Ihnen zu. Allerdings wirkt Ihre Theorie nun für mich schon nicht mehr so zwingend. Sie müssen einfach berücksichtigen, dass die Indizienlage in dem Prozess dünn war und es auch ohne Einflussnahme zu einem makellosen Freispruch hätte kommen können. Außerdem bewirkt der Austausch eines Staatsanwaltes keine so gewaltigen Änderungen im Prozessverlauf, dass sich dafür ein

Mord an einer Frau lohnen würde. Die Richter und Schöffen fassen ihre Meinung auch stark aufgrund der Aktenlage, und die war in dem Fall eben leider dürftig.«

Eine Gesprächspause trat ein. Er brauchte Stahl nicht zu sehen; er konnte allein wegen der schweren Atmung am Ende der Leitung erahnen, dass diesem seine Einschätzung nicht schmeckte.

»Ich habe mit den Ehegatten der Mordopfer gesprochen«, sagte Stahl schließlich. »Sie glauben beide nicht, dass ihr Partner jemals in seiner Eigenschaft als Schöffe bedroht oder sonst wie beeinflusst wurde.«

»Das wäre ein weiterer Sargnagel für Ihre Theorie.« Gregor konnte nicht verhindern, dass in seiner Stimme die Enttäuschung mitschwang, die ihn schlagartig überkommen hatte.

»Mein Gespür sagt mir aber noch immer, dass die Morde etwas mit der Schöffentätigkeit zu tun haben. Vielleicht haben wir auch nur etwas Entscheidendes übersehen«, sinnierte Stahl.

»Wir? Wen meinen Sie damit?«

»Sie und mich. Falls Sie auch noch nicht bereit sind aufzugeben, betrachte ich uns ab jetzt als so etwas wie ein Team bei der Verfolgung dieser Fährte.«

Gregor gefiel Stahls Hartnäckigkeit. Sie lagen auf einer Wellenlänge, das hatte er schon bei ihrem ersten Gespräch gespürt. Seine Enttäuschung wich einem neu geweckten Kampfgeist.

»Gegen halb fünf treffe ich mich mit der Staatsanwältin, die bei dem Prozess damals für mich eingesprungen ist. Sie übergibt mir eine Kopie der Gerichtsakte. Ich habe nicht vor aufzugeben.«

»Sehr gut. Das freut mich«, meinte Stahl. »Ich gehe davon aus, dass Sie mich dann umfassend informieren, wenn Ihnen etwas auffällt, das uns weiterhelfen könnte.«

»Wenn Sie mich im Gegenzug an den Ergebnissen teilhaben lassen, die Sie und Ihre Kollegen bei der Verfolgung anderer Spuren erzielt haben.«

»Da muss ich schauen, was sich machen lässt. Sie wissen, dass es gewisse Spielregeln einzuhalten gilt. Allerdings würde ihre aktive Mitarbeit von außen unserer Ermittlungsgruppe sicher nicht schaden. Ich muss mich in diesem Punkt mit meinen Kollegen abstimmen. Sie haben aber mein Wort, dass ich mich bei der nächsten sich bietenden Gelegenheit dafür einsetzen werde.«

12

Gegen sechzehn Uhr öffnete sich die Bürotür. Hannes Stahl schaute von der Akte hoch. Schrader und Reiland kehrten endlich zurück. An Schraders Gesichtsausdruck erkannte er, dass sie etwas in ihren Augen Wichtiges herausgefunden hatte.

»Wo wart ihr so lange?«, fragte er überrascht.

»Sagt ausgerechnet der Mann, der sich einen freien Vormittag gönnt«, erwiderte die Hauptkommissarin.

Stahl versuchte, die Überheblichkeit in ihrer Stimme zu ignorieren. Schrader wollte ihren Ermittlungserfolg, den sie gleich präsentieren würde, offenbar in vollen Zügen genießen – dazu gehörte es für sie, ihn auf seinen Irrweg hinzuweisen.

»Wer berichtet zuerst?«, fragte Reiland im Bemühen, die Situation herunterzukühlen.

»Bei der Siegerehrung lässt man den Platzierten den Vortritt«, frotzelte Schrader und schaute den Fallanalytiker herausfordernd an.

Stahl lächelte spöttisch. Da Schrader ein ungeduldiger Mensch war, schloss er zunächst die vor ihm liegende Akte und schob sie auf dem Schreibtisch ein kleines Stück zur Seite. Danach trank er aus der Kaffeetasse, die er kurz zuvor aufgefüllt hatte. Er wusste, dass sein Verhalten kindische Züge trug. Doch warum sollte er sich nicht einmal auf Schraders Niveau begeben?

»Du hast also nichts herausgefunden?«, vermutete die Kollegin.

»Ganz im Gegenteil. Aber um in deinem Bild von der Siegerehrung zu bleiben, müsstet ihr anfangen.«

»Sehr witzig«, brummte sie.

»Okay. Dann also ich.«

Er berichtete ausführlich, was er im Lauf des Tages ermittelt hatte. Auch Brandts Beteiligung an diesen Fortschritten ließ er nicht unerwähnt. Reiland und Schrader konnten etwas mit dem Namen des beurlaubten Staatsanwalts anfangen. Die Hauptkommissarin kannte sogar dessen Podcast.

»Für einen ehemaligen Staatsanwalt nimmt er eine ungewöhnliche Perspektive ein«, lautete ihr Urteil über *Die Vergessenen.* »Immerhin war es früher seine Aufgabe, für Gerechtigkeit zu sorgen.«

»Da muss ich dir widersprechen«, sagte Reiland zu Stahls Überraschung. »Ich finde es gut, wenn jemand auch mal den Angehörigen von Verbrechensopfern Gehör verschafft. Ansonsten spielen die vor Gericht maximal als Nebenkläger eine Rolle.«

Schrader schüttelte den Kopf, verzichtete jedoch auf eine Erwiderung. Stahl führte noch die letzten Punkte aus, ehe er sie herausfordernd ansah.

»Klingt nicht schlecht«, murmelte sie. »Etwas weit hergeholt. Trotzdem traue ich Clanangehörigen alles zu. Da haben wir früher ja schon üble Erfahrungen gemacht.«

»Und, bist du angefixt?«

Sie lächelte. »Ganz und gar nicht. Wie gesagt, ich traue einem kriminellen Clan alles zu. Sogar den Mord an der Frau eines Staatsanwalts und die Bedrohung der Richter und Schöffen. Aber in dem konkreten Fall wurde der Angeklagte freigesprochen. Es gibt also keinen Grund, ein Jahr später die Schöffen zu töten.«

Leider zerrte sie mit dieser Argumentation den Schwachpunkt der Theorie ans Licht.

»Das ist nicht gesagt«, erwiderte Stahl. »Vielleicht hat einer der Schöffen Kontakt zum Clan aufgenommen und wollte Schweigegeld.«

»Das glaubst du selbst nicht«, widersprach Natalie Schrader. »Weder Gustav Freund noch Valerie Niebach hätten dazu die Chuzpe gehabt.«

»Oder der Clan wollte aus anderen Gründen lästige Mitwisser beiseiteschieben. Ich verstehe bislang nicht, warum die Morde ausgerechnet jetzt passieren. Trotzdem bin ich überzeugt davon, dass sie mit der Schöffentätigkeit zusammenhängen. Besonders, wenn wir den vermeintlichen Unfalltod von Gregor Brandts Ehefrau berücksichtigen.« Er seufzte. »Was habt ihr herausgefunden?«

Schrader lächelte, zeigte jedoch demonstrativ zu Reiland. »Erzähl du!«

»Gustav Freund war ein Galoppsportnarr«, begann Reiland. »Für die Rennbahn Hoppegarten hatte er eine Jahreskarte.«

»Das ist kein Verbrechen«, sagte Stahl wenig beeindruckt.

»Außerdem besaß er bei einem im Ausland ansässigen Buchmacher ein Wettkonto«, fuhr Reiland fort.

»Das er regelmäßig genutzt hat«, übernahm Schrader. »Und zwar während der Arbeitszeit – was uns die gespeicherten Daten der Wettabgaben verraten haben. Da viele Rennen am Wochenende stattfinden, hat er oft im Voraus gewettet. Sehr gerne freitags. Sogenannte Festkurse, bei denen die möglichen Siegquoten schon vorher feststehen.«

»Ist noch immer nichts Ungewöhnliches, im äußersten Fall ein arbeitsrechtlicher Verstoß. Außerdem scheint seine Leidenschaft keine Ausmaße angenommen zu haben, die seiner Ehefrau aufgefallen wären. Sonst hätte sie es uns gegenüber wohl erwähnt.«

»Hannes, wenn du uns einfach mal aussprechen lassen würdest«, mahnte Schrader. »Vor ungefähr zehn Monaten ging ein fünfstelliger Betrag auf das Konto ein. Um genau zu sein fünfzehntausend Euro. Bezahlt per Kreditkarte. Davon hat er bis zu seinem Tod fast die Hälfte verzockt.«

»Mit *seiner* Kreditkarte?«, hakte Stahl nach.

»Das wissen wir nicht. Die Anfrage läuft. Da der Wettanbieter im Ausland sitzt, wird eine Antwort wohl dauern«, vermutete Reiland.

»Wir hatten vor einer Stunde Kontakt zu Freunds Witwe. Etwas überraschend für sie – kurz nach deinem Auftauchen. Sie hält es für ausgeschlossen, dass ihr eine Fünfzehntausend-Euro-Abbuchung nicht aufgefallen wäre«, erklärte Schrader.

»Ihr vermutet, dass das mit dem geplatzten Immobiliendeal in Verbindung steht, für den sich Verstappen eine Absage eingehandelt hat«, folgerte Stahl. »Als Anreiz, beim Auswahlverfahren die richtige Entscheidung zu treffen.«

Schrader nickte. »Woher soll das Geld sonst kommen? Die Transaktion über ein Wettkonto laufen zu lassen, wäre ziemlich geschickt. So muss man kein Bargeld übergeben, und die Ehefrau kriegt auch nichts mit.«

»Bei Valerie Niebach haben wir zum gleichen Zeitpunkt keine ungewöhnlichen Geldströme entdeckt«, erinnerte Stahl die Kollegen.

»Noch nicht«, warf Schrader ein. »Aber die Niebach hatte offensichtlich ein Faible für teure Handtaschen. Auch die Schuhauswahl erschien mir ziemlich groß.«

»Bei ihrem Gehalt konnte sie solche Gelüste ganz legal ausleben.«

»Das werden wir genauer unter die Lupe nehmen«, gab Schrader die Richtung für die nächsten Tage vor.

»Einverstanden«, sagte Stahl. »Wobei ich gerne die Schöffenspur weiterverfolgen würde.«

Seine Kollegin nickte generös. »Wenn du dir etwas davon versprichst.«

»Wie fändet ihr es, wenn ich Gregor Brandt offiziell zu den Ermittlungen hinzu...«

»Nein!«, unterbrach die Hauptkommissarin ihn schroff.

»Wieso nicht?«

»Er ist seit einem Jahr beurlaubt, offenbar psychisch stark angeschlagen. Wer so lange außer Dienst ist, kommt nicht mehr zurück. Das sagt jede Statistik. Und ich habe keine Lust, dass er plötzlich unsere Ermittlungen in seinem Podcast verarbeitet. Und schon gar nicht, solange sie noch nicht abgeschlossen sind.«

»Das macht er nicht.«

»Dafür hast du keine Garantien.«

Er schnaubte. »Ein Staatsanwalt könnte eine wichtige Kontaktquelle sein. Er bat mich um Einsicht in unsere Akten. Ich würde sie ihm gerne zur Verfügung stellen. Wir profitieren davon.«

»Nein!«, wiederholte Schrader. »Wenn es sich gar nicht vermeiden lässt, darfst du ihm ab und zu ein Stückchen Zucker hinhalten. Ich streite nicht ab, dass seine Kontakte hilfreich sein könnten. Aber er bekommt auf keinen Fall komplette Einsicht in unsere Akten. Das entscheide ich als Hauptverantwortliche dieser Ermittlungen. Punkt.«

Stahl platzte der Kragen. Er kam sich vor wie ein Schuljunge, der vor der versammelten Klasse von der Lehrerin gemaßregelt wurde.

»Du bist einfach zu eitel, um alternative Theorien neben deinen eigenen gelten zu lassen. Außerdem hast du eine Sache bislang ignoriert oder erst gar nicht daran gedacht, was ziemlich dumm von dir wäre. Der Zahlungseingang auf dem Wettkonto könnte eine Belohnung für den Freispruch gewesen sein. Hast du das schon mal in Erwägung gezogen? Wahrscheinlich nicht, oder? Passt ja nicht zu *deinem* Ermittlungsansatz.«

Ohne ihre Antwort abzuwarten, verließ er das Büro und flüchtete zu den Waschräumen.

* * *

Gegen neunzehn Uhr war Hannes Stahl endlich wieder allein. Nach seiner Rückkehr ins Büro war die Stimmung ausgesprochen frostig gewesen. Schrader hatte Frank Niebach erreicht und zumindest eine interessante Information erhalten. Doch das Team hatte untereinander nur das Allernötigste besprochen.

Stahl rief am PC die Akte der Ermittlungen auf. Jeder kleine Fortschritt war darin dokumentiert. Fehlschläge ebenfalls. Über einen einfachen Befehl hätte er die gesamte Akte ausdrucken können. Er führte den Mauszeiger über das Druckersymbol. Doch noch zögerte er. Schrader hatte ein klares Veto eingelegt. Aufgrund der Hierarchie war sie in der Position, eine solche Anweisung auszusprechen. Ihm konnten arbeitsrechtliche Konsequenzen drohen, falls er dagegen verstieß.

Sein Zeigefinger berührte die linke Maustaste. Im nächsten Moment erwachte der Drucker zum Leben. Leise begann er sein Werk.

Natalie Schraders Verhalten nervte ihn wöchentlich mehr. Vielleicht wäre es das Beste, sich in das Team eines aufgeschlosseneren Mordermittlers versetzen zu lassen.

Die erste Seite landete im Ausgabeschacht. Insgesamt bestand die Akte aus siebenundvierzig Seiten. Sobald er sie komplett ausgedruckt hatte, würde er zu Brandt fahren, ihm von dem Wettkonto, den Aussagen Frank Niebachs und allem anderen, was sie heute herausgefunden hatten, berichten.

Als der Drucker etwa die Hälfte der Arbeit erledigt hatte, hörte Stahl die Flurtür zufallen. Anschließend näherkommende Schritte. Da das Reinigungspersonal erst morgens für Ordnung sorgte, konnte das nur eins bedeuten. Hektisch brach er den Druckvorgang ab. Das Gerät kam mit einem halb eingezogenen Blatt zum Stillstand. Er war mit einem Satz beim Drucker. Die Schritte kamen unterdessen näher. Er nahm die Seiten aus dem Ausgabeschacht und schob sie unter den Laserdrucker. Dann stellte er sich an die Kaffeemaschine.

»Um diese Uhrzeit noch Kaffee? Planst du eine Nachtschicht?«

Er drehte sich zu Benno Reiland um. Ihm gelang ein einigermaßen überzeugendes Pokerface. »Keine Nachtschicht. Aber ich bin gleich zum Sport verabredet. Lohnt sich nicht, vorher nach Hause zu fahren.« Möglichst unauffällig positionierte er sich vor den Drucker.

»Also dopst du dich«, erkannte Reiland amüsiert.

»Auf legale Weise. Was machst du noch hier?«

»Ich hab etwas vergessen.« Reiland trat an seinen Schreibtisch, öffnete eine Schublade und holte einen in Geschenkpapier verpackten Karton heraus.

»Für wen ist das?«

»Muddi«, antwortete Reiland. »Ihr dreiundsiebzigster Geburtstag. Statt wie früher am Wochenende zu feiern, hat sie meinen Bruder und mich heute ins Restaurant eingeladen. Am Wochenende ist die Rentnerin *on tour*.«

»Sei froh, dass sie noch so rüstig ist. Wünsch ihr unbekannterweise alles Gute.«

»Danke. Bleibst du noch lange?«

»Bin gleich weg. Die Verabredung ist um acht.«

»Dann bis morgen. Und wegen des Streits vorhin ...«

Stahl winkte ab. »Wir wissen beide, wie Natalie ist. Aber sie ist der Boss.«

»Schön, dass du es so sportlich siehst.« Reiland hob die Hand zum Gruß und wandte sich Richtung Ausgang.

Stahl wartete fünf Minuten, bevor er den Druckvorgang mit erhöhtem Puls fortsetzte. Das war knapp gewesen.

13

Kurz nach halb neun Uhr abends klingelte es bei Gregor Brandt an der Tür. Es war Stahl, der Fallanalytiker. Er hatte sich zuvor telefonisch angekündigt und bei der Gelegenheit angeboten, von unterwegs Pizza für sie mitzubringen. Brandt war einverstanden gewesen.

Stahl legte die Kartons auf den Tisch und hängte seine Schultertasche über die Stuhllehne.

»Möchten Sie ein Bier?«, fragte Brandt.

»Sehr gern. Noch lieber wäre mir, wenn Sie auch eins mittrinken würden.«

Brandt ging in die Küche. »Brauchen Sie einen Teller?«

»Nein, mir schmeckt die Pizza aus dem Karton heraus am besten«, antwortete Stahl.

Er kam mit Besteck, Servietten und zwei Flaschen Bier zurück, von denen er Stahl eine reichte. Der nahm das kalte Getränk dankend an. Brandt setzte sich.

»Zum Wohl.« Stahl prostete ihm über den Tisch hinweg zu, und beide nahmen einen Schluck.

»Wie ist es mit Ihren Kollegen gelaufen? Sind Schrader und Reiland einverstanden, dass ich an dem Fall mitarbeite?«

Stahl öffnete die Kartons. Augenblicklich erfüllte ein würziger Duft den Raum. Er schob Brandt den Karton mit der für ihn bestellten vegetarischen Pizza zu. Gregor hatte es sich auch nach Rabeas Tod bewahrt, kein Fleisch zu sich zu nehmen.

»Nicht, dass die Teile kalt werden. Wäre schade drum.

Und ehrlich gesagt, habe ich den ganzen Tag noch nichts gegessen. Mein Magen bringt mich um.« Stahl schnitt sich ein großes Pizzadreieck ab, nahm es in die Hand und biss herzhaft zu.

»Was bin ich Ihnen für die Pizza schuldig?«

»Sie sind natürlich eingeladen«, antwortete Stahl. »Eine kleine Entlohnung für Ihre bisherige Arbeit an dem Fall.«

»Hört sich gut an.« Brandt schnitt sich ebenfalls ein Stück ab und begann zu essen.

Nachdem Stahl sein Pizzastück verschlungen und mit einem kräftigen Schluck Bier hinuntergespült hatte, wischte er sich mit der Serviette den Mund und die Hände ab. Er langte in seine Umhängetasche und holte einen Stapel Papier daraus hervor.

»Ich hab Ihnen etwas mitgebracht.« Er schob die Unterlagen in die Mitte des Tisches.

Sofort griff Brandt danach und begann darin zu blättern.

»Das ist die Ermittlungsakte«, stellte er kurz darauf fest.

»Ganz genau.«

»Dann haben Ihre Kollegen also zugestimmt.«

Stahl verzog das Gesicht. »Das leider nicht. Schrader ließ nicht mit sich reden.«

»Dennoch geben Sie mir die Akte und setzen sich über die Entscheidung hinweg?«

»Ich vertraue Ihnen und verspreche mir nicht wenig von Ihrer Unterstützung.« Stahl zwinkerte ihm zu und lächelte. Sie tranken beide einen Schluck. »Ich finde übrigens, wir könnten zum Du übergehen«, sagte er dann. »Das gestaltet die Zusammenarbeit angenehmer. Einverstanden? Hannes.«

»Gregor«, gab er zurück. »Ist mir, ehrlich gesagt, auch lieber. Jetzt, da wir schon beim gemeinsamen Essen und Bier sind, kommt mir alles andere befremdlich vor. Ich habe übrigens die Ermittlungsakte im Fall des ermordeten V-Mannes von meiner Ex-Kollegin bekommen.«

»Hast du was Auffälliges entdeckt?«

»Bisher nicht. Aber ich nehme mir die Unterlagen morgen noch mal vor.«

Als sie mit dem Essen fertig waren und den Tisch abgeräumt hatten, widmeten sie sich wieder dem Fall.

»Gustav Freund stand auf Pferderennen«, berichtete Hannes Stahl. »Er besaß ein Wettkonto, auf das Anfang Januar ein Betrag von fünfzehntausend Euro per Kreditkarte eingezahlt wurde. Von wem wissen wir noch nicht, aber das ist nur eine Frage der Zeit.«

»Das könnte Freunds Bezahlung für den Freispruch gewesen sein«, sagte Brandt.

»Schrader und Reiland glauben, dass es sich um Geld aus einem fehlgeschlagenen Bestechungsversuch im Rahmen eines Immobiliendeals handelt.«

»Und was ist mit Valerie Niebach?«

Stahl erzählte von ihrem Faible für teure Designerhandtaschen und extravagante Schuhe. Brandt blätterte währenddessen in dem Ausdruck der Ermittlungsakte. Hin und wieder hielt er inne. Die eingescannten und in die Akte eingefügten Tatortfotos ließen tief in die Seele des Täters blicken. Der Tod durch Erhängen war brutal und für das Opfer in den meisten Fällen überaus qualvoll.

»Valerie Niebach könnte also quasi in Naturalien in Form von Luxusartikeln für ihre Stimme als Schöffin bezahlt worden sein«, schloss Stahl seinen Vortrag.

Brandt studierte noch kurz weiter schweigend die Akte. »Es stellt sich die Frage, warum Niebach und Freund durch Strangulation sterben mussten«, sagte er schließlich und sah zu Stahl auf. »Wenn ein von der Immobiliengesellschaft beauftragter Killer dahintersteckten würde, hätte der sich nicht diese Mühe machen müssen. Er hätte die beiden einfach erschießen können. Falls der Clan lästige Erpresser oder Mitwisser hätte loswerden wollen, gilt das Gleiche. Warum dieser Aufwand? Möglicherweise steckt doch Frost dahinter. Vielleicht leidet er an einer Psychose und sieht sich gezwungen, nach dem gleichen Muster zu töten, bis ihn jemand zur Strecke bringt. Soweit ich mich erinnere, haben die Richter Frost damals abgenommen, dass es sich bei dem Tod seines Adoptivvaters um einen Unfall handelte und Frost ihn eigentlich nur zwingen wollte, seine Fragen zu beantworten. Aber bewiesen war das nicht. Vielleicht hat sich Frost die Geschichte mit der Befragung also nur ausgedacht und ist in Wahrheit ein eiskalter Killer.«

»Bist du auf Schraders Seite oder auf meiner?«, witzelte Stahl. »Nein, im Ernst: Das mag tatsächlich zutreffend sein. Allerdings könnte der eigentliche Täter auch mitbekommen haben, dass Frost wieder auf freiem Fuß ist. Er hängt ihm die Morde an, indem er Frosts Tat imitiert. Zumindest kann er davon ausgehen, dass die Polizei zunächst in die falsche Richtung ermittelt. Wobei ich dem Clan eine solche Raffinesse nicht unbedingt zutrauen würde.«

»Was wieder schlecht für unsere Theorie ist«, sagte Brandt. »Hier am Schluss ist noch ein Eintrag zu Valerie Niebach.« Er deutete auf die letzte Seite des Stapels. »Schrader hat wohl heute Nachmittag mit dem Witwer telefoniert und den Inhalt des Gesprächs protokolliert.«

»Lass mich mal schauen«, sagte Stahl. Brandt schob ihm das Blatt über den Tisch.

Stahl zog die Augenbrauen zusammen. »Äußerst interessant. Das war vermutlich Natalies letzte Aktion, bevor sie heute Feierabend gemacht hat. Wir hatten Zoff – unter anderem, weil sie gegen deine offizielle Einbeziehung in den Fall war –, da hatte sie wohl keine Lust mehr, mich auf den neuesten Stand zu bringen.«

Laut der Aktennotiz hatte Frank Niebach auf die Frage nach sonstigen außergewöhnlichen Ausgaben seiner Frau erklärt, dass sie letztes Jahr Anfang Dezember mit ihrer besten Freundin nach New York geflogen sei, wo die beiden für eine Woche in einem Luxushotel gewohnt hätten. Der Name der Freundin sei Leila Gutenberg, und diese sei Inhaberin eines Modelabels. Er habe sich keine weitergehenden Gedanken darüber gemacht, wie seine Frau die Reise finanziert habe.

Stahl blätterte zu einer bestimmten Stelle in der kopierten Akte. »Die Kontounterlagen hier weisen zwar Ende November eine Sonderzahlung durch Valerie Niebachs Arbeitgeber aus, es wurde davon aber kaum etwas abgehoben. Jedenfalls zu wenig für eine solche Reise.«

»Der New-York-Trip der Niebach fand nach dem Freispruch des Clanmitglieds, aber vor dem Immobiliendeal statt«, stellte Brandt fest. »Falls sie die Reise mit Bestechungsgeld finanziert hat, sollten wir in unsere Überlegungen einfließen lassen, wann solche Gelder in der Regel gezahlt werden. Vor oder nach der erkauften Handlung?«

Stahl stieß einen tiefen Seufzer aus. »Vermutlich eher davor.«

Gregor Brandt nickte. »Das würde bedeuten, falls Geld geflossen ist, dann kam es eher von der Immobilienfirma Verstappen und nicht vom Clan.«

»Verdammt«, platzte es aus dem Ermittler heraus. Er holte sein Handy hervor und gab auf das Aktenblatt schauend eine Nummer in das Tastenfeld ein. »Schraders Bericht endet damit, dass sie sich von Frank Niebach Leila Gutenbergs Handynummer geben ließ, die Frau aber nicht erreicht hat. Sicher wollte Schrader sie fragen, woher Valerie Niebach das Geld für die Reise hatte.«

Er hielt sich das Handy ans Ohr und sah Brandt an. »Vielleicht habe ich mehr Glück und erreiche die Frau jetzt. Dann wären wir Schrader einen Schritt voraus.« Er lächelte verschwörerisch.

Nach wenigen Sekunden trat ein enttäuschter Ausdruck auf sein Gesicht. »Nur die Mailbox. – Hier ist Hauptkommissar Stahl«, sprach er darauf. »Ich ermittle in der Mordsache Valerie Niebach und habe eine dringende Frage wegen Ihrer gemeinsamen Reise nach New York. Würden Sie mich bitte zurückrufen, so schnell es geht.«

Er nannte noch seine Handynummer und legte dann auf.

14

Es ist doch nur ein gottverdammtes Datum! Eine Kombination einer Zahl mit einem Monat. Warum macht es mich so fertig? Wieso ist es für mich sogar schlimmer als ihr Todestag?

Klaus Hille wischte sich die Tränen aus den Augen. Seit Stunden kämpfte er gegen das schwarze Loch, das sich vor ihm aufgetan hatte.

Früher hatte er Jahrestage wie etwa den Hochzeitstag gerne vergessen. Ein Zeichen purer Zerstreutheit, kein Zeichen mangelnder Liebe. Doch seit Marions Tod vor sechs Jahren war ihm das kein einziges Mal passiert. Inzwischen wachte er an diesen Tagen sehr früh auf und sah Bilder der Zeremonie in seinem Kopf. Marion war hinreißend gewesen in dem weißen Kleid und mit dem Blumenkranz im Haar. Sie hatten vor siebzehn Jahren eine Traumhochzeit gefeiert, ohne zu ahnen, dass das Schicksal ihnen nur knappe elf Jahre als Ehepaar zugestehen würde. Bis zu dem Tag, als Marion zufällig in ein illegales Autorennen mitten in der Berliner Innenstadt geriet. Einer der Fahrer verlor die Kontrolle über seinen Sportwagen und schleuderte in den Gegenverkehr. Marion wurde in ihrem Kleinwagen eingequetscht. Die Feuerwehr benötigte zwei Stunden, um sie aus dem Wrack herauszuschneiden, die Ärzte kämpften weitere vier Stunden um ihr Leben. Erfolglos.

Trotzdem war es nicht der siebte Juli, Marions Todestag, an dem er am meisten litt.

Klaus Hille schob appetitlos den Teller mit dem Mikrowellengericht beiseite. Heute würde er wohl wieder einmal viel zu wenig essen. Er schnaubte und stand vom Küchentisch auf.

Nach Marions Tod hatte er noch zwei Jahre in der gemeinsamen Wohnung gelebt, bis er sich aus Kostengründen etwas Kleineres hatte suchen müssen. Doch richtig heimisch fühlte er sich hier nicht.

Er schlurfte ins Wohnzimmer. Aus dem breiten Eichenschrank zog er ein prall gefülltes Fotoalbum heraus. Damit setzte er sich auf den altersschwachen Sessel und schlug die erste Seite auf.

Marion war eine Fotonärrin gewesen. Sie hatte jedes wichtige und auch so manches unwichtige Ereignis mit einer ihrer Kameras festgehalten. Dieses Album begann mit jener Klassenfahrt, die Klaus Hille und Marion Rother als verantwortliche Lehrer gemeinsam begleitet hatten. Eine dreitägige Exkursion nach Trier. Schon vorher hatten sich die beiden gut verstanden und gern in Pausen beieinandergesessen. Nach der Klassenfahrt waren sie als Paar zusammengekommen.

Er betrachtete die Fotos. Wie jung sie damals gewesen waren. Marion an der Porta Nigra, vor der Konstantinbasilika oder am Dom. Jedes der Bilder verströmte ihre Lebensfreude und den Spaß, den sie am Umgang mit Schülern besessen hatte.

Er blätterte weiter. Es folgten die ersten Fotos, die sie als Paar bei Gartenfesten gemeinsamer Freunde zeigten. Im Familienkreis. Und schließlich eine ganze Reihe Hochzeitsbilder. So eine schöne Feier mit über hundert geladenen Gästen. Damals hatte er viele Freunde gehabt. Heute keine Handvoll. Wobei das hauptsächlich an ihm lag. Nach Marions Tod hatte er sich zurückgezogen, war dauerhaft arbeitsunfähig geworden. Er bezog dank der großzügigen

102

Beamtenabsicherung eine mehr als akzeptable Rente fürs Nichtstun. Doch vor den ehemaligen Freunden war ihm sein eigener Verfall unangenehm. Zumal er jahrelang mit dem Alkoholdämon gekämpft hatte. Deswegen hatte er sich immer mehr von seiner Umwelt distanziert.

Er strich sich gedankenverloren Tränen aus den Augen, klappte das Fotoalbum zu und starrte ins Leere. Wahrscheinlich war er Marion ein guter Ehemann gewesen – und sie ihm definitiv eine fantastische Ehefrau –, doch hätte er beim Jawort geahnt, wie wenig Zeit ihnen nur bleiben würde, hätte er jeden Tag viel bewusster genossen.

Sein Handy signalisierte piepend einen Nachrichteneingang. Wie in Zeitlupe quälte er sich hoch. Das Mobiltelefon lag direkt neben dem Fernseher und hing am Ladekabel. Der Akku des altersschwachen Geräts hielt kaum noch drei Stunden durch. *Wie ich selbst*, ging es ihm durch den Kopf. Doch er brauchte das Telefon so selten, dass es keinen Sinn machte, Geld für ein moderneres Exemplar auszugeben. Nur um einen Ersatzakku sollte er sich irgendwann kümmern.

Die Nachricht stammte von einem der wenigen neuen Freunde, die er nach Marions Tod gewonnen hatte. Klaus ahnte, weswegen dieser ihm ausgerechnet heute schrieb. Sie hatten sich oft genug darüber unterhalten, an welchen Tagen es besonders schwer war.

Wie geht es dir?

Kurz und prägnant wie immer.

Du weißt ja, wie es an solchen Tagen ist. Gestern beim Einschlafen habe ich gehofft, es würde mich nicht ganz so hart treffen. Leider vergeblich. Bin froh, wenn der Jahrestag vorbei ist.

Er schickte die Nachricht ab. Mit dem Telefon in der Hand setzte er sich zurück auf den Sessel. Wie erwartet traf rasch die nächste Mitteilung ein.

Bist du zu Hause?

Er lächelte. Er fand die in dem kurzen Satz liegende Anteilnahme rührend.

Keine Sorge. Ich sitze garantiert nicht in der Kneipe und begehe die alten Fehler. Die Zeiten sind vorbei. Wahrscheinlich gehe ich früh ins Bett. Aber danke, dass du an mich denkst. Wir sollten uns bald wieder treffen.

Klaus schickte die Nachricht ab, Sekunden später erhielt er einen zwinkernden Smiley als Antwort.

* * *

Als es draußen schon längst dunkel war, klingelte es an der Wohnungstür. Überrascht schaute Klaus Hille auf die Armbanduhr. Es war halb acht. Besuch zu so später Stunde war er schon lange nicht mehr gewohnt.

Schwerfällig stand er auf. Vom langen Sitzen schmerzten der Nacken und der Rücken. Er legte seinen Kopf zurück und dehnte seinen Körper, bevor er den Flur betrat.

Noch einmal klingelte es.

»Moment«, rief er laut.

Eigentlich konnte es sich bei dem Besucher nur um die Nachbarin handeln. Hatte er ihr irgendwann erzählt, wann sein Hochzeitstag anstand? Schaute sie nun nach dem Rechten?

Er öffnete. Eine maskierte Gestalt stand ihm gegenüber. Fassungslos starrte Klaus sie an, nicht in der Lage, irgendetwas zu tun. Keinen Schrei auszustoßen, keinen Versuch zu unternehmen, die Tür zuzuwerfen. Schockstarre.

Es ging alles sehr schnell. Die maskierte Gestalt riss ihren Arm hoch. Im nächsten Moment spürte Klaus Hille einen unerträglichen Schmerz am Hals. Er verlor das Bewusstsein.

* * *

Stöhnend erwachte der ehemalige Lehrer und schaute sich verwirrt um. Er lag am Boden. Was war passiert? Plötzlich kehrte die Erinnerung zurück. *Der Maskierte. Der Schmerz.*

Er bemerkte schwarze Stiefel ganz in seiner Nähe. Instinktiv kroch er ein Stück weg und blickte hoch. Der Eindringling trug noch immer eine Stoffmaske.

»Aufstehen«, sagte er leise.

»Was?« Erst jetzt erkannte Klaus die Pistole in der Hand des Mannes. »Was wollen Sie von mir?«

»Hoch!«

»Nein! Hauen Sie ab!«

Der Maskierte ging in die Hocke und presste den Pistolenlauf gegen Hilles Oberschenkel. »Hoch!«

Warum sprach er flüsternd? Hatte er Angst, dass die Nachbarn sie hören konnten? Klaus überlegte, ob er laut um Hilfe schreien sollte. Doch seine Nachbarin in der Wohnung nebenan war eine alte Dame. Unter ihm wohnte ein Paar, das meistens erst spät von der Arbeit nach Hause kam. Die Wohnung über ihm stand momentan leer. Die Wahrscheinlichkeit, dass ihn jemand hörte, war nicht sehr groß. Und die geringen Bargeldmengen in der Wohnung rechtfertigten auch nicht, das eigene Leben aufs Spiel zu setzen. Daher war es besser, den Anweisungen zu folgen. Stöhnend erhob er sich.

»Auf den Stuhl«, flüsterte der Maskierte.

»Welchen Stuhl?« Hektisch schaute er sich um. In der Mitte des Raums stand unter dem Deckenleuchter ein Küchenstuhl. »Oh Gott!« Er stöhnte, als er den Strick bemerkte, der von dem Leuchter herabbaumelte. »Bitte nicht.«

»Du kletterst auf den Stuhl und legst dir die Schlinge um den Hals«, befahl der Fremde leise. »Ich will nur ein paar Antworten.«

Klaus durchfuhr es wie ein Déjà-vu. Obwohl der Mann anscheinend alles daransetzte, nicht anhand der Stimme identifiziert zu werden, kam sie ihm bekannt vor.

Um Zeit zu gewinnen, folgte er der Anweisung. Mit zittrigen Fingern legte er die Schlinge um den Hals.

»Zieh den Knoten zu!«

Sein Kopf war voller Panik, versagte seinen Dienst jedoch noch nicht gänzlich. »Was soll ich tun? Ich habe Sie nicht verstanden.«

»Knoten zuziehen«, wiederholte er etwas deutlicher.

Konnte das sein?

Klaus folgte der Anweisung.

»Warum hast du gegen den Plan verstoßen?«, wollte der Mann wissen. Jetzt sprach er fast in normaler Lautstärke, und es gab keinen Zweifel mehr.

»Bist du das?«, fragte Hille. Der Angreifer fasste sich mit der freien Hand an den Kopf und zog die Maske vom Gesicht. »Warum machst du das?«

»Weil du mich enttäuscht hast.«

Mit voller Wucht trat der Eindringling gegen die Lehne. Der Stuhl rutschte auf dem Parkettboden ein Stück nach hinten, ehe er kippte. Verzweifelt versuchte Klaus Hille, durch eine Gewichtsverlagerung den Sturz zu verhindern. Doch im nächsten Moment verloren seine Füße den Kontakt zur Sitzfläche. Die Schlinge grub sich in seinen Hals ein, gleichzeitig fiel der Stuhl stolpernd zu Boden. Ein Schleier legte sich über seine Augen, die Sicht verschwamm. Seine Hände griffen nach dem Seil. Einige qualvolle Sekunden, dann verlor er das Bewusstsein, noch bevor er etwas gegen den nahenden Tod unternehmen konnte.

* * *

Er betrachtete den sterbenden, zappelnden Mann, der sich einnässte. Dies war das erste Mal, dass keine Maske sein Sichtfeld einschränkte.

Er verspürte Zufriedenheit.

Klaus Hille hatte es von den bisherigen Opfern am meisten verdient zu sterben. Er hatte ihn hintergangen. Ihn angelogen. Gründe genug, nicht weiterleben zu dürfen.

Außerdem hatte er ihm letztlich sogar einen Gefallen getan. Hille müsste an keinem weiteren Jahrestag mehr um die Liebe seines Lebens trauern.

Er stopfte die Maske in seine Jackentasche. Sollte ihm zufällig jemand im Hausflur begegnen, würde die Person sterben müssen. Zeugen durften ihm nicht im Weg sein.

Er ging zur Wohnungstür und schaute durch den Spion hinaus. Der Flur lag im Dunkeln. Er öffnete die Tür und schlüpfte aus der Wohnung. So leise wie möglich lief er die Treppen hinunter und verließ das Haus.

15

Donnerstag

»Ich bin gerade mit dem Auto unterwegs zu einem neuen Tatort. Möglicherweise handelt es sich um einen weiteren Mord nach dem Frost-Muster«, sagte Stahl.

Gregor Brandt stand in seinem Wohnzimmer und hielt das Telefon ans Ohr gepresst. Im Hintergrund drang das brummende Motorengeräusch von Stahls Wagen durch die Leitung. Für einen Moment war Gregor sprachlos. Wie immer, wenn sich sein Kopf leer anfühlte, fixierten seine Augen einen festen Punkt in der Ferne. Das war sein Anker, der es ihm erlaubte, sich gegen die äußeren Sinneseindrücke abzuschotten und seine durcheinanderwirbelnden Gedanken wieder einzufangen. Diesmal war sein Blick an der runden Wanduhr hängen geblieben. Es war fünf Minuten vor zwölf, und Brandt verfolgte schweigend die Bewegung des Sekundenzeigers. Dabei nahm er sogar das Geräusch des Uhrwerks wahr.

»Bist du noch dran?«, fragte Hannes Stahl.

»Ja, ich bin noch da. War das Opfer wieder ein Schöffe?«

»Das konnte ich noch nicht in Erfahrung bringen. Die Meldung ist gerade erst reingekommen. Eine alte Frau hat ihren Wohnungsnachbarn erhängt vorgefunden. Das Opfer heißt Klaus Hille.«

»Bei Erhängen denkt man unweigerlich als Erstes an Selbstmord«, warf Gregor ein.

»Das könnte in dem Fall gut möglich sein. Die Nachbarin

geht sogar davon aus. Sie hat angegeben, dass der Mann seit dem Tod seiner Ehefrau, der schon Jahre zurückliegt, depressiv gewesen sei, und gestern war der Hochzeitstag der beiden.«

Gregor musste an Rabea denken und spürte einen Kloß im Hals. »Passen würde es, wenn der Tote sich diesen Tag zum Sterben ausgesucht hätte.«

»Eigentlich wollte die Nachbarin Hille gestern besuchen, weil sie wusste, dass es ein schwerer Tag für ihn sein würde. Aber als sie nachmittags von einem Ausflug mit Freundinnen heimkam, war sie erschöpft und ist auf ihrem Fernsehsessel eingeschlafen. Sie ist erst nach einundzwanzig Uhr wieder aufgewacht. Das war ihr dann zu spät, um bei Hille zu klingeln. Heute Morgen hat er dann nicht aufgemacht. Als sie später zum Briefkasten ging, hat sie bemerkt, dass Hille seine Tageszeitung noch nicht geholt hat. Das tat er sonst immer gleich am frühen Morgen. Sie hat die Zeitung mitgenommen, um sie ihm zu bringen. Als er abermals nicht öffnete, hat sie mit ihrem Zweitschlüssel, den er bei ihr deponiert hatte, die Tür geöffnet.«

»Muss ein schrecklicher Anblick für die arme Frau gewesen sein«, murmelte Gregor.

»Sie wird zurzeit in ihrer Wohnung medizinisch und psychologisch betreut. Ihre Tochter ist auf dem Weg. Ich bin jetzt da und muss Schluss machen. Sobald ich was Neues weiß und ungestört reden kann, melde ich mich wieder.« Stahl legte auf.

Nach dem Telefonat tigerte Gregor durch seine Wohnung. Mit jedem Schritt kam sie ihm enger vor.

War es ein Selbstmord oder hatte der Mörder von Valerie Niebach und Gustav Freund erneut zugeschlagen? Es würde dauern, bis er Näheres von Stahl erfuhr. Er hatte die Akten zu den Schöffenmorden und zu dem Tod des V-Mannes, die er durchsehen konnte. Aber er glaubte nicht, dass er darin Antworten finden würde. Es musste doch irgendetwas anderes geben, das er tun konnte.

Und dann hatte er eine Idee. Er blätterte in der Mappe, die er von Nina Raber bekommen hatte, und fand die Adresse des Angeklagten Bassam Masoud.

Eine Stunde später stand Gregor Brandt vor dem Plattenbau, in dem Masoud zumindest vor einem Jahr noch gewohnt hatte, und betrachtete die Namensschilder auf der verschmutzten Tafel mit den Klingelknöpfen. Viele davon waren unbeschriftet, was darauf schließen ließ, dass die Wohnungen entweder leer standen oder bei den Mietern kein Interesse an Besuch – welcher Art auch immer – bestand. Den Namen Masoud fand er jedoch neben der Klingel für eine Wohnung in der fünften Etage.

Da die Tür zum Gebäude nur angelehnt war, trat er ein und ging die Treppe nach oben. Es roch penetrant nach einer Mischung aus Schimmel und Urin. Die Wände waren mit bunten Schmierereien verunstaltet. Masouds Wohnung war die letzte am Ende eines langen Korridors.

Als Brandt vor der Tür stand, atmete er noch einmal durch. Von drinnen drang orientalische Musik unterlegt von dem Wirrwarr unterschiedlicher Stimmen und Kinderlachen an sein Ohr.

Sollte er das wirklich tun? Sicher würde Masoud in ihm sofort den Mann erkennen, der damals die Anklage gegen ihn vertreten hatte. Masoud lebte mit seiner Familie hier. Ihn in seinem privaten Refugium aufzusuchen, musste auf den Libanesen wie eine Provokation wirken. Brandt zwang seine Gedanken zum Stillstand, indem er den Zeigefinger hob und den Klingelknopf betätigte.

Die Musik verebbte, und die Stimmen brachen ab. In der Wohnung herrschte Stille, als Masoud die Tür öffnete. Der stämmige Barbesitzer, der einen Kopf kleiner als Brandt war, hatte sich äußerlich nicht verändert. Sein schwarzes pomadiges Haar war an den Schläfen kurzgeschoren und auf dem Kopf seitlich gescheitelt. Seine dunklen Augen ließen keine Rückschlüsse auf das zu, was in ihm vorging. Eine Weile betrachtete er Gregor schweigend. Dann legte er den Kopf schief.

»Ich muss sagen, ich bin überrascht. Sie wollten mich ins Gefängnis bringen, und jetzt statten Sie mir zu Hause einen Besuch ab. Was soll das?« Masoud trat einen Schritt vor, streckte den Oberkörper aus der Wohnung und spähte nach links und rechts in den Etagenflur. Dann sah er wieder Brandt an und zog die Mundwinkel nach unten. »Sie sind allein. Ich gehe mal davon aus, dass Sie nicht hier sind, um mich festzunehmen.«

»Ich muss mit Ihnen reden«, sagte Gregor.

Masoud legte die Arme vor der Brust zusammen. »Sie kommen hierher und wollen mit mir reden? Warum? Wir haben nichts miteinander zu besprechen. Und jetzt gehen Sie.«

Masoud wollte die Tür schließen, doch Gregor stellte einen Fuß in den Rahmen.

Masouds Blick verfinsterte sich. Sein Körper straffte sich und strahlte die Kälte eines Eisbergs aus. Gregor zog den Fuß zurück. Masoud kam aus der Wohnung und schloss die Tür hinter sich. Er ging nahe an Brandt heran.

»Das hier ist heiliger Boden«, flüsterte er. »Meine Familie lebt hier und wird mich fragen, wer Sie sind und warum Sie hier waren.«

Gregor hielt dem Blick des Arabers stand. »Die Anklage wurde zurückgewiesen, und Sie sind ein freier Mann. Von einer Unterredung mit mir haben Sie nichts zu befürchten.«

Er hatte auf das richtige Pferd gesetzt. Masoud sah sich selbst als Mann von Mut und Ehre und wollte vor dem Staatsanwalt nicht kneifen. »Also gut«, sagte er schließlich und lächelte. »Sie haben Glück, dass ich ein neugieriger Mensch bin. Folgen Sie mir.«

Sie liefen den Korridor entlang zurück in Richtung des Treppenhauses. Im Vorbeigehen klopfte Masoud mit der Faust dreimal an eine andere Tür. Vor der dann folgenden Wohnung blieb er stehen.

Hinter Brandt tauchte ein groß gewachsener Araber auf und folgte ihnen. Angesichts der Muskelberge, die sich unter seinem Shirt abzeichneten, musste er regelmäßig im Fitnessstudio trainieren oder sich auf andere Weise fit halten. Der Mann schloss die Tür auf, vor der Masoud mit Gregor stehen geblieben war, und ging hinein. Masoud deutete Gregor, dem Muskelprotz zu folgen. Er selbst trat als Letzter ein und schloss die Tür.

Es handelte sich um ein Einzimmerapartment. Die Tapete war grob von den Wänden gekratzt. Bis auf einen Tisch mit vier Stühlen und ein Sofa vor der breiten Fensterfront befanden sich keinerlei Möbel darin. Auf dem Sofa saß ein weiterer Araber. Er legte die Zeitschrift, in der er geblättert hatte, beiseite und stand auf, als sie den Raum betraten.

»Sind Sie verkabelt?«, fragte Masoud.

»Nein«, erwiderte Gregor.

Masoud nickte dem neben ihm stehenden Muskelberg zu, woraufhin dieser Brandts Jacke öffnete und ihn am Körper abtastete.

»Sicher ist sicher.« Masoud lächelte. Als sein Helfer fertig mit der Kontrolle war, wandte er sich Masoud zu und schüttelte den Kopf. »Nehmen Sie Platz, Herr Staatsanwalt.«

Masoud wies in einer theatralisch anmutenden Geste auf einen Stuhl. Gregor Brandt setzte sich. Masoud nahm ihm gegenüber Platz und legte beide Hände übereinander auf die Tischplatte. Seine beiden Untergebenen blieben stehen.

Der Tisch war von tiefen Furchen übersät, und an einigen Stellen klebte eine rote Substanz, die wie getrocknetes Blut aussah.

»Ich bin kein Staatsanwalt mehr«, stellte Gregor klar.

»Oh. Warum denn das? Als Beamter haben Sie doch gut verdient und hohes Ansehen genossen.«

»Der Grund ist meine Frau. Sie wurde von einem Auto angefahren und dabei tödlich verletzt.«

»Das tut mir leid«, sagte Masoud, ohne echte Anteilnahme erkennen zu lassen. »Es kann einen Menschen zerstören, wenn seiner Familie etwas zustößt.«

»Haben Sie davon gewusst?«

Masoud runzelte die Stirn. »Ja, ich erinnere mich. Ich habe davon erfahren. Das war während des Mordprozesses, den Sie gegen mich geführt haben.«

Brandt konnte nichts Auffälliges an Masouds Verhalten erkennen. Nichts, das ihm verriet, dass der Mann log.

»Dann sind Sie vielleicht hier, weil Sie einen neuen Job suchen«, rief Masoud und musste über seine eigene Eingebung lachen.

»Die beiden Schöffen aus dem damaligen Prozess sind ebenfalls tot. Sie wurden ermordet«, erwiderte Brandt.

Masoud lehnte sich in seinen Stuhl zurück und zog seinen Hosenbund zurecht. »Dieses Gespräch nimmt einen Verlauf, der mir nicht gefällt.«

»Wurden die Schöffen von Ihrer Familie bestochen, damit sie für Ihren Freispruch stimmen?« Gregor Brandt wusste, dass diese direkte Frage Masoud reizen würde. Aber vielleicht konnte er ihn so aus der Reserve locken und seine zur Schau gestellte Coolness knacken. »Haben die beiden Schöffen Nachforderungen gestellt und mussten deshalb sterben?«

Masouds Gesichtsausdruck verfinsterte sich. »Sie sind jetzt besser still.«

113

»Sonst was? Bringen Sie mich dann auch um?« Seine Worte verhallten im Raum. Danach war es für einen Moment totenstill.

Masoud zeigte keine Regung, dann neigte er sich vor und stützte seinen Oberkörper mit den Ellenbogen auf dem Tisch ab. Seine Augen funkelten und seine Halsschlagader war angeschwollen.

»Sie besitzen die Frechheit, hierherzukommen und mich zu beschuldigen, diese Menschen umgebracht zu haben. Zuerst dachte ich, Sie seien ein mutiger Mann, aber ich habe mich getäuscht. Sie sind einfach nur dumm und zu phantasielos, um sich vorzustellen, was mit Ihnen passieren kann, wenn Sie mich vor meinen Leuten so herausfordern.«

»Seit meine Frau tot ist, habe ich keine Angst mehr. Vor nichts und niemandem.«

Masoud zuckte kaum merklich mit der rechten Augenbraue. Seine beiden Lakaien bewegten sich langsam von links und rechts auf Gregor zu.

»Das sollten Sie aber«, sagte Masoud. Seine Augen verengten sich zu Schlitzen.

Brandt hielt seinem Blick immer noch stand. »Ich glaube nicht, dass meine Frau bei einem Unfall starb. Ich glaube, dass es nur so aussehen sollte und sie in Wahrheit ermordet wurde, damit ich den Prozess gegen Sie nicht weiterführen kann. Haben Sie den Auftrag erteilt, meine Frau zu töten?«

Masoud nickte dem Muskelberg zu. Der griff Gregor unter die Arme und zerrte ihn vom Stuhl hoch. Der andere Araber schoss heran, umklammerte Brandts Beine und hob sie an. Gemeinsam trugen sie ihn zur Fenstertür, die auf den Balkon führte. Gregor wehrte sich nach Leibeskräften. Es gelang ihm aber nicht, sich zu befreien. Er gönnte ihnen nicht den Triumph, dass er um Hilfe schrie oder um sein Leben flehte. Stattdessen fixierte er nur stumm Masoud, der von drinnen zuschaute, wie sie ihn nahe an die gemauerte Brüstung trugen. Sie stemmten ihn in die Höhe und wandten sich dann ihrem Boss zu. Masoud brauchte nur zu nicken, und sie würden ihn in die Tiefe stürzen. Gregor Brandt hörte sein Blut in den Ohren rauschen, und sein Herz schlug ihm bis zum Hals. Es vergingen ein paar Sekunden. Doch er hatte sich in sein Schicksal begeben.

»Bringt ihn wieder rein und setzt ihn auf den Stuhl«, sagte Masoud schließlich.

Sie ließen von Brandt ab, führten ihn zurück in den Raum und bugsierten ihn auf den Stuhl.

»Ich verspüre einen gewissen Respekt vor Männern, die für das Erreichen ihrer Ziele bereit sind, auch dem Tod ins Auge zu schauen«, meinte Masoud. »Ich habe beschlossen, großmütig zu sein. Es kostet mich nichts, Ihnen die Wahrheit zu sagen.« Er machte eine Pause. Offenbar wollte er seinen Worten dadurch mehr Nachdruck verleihen. »Ich habe weder etwas mit dem Tod der Schöffen noch mit dem Ihrer Frau zu tun.«

»Warum sollte ich Ihnen das glauben?«

»Was Sie glauben oder nicht, entscheiden Sie selbst. Aber es ist die Wahrheit. Ich verrate Ihnen zudem, dass ich auch den V-Mann weder getötet habe noch töten ließ. Er war zu meinem Freund geworden. Ich wusste nicht, dass er Polizist war, und ich habe keine Ahnung, was mit ihm passiert ist.«

»Er wurde in Ihrer Bar ermordet. Das beweisen die Spuren. Wer sonst, außer Ihnen oder Ihren Handlangern, sollte das gewesen sein?«

»Jemand, der mir den Mord anhängen wollte.«

»Das fällt mir ebenso schwer zu glauben«, entgegnete Brandt.

Masoud seufzte. »Ich gebe Ihnen mein Ehrenwort, obwohl ich nicht sicher bin, ob Sie es verdienen. Wenn ich den Mann umgebracht hätte, würde ich es Ihnen jetzt sagen. Er hätte es verdient, und ich würde dazu stehen. Trotzdem

115

könnte mir nichts passieren. Erstens sind wir hier unter uns, und zweitens könnte ich nicht noch einmal wegen des gleichen Verbrechens angeklagt werden.«

Irgendetwas sagte Gregor, dass Masoud ehrlich zu ihm war.

»Und wissen Sie was, Herr Brandt – da mir etwas daran liegt, dass Sie mir glauben, möchte ich etwas tun, das ich nur äußerst selten mache. Ich schwöre Ihnen beim Leben meiner Familie, dass ich Ihnen die Wahrheit gesagt habe. Und nun machen Sie, dass Sie hier wegkommen, bevor ich es mir anders überlege und Sie doch noch über den Balkon werfen lasse.«

16

Hannes Stahl erkannte die Nummer auf seinem Handydisplay. Um das Telefonat in Ruhe zu führen, setzte er den Warnblinker und hielt am Straßenrand auf einer für Busse reservierten Spur. »Hauptkommissar Stahl, guten Tag.«

»Leila Gutenberg. Sie haben mir auf die Mailbox gesprochen.«

»Hallo, Frau Gutenberg. Danke für den Rückruf.« Er schaute in den Rückspiegel. Sollte sich ein Linienbus nähern, müsste er wieder losfahren.

»Entschuldigen Sie, dass das ein bisschen gedauert hat. Womit kann ich Ihnen weiterhelfen?«

»Es geht um Ihre Reise mit Valerie Niebach nach New York.«

»Das waren noch schöne Zeiten.« Sie seufzte. »Ein Mädchentrip. Wir haben uns gefühlt wie Carrie Bradshaw und ihre Freundinnen.«

»Wie wer?«, fragte Hannes verständnislos.

Gutenberg lachte. »*Sex and the City*, die Serie. Davon haben auch Sie gehört. Carrie Bradshaw. So hieß die Hauptperson.«

»Jetzt kapier ich's.« Stahl grinste. »Also haben Sie in New York nichts anderes gemacht, als ...«

»... Schuhe kaufen, Handtaschen shoppen, Kleidung anprobieren. Verraten Sie mich nicht, aber hätte uns der Zoll kontrolliert, wäre das wohl teuer geworden.«

»Sie sprechen den entscheidenden Punkt an. Der Trip war bestimmt nicht billig, oder?«

»Nein«, gestand sie. »Wir hatten ein perfektes Fünfsternehotel mitten in Manhattan, waren jeden Tag in unglaublich coolen Bars und Restaurants. Hey, was kostet die Welt! Man lebt nur ...« Plötzlich brach sie ab. »Scheiße! Was rede ich denn?«

»Lassen Sie sich die Erinnerungen daran nicht zerstören«, empfahl er. »Wissen Sie, wie Frau Niebach den Aufenthalt bezahlt hat?«

»Gar nicht. Außer ihren eigenen Einkäufen habe ich alles übernommen. Ich habe sie dazu eingeladen. Wir sind ... waren so lange befreundet. Als Jugendliche waren wir unzertrennlich. Durch meine Erbschaft vor drei Jahren – mein Vater ist gestorben – hatte ich plötzlich ganz andere Möglichkeiten. So kam es zu der Reise.«

Womit die Bestechungstheorie komplett in sich zusammenfiel. Hannes bedankte sich für die Informationen, beendete das Gespräch und reihte sich wieder in den fließenden Verkehr ein. Genau im richtigen Moment, denn von hinten näherte sich ein Bus.

Zwanzig Minuten später betrat er Brandts Wohnung. Von unterwegs hatte er Schrader über die neueste Erkenntnis informiert. Sie hatte nicht erfreut reagiert.

Der Staatsanwalt musterte ihn besorgt. »Du siehst nicht gut aus.«

Stahl seufzte. »Heute hat sich eine Theorie nach der anderen in Luft aufgelöst«, bekannte er. »Frustrierend.«

»Willst du ein Wasser? Oder lieber etwas Härteres?«

»Wasser reicht, danke.«

Sie setzten sich gemeinsam an den Wohnzimmertisch, auf dem bereits eine Karaffe und zwei frische Gläser standen. Brandt schenkte ihnen ein.

»Erzähl!«, bat er.

Stahl trank einen Schluck. »Der Mord passt zu den vorherigen. Hille wurde erhängt, der Stuhl umgestoßen. Seine alte Nachbarin, Frau Thaler, hat ihn gefunden. Als ich ein Kind war, hat ebenfalls eine Frau Thaler im Haus gewohnt. Die Zeugin heute hat mich sehr an sie erinnert.« Er schmunzelte leicht. »Natürlich können wir wegen der Bedeutung des gestrigen Hochzeitstages Selbstmord nicht komplett ausschließen, aber ...«

»Es gibt Spuren einer Verletzung durch einen Elektroschocker«, vermutete Brandt.

Stahl nickte. »Wir warten noch auf das endgültige Ergebnis der Rechtsmedizin.«

»Ob der Mord am Hochzeitstag Zufall war?«, überlegte Brandt.

Stahl lächelte. Der beurlaubte Staatsanwalt zog die Möglichkeit eines Selbstmords gar nicht erst in Betracht und stellte darüber hinaus die richtigen Fragen. »Zufälle gibt es in Mordermittlungen eher selten.«

»Also kannten sich Mörder und Mordopfer«, folgerte Brandt. »Aber du hast gesagt, dass sich Theorien in Luft aufgelöst haben. Er war kein Schöffe?«

»Hille war seit dem Tod seiner Ehefrau ein dauerhaft dienstunfähig geschriebener Lehrer. Er hatte bis zum krankheitsbedingten Ausscheiden bloß an einer einzigen Schule gearbeitet. Ich habe mit dem Sekretariat und der Direktorin gesprochen, die ebenfalls seit fünfzehn Jahren dort tätig ist. Hille hatte während seiner aktiven Zeit kein Ehrenamt inne. Außerdem habe ich die zur Verfügung stehenden Datenbanken abgefragt. Kein Treffer. Wir können davon ausgehen, dass er nie als Schöffe berufen worden ist.«

»Schöner Mist«, brummte Brandt unzufrieden. »Wie ist die Ehefrau gestorben?«

»Infolge eines illegalen Autorennens in der Innenstadt. Einer der Beteiligten hat die Kontrolle verloren und ist gegen den Wagen von Frau Hille geknallt. Sie hatte keine

Chance.« Er trank einen Schluck Wasser und beobachtete sein Gegenüber, dessen Mimik nichts über die in ihm rumorenden Gedanken verriet. »Die Bestechungstheorie ist auch hinfällig«, fuhr Stahl fort. »Zu unserer eigenen Überraschung haben wir relativ schnell von dem Wettunternehmen Rückmeldung wegen des Guthabens auf Gustav Freunds Zockerkonto erhalten. Die Einzahlung stammte von Winfried Freund, seinem Bruder.«

»Hast du ihn erreicht?«

Er nickte wieder. »Gustav und er spielten seit Jahren bei einer Klassenlotterie. Ein Viertellos, das sie sich geteilt haben. Frau Freund wusste davon nichts. Sie ist aus prinzipiellen Erwägungen gegen jede Art des Glückspiels. Deswegen hat der Ermordete das alles geheim gehalten. Die Summe auf dem Wettkonto war Gustavs Anteil an einem Lotteriegewinn. Vor einer knappen halben Stunde hat mich dann auch Valerie Niebachs Freundin angerufen. Sie hat den New-York-Trip zum größten Teil bezahlt. Na ja, irgendwie tröstet es mich, dass nicht nur wir einen Rückschlag erlitten haben. Meiner Kollegin Schrader geht es ja nicht anders.«

»Ich habe übrigens auch neue Erkenntnisse.«

Stahl hob die Augenbrauen. »Warum schwirrt mir bei deinen Worten gleich ›Kompetenzüberschreitung‹ durch den Kopf?«

»Weil du die richtigen Instinkte hast, Hannes? Weil gleich der Name Masoud fallen wird? Ich war heute bei ihm.«

»Nicht dein Ernst, Gregor!«

Brandt lächelte verschmitzt. »Soll ich jetzt berichten oder willst du erst mal weiterschimpfen?«

Brandt erzählte von seinem Besuch in der runtergekommenen Plattenbausiedlung, von Masouds großspurigem Auftreten und seinen Gorillas. Er ließ auch die körperliche Aggression gegen ihn nicht unerwähnt.

120

Stahl schlug während des Berichts immer wieder die Hände über dem Kopf zusammen. »Gott!« Er stöhnte. »Du hättest tot sein können.«

»Wenn ich jetzt drüber nachdenke, halte ich das für unwahrscheinlich. Es war wohl nur für eine einstudierte Form der Einschüchterung. Masoud hat recht. Er kann kein zweites Mal für die Tat angeklagt werden und hatte deshalb auch keinen Grund, mich anzulügen. Und lebenslänglich einzufahren für den kurzen Spaß, einen abgehalfterten Staatsanwalt vom Balkon werfen zu lassen, wäre wahrlich ein schlechter Deal gewesen.«

»Zeigst du ihn an?«

»Nein«, sagte Brandt. »Er und seine Lohnempfänger würden es abstreiten. Es gibt keine Zeugen für den kleinen Balkonausflug.«

»Scheiße!«, fluchte Stahl. »Tust du mir einen großen Gefallen und unterlässt zukünftig solche Alleingänge?«

Der Staatsanwalt nickte leutselig. Stahl schaute wenig überzeugt auf seine Uhr.

»Ich muss langsam los.« Er erhob sich.

»Ich bring dich zur Tür. Danke, dass du mir so schnell Bescheid gegeben hast, Hannes.«

»Ehrensache.«

»Wann hören wir wieder voneinander?«, fragte Brandt.

»Sobald es etwas Neues gibt, das unsere Theorie untermauert, erfährst du es sofort«, versprach er.

Die beiden Männer schüttelten sich die Hand und sahen sich kurz in die Augen. Angesichts der jüngsten Ermittlungsergebnisse schien ihre Zusammenarbeit schneller zu enden als erwartet. Stahl gingen verschiedene Gedanken durch den Kopf, doch er wollte sich nicht in Floskeln verlieren. Also behielt er sie für sich.

»Mach's gut«, sagte er nur.

»Du auch.«

121

Stahl drehte sich um und lief zur Haustür. Draußen atmete er tief durch.

War das eben ein Abschied für immer gewesen oder würden sich ihre Wege erneut kreuzen? Er dachte an die Akte, die er für Gregor Brandt kopiert hatte. Hätte er die zurückfordern müssen? Der Staatsanwalt war in Ordnung. Die Untersuchungen in der Mordserie schienen ihm Auftrieb zu geben und dabei zu helfen, den Schmerz über den Verlust seiner Frau im Zaum zu halten.

Er spielte mit dem Gedanken, noch einmal umzudrehen. Doch wie würde das auf den Staatsanwalt wirken? Nein! Es gab keinen Grund, die Akte einzuziehen. Brandt würde wissen, dass er sie irgendwann vernichten müsste. Und neben seinem Schreibtisch stand ein Schredder, um sich des Problems schnell zu entledigen.

Stahl ging auf seinen Wagen zu. Der Verdacht einer möglichen Bestechung war genauso im Sande verlaufen wie die Schöffenspur. Er ahnte, was das für Schrader und Reiland bedeutete. Sie würden Heiko Frost verstärkt ins Visier nehmen. Eine sinnlose Zeitverschwendung in Stahls Augen – trotzdem nichts, was er verhindern konnte.

Er holte den Wagenschlüssel aus dem Jackett und entriegelte das Auto. Brandt hatte eine wichtige Frage aufgeworfen. Bedeutete das Zuschlagen des Mörders am Hochzeitstag des Opfers, dass sich die beiden persönlich kannten? Wenn das der Fall war: Hatten die anderen Opfer den Mörder ebenfalls gekannt?

Er stieg ein, klemmte sich hinters Steuer und startete den Wagen.

Er spürte, dass die Antwort in der Mordmethode lag. Der Mörder wollte etwas von seinen Opfern in Erfahrung bringen. Aber was?

17

Nachdem Stahl gegangen war, fühlte sich Gregor Brandt leer und kraftlos. Eine Beeinflussung der Schöffen Niebach und Freund zur Forcierung eines Freispruchs hatte nicht stattgefunden. Ihre Theorie war falsch gewesen. Eine klassische Sackgasse, von denen es bei jeder Ermittlung in der Regel genügend gab. Und wenn es für ihn dabei nicht um etwas höchst Persönliches gegangen wäre, hätte ihn diese Erkenntnis nicht halb so tief berührt. So aber sog sie sämtliche Energie aus ihm heraus, und ein großes schwarzes Nichts tat sich vor ihm auf. Er hatte sich vorgenommen, heute zum Boxtraining zu gehen. Doch nun konnte er sich dazu nicht mehr aufraffen, obwohl er wusste, dass es ihm gerade jetzt gutgetan hätte. Seit Rabeas Tod gab es Tage, an denen er dem inneren Schweinehund nicht gewachsen war, und jetzt war es wieder so weit. Im Moment wollte er nichts lieber als an seinem Tisch sitzen, vor sich hinstarren und Trübsal blasen.

Diese Theorie aufzugeben, die so einleuchtend und vielversprechend gewesen war, hatte für ihn viel weitergehende Konsequenzen als für Stahl oder einen der anderen Ermittler – nämlich persönliche. Es bedeutete nicht nur, dass sich das mutmaßliche Motiv für die Morde an den mittlerweile drei Erhängten zerschlagen hatte. Er musste sich auch von dem Glauben verabschieden, dass Rabea ermordet worden war.

Das war das eigentlich Niederschmetternde. Rabeas Tod war ein Unfall gewesen. Er hatte dies nicht akzeptieren können. Kurz hatten die Ermittlungen zu den Schöffenmorden seinem Verdacht neuen Aufwind gegeben. Doch nun waren nicht nur die Theorie und die von ihr inspirierten Untersuchungen wie ein Kartenhaus in sich zusammengestürzt, sondern ein Stück weit auch etwas in ihm. Es war ein Wechselbad der Gefühle. Keines davon gewann die alleinige Oberhand. Wut auf sich selbst, seine Dummheit, dass er sich dazu hatte verleiten lassen, diese Ermittlungen zu unterstützen. Zu glauben, er könnte entscheidende Hinweise dazu beisteuern, die Person zu überführen, die das Leben seiner Frau auf dem Gewissen hatte. Neu aufflammende Trauer über den Verlust Rabeas. Es war eine Mischung aus vielem. Und noch etwas anderes musste er sich eingestehen: Es hatte ihm gefallen, wieder aktiv zu ermitteln. Er hatte etwas wie neuen Lebensmut gefühlt. Dass seine Zusammenarbeit mit Stahl nun enden sollte, war eine Enttäuschung und setzte ihm ebenfalls zu.

Es war kein Wunder, dass er sich mies fühlte. Er atmete durch und sah sich um. Er musste irgendwie auf andere Gedanken kommen. Sein Podcast kam ihm in den Sinn. Timo Weilers Geschichte wollte erzählt werden. Eine Recherche dazu im Internet würde ihn ablenken. Egal was dabei herauskam oder wohin ihn beim Surfen im Netz die Wellen der Informationsflut tragen würden – Hauptsache, er kam aus seinem Tief heraus.

Schon nach wenigen Klicks hatte er einen alten Zeitungsbericht entdeckt, der über den Unfalltod von Weilers Frau berichtete. Die dreiundzwanzigjährige Studentin Maja W. war mit dem Fahrrad auf dem Weg zur Universität gewesen, als sie ein Lkw-Fahrer beim Rechtsabbiegen übersehen hatte. Der Mann war nach Angaben der Polizei stark alkoholisiert gewesen und hatte erst nach etwa hundert Metern bemerkt, dass sein Lkw etwas mit sich schleifte. Das entsprach dem, was Timo Weiler ihm erzählt hatte.

Brandt lehnte sich in seinen Stuhl zurück. Ein eiserner Ring schien sich um seine Brust zu legen und mehr und mehr zuzuziehen. Bilder, die er lange verdrängt und in einer dunklen Höhle seines Unterbewusstseins versteckt gehalten hatte, schossen nun, ausgelöst durch den Artikel über den Tod von Weilers Frau, vor sein geistiges Auge.

Er befand sich plötzlich wieder im Institut für Rechtsmedizin der Charité. Zwei Polizisten begleiteten ihn. Bis auf ihre Schritte, die an den glatten Wandflächen widerhallten, war es vollkommen still in dem Raum. Sie führten ihn zu dem Tisch, auf dem Rabeas Leichnam, vollständig mit einem weißen Leinentuch bedeckt, aufgebahrt war. Ihm gegenüber stand eine der hier beschäftigten Rechtsmedizinerinnen. Als Rabeas Ehemann fiel ihm die Aufgabe zu, sie zu identifizieren.

»Sind Sie bereit?«, fragte der ältere der beiden Polizisten. In den Augen des Jüngeren glaubte Gregor, Anteilnahme zu erkennen.

Zitternd schluckte er den Kloß in seinem Hals herunter und nickte. Die Rechtsmedizinerin schlug das Tuch über dem Kopf des Leichnams zur Seite. Die Beamten hatten ihn vorher gewarnt, dass ihn kein schöner Anblick erwarten würde. Dennoch war er in keiner Weise darauf vorbereitet gewesen, was nun auf ihn zukam. Nur ein Sekundenbruchteil, in dem er die Augen geöffnet hatte, reichte aus, um das Bild des Grauens auf ewig in sein Gehirn zu brennen. Eine Hälfte ihres Gesichts war zur Unkenntlichkeit verstümmelt. Sie hatten ihm unterbreitet, dass sie durch den Aufprall durch die Luft geschleudert worden und mit dem Kopf auf den Beton aufgeschlagen war.

Gregor hielt es nicht mehr auf seinem Stuhl. Diese Szene hatte ihn eine Zeit lang jede Nacht in seinen Träumen begleitet. Er hatte geglaubt, das einigermaßen im Griff zu haben.

Er brauchte frische Luft. Hastig nahm er seinen Wohnungsschlüssel, sein Handy und sein Portemonnaie. Dann war er auch schon draußen und marschierte drauflos, ohne zu überlegen wohin.

Mittlerweile war es kurz nach siebzehn Uhr. Er schwitzte, obwohl die Temperaturen dazu keinen Anlass mehr gaben. Nach und nach verblasste der Film aus der Rechtsmedizin, den er gerade in seinem Kopfkino in bester Bild- und Tonqualität hatte ertragen müssen. Doch die ätzenden Gefühle der Beklemmung und des Horrors blieben. Es kam ihm vor, als würden die Passanten, die seinen Weg kreuzten, ihm seinen Seelenzustand vom Gesicht ablesen.

Nach einer weiteren halben Stunde ging es ihm geringfügig besser. Als er an seiner Lieblingskneipe vorbeikam, die im Stil eines englischen Pubs eingerichtet war, trat er ein, bestellte ein großes Bier und setzte sich an einen der kleinen rustikalen Holztische am Fenster. Da er Durst hatte, trank er das Glas in nur wenigen Minuten aus und bestellte sich ein weiteres. Während er darauf wartete, schaute er gedankenverloren aus dem Fenster. Plötzlich riss ihn ein Auto, das mit quietschenden Reifen vor einer auf Rot springenden Ampel bremste, aus seiner Lethargie. Das dritte Mordopfer Klaus Hille kam ihm dabei in den Sinn.

Dessen Frau starb durch einen Innenstadtraser. Wie war Hille damit umgegangen? Wie hatte er den Tod seiner Frau verarbeitet? Hatte auch er seine Frau identifizieren müssen? Vermutlich schon.

Gregor fühlte sich auf seltsame Weise mit dem ihm unbekannten Mann verbunden, ebenso wie bereits mit Timo Weiler. Langsam formte sich in seinem Kopf eine Idee. Er würde neben Weilers Geschichte und seiner eigenen auch die von Hille in seinem Podcast beleuchten. Thematisch passte das. Sicher würden sich viele Menschen darin wiederfinden, die einen Angehörigen im Straßenverkehr verloren hatten.

Die Bedienung brachte ihm das bestellte Bier. Er trank einen großen Schluck, sodass der Schaum an seiner Oberlippe hängen blieb.

Stahl hatte die Adresse des dritten Mordopfers nebenbei erwähnt, und er hatte sie sich ebenso gemerkt wie den Namen der Nachbarin. Er gab über die Tastatur seines Smartphones *Elvira Thaler* in das Suchfeld eines Internet-Telefonbuchs ein und wurde fündig. Ohne weiter nachzudenken, wählte er die angegebene Nummer. Nach dem dritten Klingeln hob die alte Dame ab.

»Thaler.«

»Guten Tag, Frau Thaler. Mein Name ist Gregor Brandt. Ich rufe wegen Ihres Nachbarn Klaus Hille an. Dass er tot ist und Sie ihn finden mussten, ist schrecklich und tut mir sehr leid für Sie. Ich hoffe, Sie kommen einigermaßen damit zurecht. Dennoch würde ich Ihnen gerne noch ein paar Fragen stellen.«

»Sind Sie von der Polizei?«

Er überlegte kurz. »Ich bin von der Staatsanwaltschaft.«

»Und wer sagt mir, dass Sie nicht von der Presse kommen?«

»Frau Thaler, woher sollte ich denn sonst Ihren Namen kennen und wissen, dass Sie Ihren Nachbarn erhängt vorgefunden haben?« Er machte eine Pause. In der Leitung blieb es still. »Ich wollte mir den Weg zu Ihnen sparen, Frau Thaler, da es wirklich nur ein paar kurze Fragen sind. Aber wenn es Ihnen lieber ist, komme ich auch zu Ihnen nach Hause.«

»Nein, das ist nicht nötig. Sie haben ja recht. Außerdem kommt gleich meine Lieblingsserie im Fernsehen. Also, was wollen Sie von mir wissen?«

Er wusste nicht, ob Elvira Thaler darüber informiert war, dass ihr Nachbar ermordet wurde. Möglicherweise ging sie noch von Selbstmord aus.

»Um herauszufinden, was zum Tod von Herrn Hille geführt hat, wäre es gut zu wissen, was für ein Mensch er war. Können Sie mir dazu etwas sagen?«

»Er war ein freundlicher Nachbar. Ich habe ihn nie lächeln gesehen, wenn ich mit ihm sprach, aber er war höflich und hilfsbereit. In den ersten Jahren hat er oft nach Alkohol gerochen, wenn ich ihm begegnet bin. Dennoch hat er meine Katze gewissenhaft versorgt, als ich für ein paar Wochen ins Krankenhaus musste. Erst viel später hat er mir erzählt, was mit seiner Frau passiert ist, dass er deshalb getrunken hat, nun aber vom Alkohol losgekommen ist.«

»Und an seinem Hochzeitstag war es besonders schlimm für ihn?«

»Allerdings. Aber er ist auch insgesamt nie über den Tod seiner Frau hinweggekommen. Er musste ständig mit dem zu milden Urteil gegen den Raser hadern, der sie auf dem Gewissen hat. Klaus hat sich sogar als Schöffe beworben, weil er für mehr Gerechtigkeit der Justiz sorgen wollte. Er wurde aber mit der Begründung abgelehnt, dass ihm die nötige Neutralität fehlt.«

Er horchte auf. Er wusste noch nicht, was er von dieser Aussage halten sollte, aber sie sorgte dafür, dass es in ihm zu rumoren begann.

»Meine Serie geht in einer Minute los«, brach Elvira die kurz eingetretene Stille.

»Wir sind gleich fertig. Gestatten Sie mir noch eine Frage. Hatte Herr Hille Hobbys und Freunde?«

»Nein, er war eigentlich immer nur zu Hause. Ab und an machte er einen Spaziergang. Früher war er wohl in einem Basketballverein. Besuch hat er, seit er neben mir wohnt, so gut wie gar nicht bekommen.«

»Frau Thaler, ich danke Ihnen«, sagte Gregor. »Das war's auch schon. Nun wünsche ich Ihnen viel Vergnügen mir Ihrer Fernsehserie.«

»Danke. Ich hoffe, ich finde dabei ein wenig Zerstreuung.«

Nach dem Gespräch trank er sein Bier aus, bezahlte und begab sich zurück in seine Wohnung. Von dort rief er Nina Raber an und bat sie, ihm morgen auch die Ermittlungsakte im Fall gegen den Innenstadtraser, der Hilles Frau getötet hatte, zu besorgen. Der Inhalt der Akte würde ihm sicher bei der Gestaltung seiner neuen Podcast-Episode helfen. Darüber hinaus hatte er die leise Hoffnung, darin möglicherweise auch auf ein Motiv für Hilles Ermordung zu stoßen.

18

Freitag

Vom Präsidium fuhr Hannes Stahl gemeinsam mit Schrader und Reiland am nächsten Morgen zu Hilles Wohnung. Erfahrungsgemäß stellte die Spurensicherung zwar die wichtigsten Beweismittel sicher, jedoch versteckten sich Hinweise oft auch in den vermeintlich unwichtigen Gegenständen.

Sie schauten sich zuerst im Wohnzimmer um.

»Wie teilen wir uns auf?«, fragte Reiland.

»Ich knöpfe mir das Arbeitszimmer vor«, beschloss Schrader. »Da stehen ein Schreibtisch und ein Regal mit Büchern.«

Stahl ärgerte sich kurz im Stillen, dass ihm Schrader zuvorgekommen war. Auch er hätte sich gern diesen Bereich der Wohnung angesehen. Er überlegte, ob er in den Keller gehen sollte, doch wollte er vermeiden, dass Schrader und Reiland ohne sein Zutun vorschnelle Theorien entwickelten.

»Machst du den Keller?«, bat er Reiland. »Dann guck ich mich im Wohn- und Schlafzimmer um.«

»Einverstanden.« Reiland tippte sich an die Stirn und verließ die Wohnung.

Ohne ein weiteres Wort ging Schrader nach nebenan. Stahl hingegen blieb unschlüssig in der Mitte des Raums stehen. Was sollte er sich zuerst vornehmen?

Ein Klingeln an der Wohnungstür unterbrach seine Überlegungen. Hatte Reiland etwas vergessen?

»Ich geh schon«, rief er.

Er trat an die Tür und schaute kurz durch den Spion. Reiland stand davor, außerdem die Nachbarin Thaler. Er öffnete ihnen und bemerkte sofort Reilands angespannten Gesichtsausdruck.

»Was ist los?«, fragte er.

Schrader trat aus dem Arbeitszimmer zu ihnen.

»Frau Thaler hat uns gehört und mich abgefangen. Sie wollte wissen, ob der Staatsanwalt Brandt, mit dem sie gestern Abend telefoniert hat, ebenfalls da sei.«

Reiland zwängte sich an Stahl vorbei, und die Nachbarin folgte ihm unsicher.

»Wann war dieses Telefonat?«, fragte Schrader an Elvira Thaler gewandt.

»Um zehn nach sechs«, antwortete sie. »Der Mann erkundigte sich nach Herrn Hille. Ich hab ihn ein bisschen abgewürgt, weil meine Lieblingssendung im Fernsehen anfing. Sagen Sie ihm, dass es mir leidtut. Ich habe nämlich eine wichtige Sache vergessen.«

»Welche?«, fragte Stahl.

»Sie müssen wissen, im ganzen Haus ist es hellhörig. Wenn ich nicht gerade fernsehe oder Radio höre, bekomme ich so einiges aus den Nachbarwohnungen mit. Auch Ihr Eintreffen vorhin war nicht zu überhören. Herr Brandt wollte wissen, ob Herr Hille Freunde hatte. Ich hab ihm gesagt, er hätte nie Besuch empfangen. Aber das stimmt nicht. In den letzten Monaten habe ich immer mal wieder Stimmen vernommen. Einen Mann und eine Frau. Tut mir leid. Ich wollte gestern Abend das Gespräch so schnell wie möglich beenden und habe nicht richtig nachgedacht.«

»Haben Sie die Personen je zu Gesicht bekommen?«, fragte Stahl.

»Nein.«

»Wann haben Sie die Stimmen das letzte Mal gehört?«, hakte Reiland nach. »Vielleicht erst kürzlich?«

131

Sie schüttelte den Kopf. »Das ist viel länger her. Bestimmt sechs oder acht Wochen.«

»Ich danke Ihnen«, sagte Schrader. »Wenn wir weitere Informationen benötigen, klingeln wir bei Ihnen. Sie könnten uns nur einen Gefallen tun. Geben Sie keine Auskünfte mehr am Telefon.«

Die alte Frau erschrak. »Hab ich einen Fehler gemacht? Dieser Herr Brandt ist doch der zuständige Staatsanwalt?«

»Keine Sorge«, beruhigte Schrader die Nachbarin. »Aber es hätte ja auch ein Zeitungsreporter sein können. Oder im schlimmsten Fall sogar der Mörder.«

Elvira Thaler wurde kreidebleich. »Daran hab ich gar nicht gedacht. Ich rede nur noch mit Ihnen persönlich. Das verspreche ich.«

»Wunderbar. Eine letzte Sache: Wenn es hier gleich laut wird, ignorieren Sie uns einfach. So arbeiten wir.« Schrader lächelte zuckersüß.

Reiland legte der Nachbarin eine Hand auf den Rücken und schob sie förmlich nach draußen.

Schraders und Stahls Blicke trafen sich. Der Zorn in den Augen der Hauptkommissarin ließ ihn kurz zusammenzucken.

»Was hat das zu bedeuten?«, zischte sie. »Woher wusste Brandt hiervon?«

Reiland schloss die Wohnungstür.

»Durch mich«, bekannte Stahl.

»Spinnst du? Was geht hier vor? Ich will jetzt alles sofort wissen.«

Stahl beschloss, reinen Tisch zu machen – von einer Ausnahme abgesehen. Die Kopie der Ermittlungsakte würde er unter keinen Umständen erwähnen.

Schraders Miene verdunkelte sich mit jedem seiner Worte.

132

»Ich kann es nicht glauben! Du hast hinter meinem ...
unserem Rücken einen beurlaubten Staatsanwalt ...«

»Du wusstest davon!«, verteidigte er sich.

»Willst du mich verarschen?«, schrie sie plötzlich.

Diesen Wutausbruch bekommt die Thaler garantiert mit,
dachte er, ohne sich etwas anmerken zu lassen. Er zog lediglich die Augenbrauen in die Höhe.

»Ich habe als Hauptverantwortliche entschieden, ihn
nicht einzubeziehen. Er ist nicht vertrauenswürdig. Wahrscheinlich bastelt er gerade an einem Podcast über unseren ...« Sie hielt inne. »Hast du ihm eine Kopie der Akte
besorgt?«, flüsterte sie.

»Nein!«

»Wenn du mich anlügst ...«

»Ich lüge nicht!«, beharrte er. Stahl hatte nicht einmal
den Anflug eines schlechten Gewissens. Er fühlte sich Schrader gegenüber zu nichts verpflichtet.

»Dein Glück! Trotzdem hat dein Verhalten Konsequenzen. Dafür sorge ich.«

»Ach ja? Was willst du denn tun?«

»Am liebsten würde ich dich sofort von den Ermittlungen
abziehen.«

»Ey, Leute«, mischte sich Reiland endlich ein. »Haltet
den Ball flach!«

»Dafür hast du überhaupt nicht die Befugnis«, sagte Stahl
unbeeindruckt.

»Hannes! Stopp!«, warnte Reiland ihn. »Gieß kein Öl ins
Feuer. Ich find's auch scheiße von dir. Wir hatten eine klare
Abmachung. Du hast dich nicht daran gehalten. Findest du
das kollegial?«

»Natalie versucht ständig, ihre Sicht der Dinge durchzudrücken. Ist *das* kollegial?«, erwiderte er. »Und du schlägst
dich im Zweifel sowieso auf ihre Seite, Benno.«

»Oho!« Reiland seufzte. »Was soll das denn jetzt heißen?

133

Momentan bin ich eher auf deiner Seite. Natürlich wirst du nicht von den Ermittlungen abgezogen. Da übertreibt Natalie gerade.«

»Typisch!«, zischte Schrader.

»Kommt mal beide ein bisschen runter«, empfahl Reiland. »Wir haben bereits den dritten Mord. Wenn wir nicht langsam Fortschritte erzielen, werden wir *alle* abgezogen.«

»Ihr wisst, wo ihr mich findet.« Schrader drehte sich auf dem Absatz um und verschwand im Arbeitszimmer.

Stahl schaute ihr hinterher, dann suchte er Reilands Blick.

»Danke, Mann«, flüsterte er.

»Deine Behauptung, ich würde mich eher auf ihre Seite schlagen, fand ich wirklich mies. Das stimmt nicht.«

Stahl überlegte, ob er dieses grundsätzliche Problem weiter besprechen sollte. Doch Benno würde es ohnehin nicht einsehen, und er hatte ja gerade erst Partei für ihn ergriffen. Also wollte er jetzt nicht noch einen Streit mit dem anderen Kollegen riskieren.

»Tschuldige«, sagte er deshalb und zeigte sich zerknirscht.

Reiland nickte zufrieden. Für ihn schien das Thema mit der halbherzigen Entschuldigung erledigt.

»Willst du lieber in den Keller?«, fragte er.

»Um Natalie aus dem Weg zu gehen? Nein!«

»Ganz wie du willst.« Er verließ die Wohnung.

Zehn Minuten lang schaute sich Stahl im Wohnzimmer um, öffnete Schranktüren und überprüfte den Inhalt. Dann jedoch bemerkte er, dass er sich nicht darauf konzentrierte. Die Auseinandersetzung mit Schrader belastete ihn. So konnte keine Zusammenarbeit funktionieren. Er gab sich einen Ruck und trat auf die Türschwelle zum Arbeitszimmer. Natalie saß am Schreibtisch und blätterte in einem

Buch. Weitere Bücher lagen auf dem antiken Möbelstück. Sie schaute nicht einmal zu ihm hoch.

»Natalie, so geht das nicht«, sagte er. »Lass uns reden.« Wortlos blätterte sie eine Seite um.

»Wir sind ein Team, verdammt!«, fuhr er fort. Ihr Verhalten ärgerte ihn. »Du kannst nicht alles allein entscheiden.«

Noch immer schaute sie nicht zu ihm hoch.

»So benimmt sich keine Hauptkommissarin, die für sich beansprucht, ein Team zu leiten«, sagte er. »Vielleicht ist es wirklich besser, wenn wir nach diesem Fall das Gespräch mit unseren Vorgesetzten suchen. Trotz unserer Aufklärungsrate.«

Wieder blätterte sie eine Seite um. Kopfschüttelnd sah er sie an.

Plötzlich grinste sie triumphierend. »Ich wusste es.«

Endlich blickte sie hoch. »Deinen ganzen Hokuspokus kannst du dir von der Backe wischen. Ich habe noch nie etwas von dieser Fallanalyse gehalten. Man erwischt die bösen Jungs am besten durch klassische Polizeiarbeit – und nicht, indem man darüber spekuliert, was in ihren Köpfen vorgeht.« Sie tippte auf das vor ihr liegende Buch. »*So* macht man den Job.«

Stahl trat näher. Schrader hatte Abibücher durchgesehen.

»Weißt du, wer von Klaus Hille unterrichtet worden ist?«

Es gab nur eine logische Antwort, die Schraders Triumphgehabe erklären konnte.

»Heiko Frost?«

»So ist es.«

Genüsslich drehte sie das Buch zu ihm um. Auf einem Gemeinschaftsfoto waren die – deutlich jüngeren – Klaus Hille und Heiko Frost abgebildet. Beide hatten sich zwar seit der Aufnahme verändert, trotzdem erkannte Stahl sie wieder.

Schrader griff zu ihrem Handy und wählte Reilands Nummer. »Kommst du hoch? Ich habe etwas Wichtiges entdeckt. Frost ist unser Mann.« Sie drückte das Gespräch weg.

»Was veranlasst dich zu diesem Rückschluss?«, erkundigte sich Stahl. »Nur weil sie sich kannten?«

Sie lachte spöttisch. »Du gibst wohl nie auf. Ja, sie kannten sich. Das ist kein Zufall. Bestimmt hat Frost geglaubt, Hille wüsste etwas über seine Vergangenheit.«

Es klingelte an der Wohnungstür. Um seine Gedanken zu sortieren, ging Stahl in die Diele und ließ Reiland ein.

»Wo ist sie?«, fragte der.

»Im Arbeitszimmer.«

Reiland eilte an ihm vorbei, Stahl hingegen blieb zuerst an der Tür stehen. Hatte Schrader recht? Ihre Entdeckung war sicher nicht belanglos.

Aus dem Arbeitszimmer drang ihre aufgeregte Stimme. Sie redete wild auf Reiland ein. Stahl kehrte zu ihnen zurück.

»Wieso wirkst du so skeptisch?«, fragte Schrader ungläubig. »Die beiden kannten sich!«

»So wie tausend andere Schüler den Lehrer ebenfalls kannten«, wandte Reiland ein.

»Keiner von denen hat seinen Pflegevater erhängt.«

»Ich find's auch komisch. Trotzdem hat Frost Alibis.«

»Die ich in den nächsten Tagen auseinanderpflücke. Das hätte ich schon längst tun müssen. Zugegeben, die Bestechungstheorie und die Schöffenspur hatten ihren Charme. Leider haben sich beide erledigt.« Sie stand vom Schreibtisch auf. »Der Täter liegt auf einem Silbertablett vor uns. Wir müssen es ihm bloß noch nachweisen, und darauf müssen wir jetzt alle Kräfte bündeln.«

Stahl verzog die Lippen. Im Gegensatz zu Schrader verspürte er nicht ihren Optimismus. »Einverstanden«, sagte er trotzdem. »Beschäftigen wir uns mit Heiko Frost.«

»Und das aus deinem Mund. Erstaunlich.« Schrader lächelte gehässig.

136

Wie hätte sie ahnen sollen, dass es Stahl darum ging, die Kollegin im Auge zu behalten? Momentan traute er ihr alles zu – selbst ein unter Druck erzwungenes Geständnis eines Unschuldigen.

19

Nina Raber reichte ihm die Akte zum Fall des Rasers, der Klaus Hilles Frau getötet hatte, über ihren Schreibtisch hinweg. Dabei zog sie die rechte Augenbraue stark nach oben, sodass sich unmittelbar darüber auf ihrer Stirn kleine Falten bildeten. Es war ein offenkundiges Zeichen dafür, dass ihr etwas missfiel.

Gregor hatte sich, wie sie es gestern am Telefon vereinbart hatten, um zehn Uhr in Ninas Büro eingefunden. Der Raum war klein, das Mobiliar abgenutzt, und die Wände hätten einen neuen Anstrich vertragen können. Nina hatte Landschaftsbilder aufgehängt und mit Zimmerpflanzen für eine angenehme Atmosphäre gesorgt. Der Blick aus dem Fenster ging zwar nur in den Innenhof, der als Autoparkplatz diente, aber wenigstens war der Raum ruhig, schön groß und ließ viel Tageslicht herein.

»Danke«, sagte er. »Ich stehe tief in deiner Schuld.«

»Ach, lass den Quatsch. Du weißt, du kannst immer mit meiner Unterstützung rechnen. Aber mir wäre es trotzdem lieber, du würdest damit aufhören, in alten Fällen herumzuwühlen, und stattdessen in den Dienst zurückkehren. Und nun raus mit der Sprache. Zuerst die Akte in dem Ermittlungsverfahren gegen Bassam Masoud, jetzt diese. Was soll das?«

Sie hatte ihm diese Frage schon gestern am Telefon gestellt, und er hatte sie wegen der Antwort auf heute vertröstet. Nina hatte klargestellt, dass sie ihm die Akte nur unter der Bedingung kopieren und übergeben würde, dass er ihr verriet, was er damit vorhatte. Seinen Podcast durfte er nicht erwähnen, sonst würde sie sicherlich nicht mitspielen.

»Masouds Akte hast du gebraucht, weil die Schöffen ermordet wurden und du darin etwas finden wolltest, das deine These bestätigt, Rabea sei ebenfalls umgebracht worden, mit dem Ziel, dich von dem Prozess abzuziehen. Gut, von mir aus. Nun hat es einen dritten Mord nach dem gleichen Muster wie bei den Schöffen gegeben, und das Opfer war der Ehemann einer Frau, die von dem Wagen eines Rasers erfasst und tödlich verletzt wurde. Das hat nichts mit dem Tod deiner Frau zu tun. Also warum willst du die Akte?«

»Sie interessiert mich eben«, sagte er.

Nina winkte mit der Hand ab und ließ sich in die Lehne ihres Drehstuhls fallen. »Ach bitte, ich sehe doch, was los ist. Du stellst private Ermittlungen in einer aktuellen Mordserie an.«

Er schwieg. Sie hatte recht. Aber warum tat er das überhaupt? Eine abschließende Antwort aus tiefer innerer Überzeugung konnte er ihr nicht geben. Vielleicht wollte er nicht aufhören zu ermitteln, weil es ihn von der neu aufgekeimten Trauer um Rabea ablenkte. Außerdem war es ihm, wenn er tief in sich hineinhörte, mittlerweile ein Bedürfnis, dass diese Morde aufgeklärt wurden.

Schließlich gab er sich einen Ruck. »Ich versuche meine letzten Zweifel zu zerstreuen, dass es sich bei Rabeas Tod um einen Unfall handelt. Wenn mir das gelingt, hoffe ich, in mein altes Leben zurückkehren zu können.«

Das entsprach nicht ganz der Wahrheit, war aber auch keine dreiste Lüge. Nina hatte jedenfalls für ihre Unterstützung mehr verdient als ein Schweigen auf ihre Fragen.

»Du solltest die Ermittlungen der Polizei überlassen«, sagte sie dann mit deutlich milderer Stimme. »Nichtsdestotrotz habe ich mir die Akte angeschaut, bevor du gekommen bist. Der Raser hatte Glück. Paragraf 315d StGB gab es damals noch nicht und durfte rückwirkend auch nicht angewendet werden. Er wurde nur wegen fahrlässiger Tötung verurteilt und ist mit vier Jahren davongekommen.«

Gregor wusste natürlich, was Nina meinte. Es war noch nicht lange her, dass der von ihr genannte Paragraf mit dem Titel ›Verbotene Kraftfahrzeugrennen‹ neu ins Strafgesetzbuch aufgenommen worden war. Darin wurden illegale Autorennen unter Strafe gestellt. Falls ein Mensch dabei zu Tode kam, war ein Strafmaß von bis zu zehn Jahren vorgesehen.

»Klaus Hille, der Ehemann der Geschädigten, trat als Nebenkläger auf. Er und die Staatsanwaltschaft, die eine Verurteilung wegen Totschlags und eine Haftstrafe von sieben Jahren beantragt hatte, legten Berufung gegen das Urteil ein. Allerdings ohne Erfolg. Das Berufungsgericht sah es als nicht erwiesen an, dass bei dem Raser Vorsatz bezüglich des Todes der Frau vorlag.«

Während Nina sprach, blätterte er in der Akte und überflog den Sachverhalt. Der Angeklagte lieferte sich mit einem Bekannten ein Straßenrennen in der Innenstadt und überfuhr dabei eine Ampel, die schon mehrere Sekunden auf Rot gestanden hatte. Unmittelbar danach verlor er die Kontrolle über sein Fahrzeug und geriet in den Gegenverkehr, wo er frontal gegen einen Kleinwagen prallte. Während er selbst so gut wie unverletzt blieb, war Frau Hille verstorben. Der zweite Raser hatte an der Ampel angehalten.

»Das muss bitter für den Ehemann gewesen sein«, sagte Brandt. »Er verliert seine Frau, und der dafür Verantwortliche kommt mit einer milden Bestrafung davon. Wie du weißt, wurde nur wenige Monate danach ein Angeklagter in einem ähnlichen Fall von einem anderen Gericht sogar wegen Mordes zu lebenslanger Haft verurteilt.«

»Hart, aber nicht zu ändern«, meinte Nina.

»Vertreten hat den Fall damals Oberstaatsanwalt Precht.« Seine Stimme sprach Bände, und er verzog das Gesicht.

Nina lächelte. »Du hast es erfasst. Von ihm wirst du nichts erfahren.«

Peter Precht war der korrekteste Mensch, den Gregor Brandt je kennengelernt hatte. Es ging das Gerücht, dass der Oberstaatsanwalt einzelne Halme des englischen Rasens in seinem Garten mit der Schere nachschnitt. Sicher war, Precht hielt sich penibel an die Dienstvorschriften. Niemals würde er gegenüber Gregor Details des Falles preisgeben, die nicht in der Akte vermerkt waren, nur weil sie einmal Kollegen gewesen waren. Für Precht war er in dieser Hinsicht nichts anderes als ein unbeteiligter Bürger, dem gegenüber es das Datenschutzgeheimnis zu wahren galt. Zu allem Überfluss konnten sie sich gegenseitig nicht besonders gut leiden.

Gregor beschloss, dass er sich, um Näheres über Klaus Hille zu erfahren, an dessen Anwalt halten würde, dessen Name ebenfalls aus der Akte hervorging.

Nina sah auf ihre Armbanduhr. Gregor stand auf und klemmte sich die Akte unter den Arm.

»Nochmals danke«, sagte er. Dann verabschiedeten sie sich, und er verließ ihr Büro.

Eine halbe Stunde später betrat er die in der Nähe der Gedächtniskirche gelegene Kanzlei des Anwalts Detlef Schreiner, der Klaus Hille bei seiner Nebenklage gegen den Raser vertreten hatte.

Er kannte Schreiner aus zahlreichen Prozessen, bei denen sie sich gegenübergestanden hatten. Sie waren sogar schon auf das eine oder andere Bier nach Feierabend miteinander unterwegs gewesen. Einer Freundschaft standen nach Gregors Geschmack Schreiners etwas prahlerisches Wesen und sein zu loses Mundwerk im Wege. Nun hoffte er jedoch, dass ihm dieser Charakterzug des Anwalts von Nutzen sein würde.

Er hatte Glück. Schreiner war an diesem Morgen nicht bei Gericht und empfing ihn zwischen zwei Mandantenterminen.

Als er von der Sekretärin in das Anwaltsbüro geführt wurde, stand Schreiner auf, kam auf ihn zu und reichte ihm mit einem breiten Lächeln im Gesicht als Ausdruck seiner guten Laune die Hand.

»Herr Kollege, schön, Sie zu sehen.« Schreiner wies auf einen Stuhl, der sonst für die Mandanten vorgesehen war. »Bitte setzen Sie sich doch.«

Gregor nahm Platz, und Schreiner ließ sich wieder hinter seinem Schreibtisch nieder.

Bedeutungsschwer faltete er die Hände auf der Tischplatte. »Ich habe gehört, was Ihrer Frau zugestoßen ist. Das ist wirklich furchtbar.«

Gregor räusperte sich. »Danke für Ihre Anteilnahme. Ich möchte Sie nicht lange aufhalten. Sie haben Mandanten, die auf Sie warten.«

Schreiner sah ihn neugierig an. »Was kann ich für Sie tun?«

»Es geht um einen Ihrer Fälle. Er liegt fast sechs Jahre zurück. Sie haben damals Klaus Hille bei seiner Nebenklage vertreten.«

Schreiner seufzte und machte ein betretenes Gesicht. »Ich erinnere mich.«

»Ihr Mandant wurde vor wenigen Tagen ermordet.«

»Oh mein Gott. Das ist ja entsetzlich. Als ob der Mann nicht schon genug gestraft gewesen wäre.« Schreiner stutzte. »Aber was hat dieses Verbrechen mit der damaligen Nebenklage zu tun, und warum interessieren Sie sich dafür? Sie sind doch nicht mehr als Staatsanwalt tätig.«

142

»Ich unterstütze die Ermittlungen in beratender Funktion«, sagte Gregor, wohlwissend, dass dies nicht ganz der Wahrheit entsprach. »Ich verfolge dabei Ansätze, denen sonst keiner nachgeht.«

»Ah, ich verstehe. Sie kommen also doch nicht davon los, der Gerechtigkeit Genüge zu tun.« Schreiner lachte.

»So könnte man sagen.« Brandt bemühte sich ebenfalls um ein Lächeln. »Was für ein Mensch war Klaus Hille?«

Schreiner überlegte kurz. »Damals war er zutiefst traumatisiert. Der Prozess hat ihn von seiner Trauer abgelenkt. Für dessen Dauer waren die Verhandlungen sein einziger Lebensinhalt. Es ist kaum ein Tag vergangen, an dem er nicht zu mir in die Kanzlei kam und mir erzählen wollte, wie ich meinen Job machen soll. Um ehrlich zu sein, er ist mir mit der Zeit auf die Nerven gegangen, und ich habe mich das eine oder andere Mal von meiner Sekretärin verleugnen lassen.«

»Das kann ich verstehen. Hatte Hille jemanden, der ihm in dieser schweren Zeit beistand?«

»Es gab einen Freund. Der saß bei jedem Prozesstag im Gerichtssaal auf der Zuschauerbank. Hille hat mir erzählt, dass es sein bester Freund sei, sie sich schon aus Schultagen kennen würden und früher in einer Mannschaft zusammen Basketball gespielt hätten.«

»Wissen Sie, wie der Mann hieß?«

»Hille hat mir den Namen gesagt ... Warten Sie, lassen Sie mich überlegen.« Schreiner verdrehte die Augen nach oben zu der holzvertäfelten Decke. Dann wandte er sich strahlend Gregor zu. »Jetzt hab ich's wieder. Der Freund hieß Paul Lehmann. Auch wenn ich so manches vergesse, mein Namensgedächtnis ist legendär.«

»Sehr gut. Fällt Ihnen sonst noch etwas ein?«

»Hille war ein gebrochener Mann. Er wirkte völlig hilflos auf mich. Er befand sich schon zum Zeitpunkt des Prozesses in psychologischer Behandlung. Jetzt wollen Sie sicher auch wissen, wie der Psychologe hieß.«

»Das wäre tatsächlich meine nächste Frage gewesen«, sagte er mit gespielter Anerkennung.

Detlef Schreiner verzog das Gesicht. Man sah ihm an, dass er sich krampfhaft zu erinnern versuchte. »Hille hat immerzu über den Mann geschimpft, dass er ihm auch nicht helfen könne und dass die Tabletten, die er ihm verschrieb, nicht wirken würden. Aber daran, wie der Psychologe hieß, erinnere ich mich nun doch nicht mehr. Allerdings kann ich Ihnen mit einem anderen Namen dienen.«

Er sah Schreiner erwartungsvoll an. Der Anwalt grinste breit, bevor er weitererzählte. »Vor etwa zwei Jahren kam Hille zu mir und bat mich, ihm dabei zu helfen, Schöffe zu werden. Ich habe ihm gesagt, dass ich da nichts machen kann, und ihn anstandshalber gefragt, wie es ihm denn so gehe. Er meinte, unverändert schlecht. Er hätte zwar kürzlich auf eine Empfehlung hin den Psychiater gewechselt, der neue sei aber seinem ersten Eindruck nach auch nicht besser als der davor.«

»Und den Namen des neuen Psychiaters hat er Ihnen gesagt, und Sie erinnern sich daran?«

»So ist es. Und das hat auch seinen Grund. Der Mann ist neben seiner Praxistätigkeit auch noch als psychiatrischer Gerichtsgutachter tätig. Ich hatte schon in ein paar Verfahren mit ihm zu tun. Er heißt Dr. Roland Wilke. Meiner Einschätzung nach ist er eine Koryphäe auf seinem Gebiet. Man soll ja nicht schlecht über Tote reden, aber ehrlich gesagt, glaube ich, bei Klaus Hille war leider Hopfen und Malz verloren.«

Sie unterhielten sich noch kurz über die Nebenklage, aber Gregor erfuhr nicht mehr als das, was in der Akte stand, die er sich auf dem Weg hierher in der U-Bahn vorgenommen hatte. Schließlich bedankte er sich für die Auskünfte, und Schreiner brachte ihn zur Verabschiedung bis zu seiner Bürotür.

»Ich wette, demnächst stehen wir uns wieder vor Gericht Robe in Robe gegenüber«, sagte Schreiner.

»Ich hoffe doch«, spielte Gregor das Geplänkel mit.

Als Nächstes würde er dem Psychologen einen Besuch abstatten.

Dr. Roland Wilkes Praxis lag nur einen Fußmarsch von fünfzehn Minuten entfernt. Das Wartezimmer war bis auf den letzten Sitzplatz gefüllt. Hinter der Theke der Rezeption saß eine Frau mit auffällig dicken Tränensäcken und blondierten Haaren vor einem Computermonitor. Daneben stand ein Kasten mit Karteikarten, und vor ihr auf dem Tisch lag ein Terminkalender.

Sie betrachtete ihn mit dem Blick eines ängstlichen Rehs. »Haben Sie einen Termin?«

»Nein, ich müsste aber dennoch dringend mit Dr. Wilke sprechen. Ich ermittle in einem Verbrechensfall. Es geht dabei um einen seiner Patienten.«

Die Frau schrak zurück und riss die Augen auf. Ihr Kehlkopf rutschte dabei nach oben und senkte sich wieder.

»Moment!« Sie stand hastig auf, klopfte an die rechte der beiden Türen, die seitlich vom Empfang lagen, und ging in das Zimmer.

Sie schloss die Tür hinter sich, sodass Gregor nicht hineinsehen konnte. Wenig später kam sie wieder heraus.

»Kommen Sie bitte mit«, sagte sie.

Sie führte ihn in ein anderes Zimmer, in dem sich ein Schreibtisch sowie eine Wohnlandschaft befanden und ein deckenhohes Bücherregal eine Wandseite ausfüllte. Er setzte sich auf den Stuhl vor dem Schreibtisch. Fünf Minuten später kam ein Mann mit grauen gelockten Haaren und einer Nickelbrille zu ihm, den Gregor auf Ende fünfzig schätzte, und setzte sich ihm gegenüber.

Nachdem Gregor sich vorgestellt und ihm erklärt hatte, warum er hier war, legte sich ein Ausdruck des Misstrauens auf das Gesicht des Psychologen. »Ehrlich gesagt, finde ich es seltsam, dass ein Staatsanwalt bei mir aufkreuzt, um mir Fragen zu einem meiner Patienten zu stellen. Ist das nicht Sache der Polizei?«

»Die Staatsanwaltschaft leitet die Ermittlungen. Sie bedient sich dazu der Polizei. Ich verschaffe mir ab und zu aber gerne persönlich einen Eindruck. Akten und Protokolle über Befragungen zu lesen ist nicht dasselbe, wenn Sie verstehen, was ich meine.«

Wilke nickte, wirkte aber dennoch missmutig und trommelte mit einem Bleistift auf einen Papierblock, der vor ihm lag.

»Unabhängig davon darf ich Ihnen aufgrund meiner ärztlichen Schweigepflicht ohnehin keine Auskünfte geben.«

»Herr Hille wurde ermordet. Es wäre in seinem Interesse gewesen, wenn Sie uns helfen würden, den Täter zu finden, damit dieser seiner Strafe zugeführt wird.«

Dr. Wilke seufzte. »Meine noch lebenden Patienten warten draußen auf mich und machen mir die Hölle heiß, wenn sie zu lange warten müssen.« Er schwieg kurz und sah Gregor eindringlich an. »Nun gut, ich hoffe, sie behandeln meine Informationen mit der nötigen Diskretion. Klaus Hille war wegen einer schweren Depression bei mir, ausgelöst durch den gewaltsamen Tod seiner Frau. Er ist vor etwa zwei Jahren zu mir gewechselt. Davor war er bei einem meiner Kollegen in psychologischer Behandlung. Mit mir war er aber anscheinend auch nicht zufrieden. Hille hat seine Behandlung bei mir vor gut einem Jahr abgebrochen. Ich weiß also nicht, wie ich Ihnen da weiterhelfen könnte.«

»Warum hat er die Behandlung nicht weitergeführt?«

»Er meinte, die Sitzungen und meine Medikamente würden gar nichts bringen.«

»Gab es sonst noch etwas, das diesen Patienten ausgezeichnet hat?«

Wilke schürzte die Lippen und schlug mit seinem Zeigefinger mehrmals im Takt dagegen.

»Klaus Hille war extrem verbittert. Er empfand an nichts mehr Freude und ging in seiner Opferrolle voll auf. Er entwickelte über die Jahre einen regelrechten Hass auf das Strafrechtssystem. Immerzu wollte er meine Meinung dazu wissen und mit mir die Verbrechen diskutieren, die gerade in der Presse kursierten. Dann meinte er irgendwann, er hätte jetzt neue Freunde gefunden. Die könnten ihm viel besser helfen als ich. Er hat sich danach keinen weiteren Termin mehr geben lassen und sich nie wieder hier gemeldet.«

Als Gregor vor die Praxis trat, war es kurz vor zwölf Uhr. Er blinzelte in die Sonne. Das Läuten seines Handys riss ihn aus seinen Gedanken, die noch um das gerade geführte Gespräch kreisten. Stahls Nummer leuchtete auf dem Display auf.

»Da hast du mich ja schön ins offene Messer laufen lassen, Gregor«, sagte der Profiler.

»Keine Ahnung, was du meinst.«

»Deinen Anruf bei der Nachbarin von Klaus Hille. Klingelt es jetzt? Schrader und Reiland haben es herausgefunden. Du kannst dir ja vorstellen, wie Schrader daraufhin abgegangen ist. Sie hat es sehr genossen mich fertigzumachen, weil ich dir Interna verraten habe, obwohl sie die Anweisung gegeben hat, dass du nicht ins Team kommst. Sie hat sogar mit dienstrechtlichen Folgen gedroht.«

»Scheiße«, sagte Gregor.

»Was soll das überhaupt? Warum hast du eigenmächtig die Nachbarin befragt?«

»Weil ich da so ein Gefühl hatte.«

»Oh, du hattest *ein Gefühl*. Als Schraders Donnerwetter über mich hinweggezogen ist, hatte ich auch *ein Gefühl*.«

»Entschuldige bitte, Hannes, ich habe nicht damit gerechnet, dass mein Anruf auffliegt.«

Stahl seufzte. »Schon gut. Hat es denn wenigstens was gebracht?«

»Ich denke schon. Aber das ist eine lange Geschichte, die erzähle ich dir später. Wichtig ist, ich habe einen Namen für dich. Paul Lehmann. Zumindest früher war er der beste Freund von Klaus Hille. Vielleicht hat er eine Ahnung, wer Hille ans Leder wollte.«

20

»Was wollen Sie schon wieder hier?« Heiko Frost musterte die Leute an der Wohnungstür unfreundlich. »Hört das nie auf?«

»Sobald Sie uns endlich die Wahrheit sagen«, erwiderte Schrader. »Dürfen wir reinkommen oder sollen wir Ihre Nachbarn gleich zum gemeinsamen Gespräch im Hausflur bitten?«

Frost zögerte einen Moment. Dann trat er zur Seite. »Ins Wohnzimmer. Und ich gebe Ihnen keine Erlaubnis, irgendetwas anzufassen. Es sei denn, Sie haben einen Durchsuchungsbeschluss.«

Er ließ sie vorangehen. Stahl setzte sich an einen Wohnzimmertisch, der genug Platz für vier Leute bot. Seine Kollegen folgten ihm. Frost hingegen blieb in der Mitte des Raumes stehen.

Er wirkte unschlüssig, verzog seinen Mund. Dann gab er sich einen Ruck. »Wollen Sie einen Kaffee?«

Stahl ahnte, wie viel Überwindung das den Mann kostete. Immerhin sah er in der Polizei den Feind. Es war seine Art, ihnen vorsichtig die Hand zu reichen.

»Machen Sie sich keine Mühe«, sagte Schrader kalt und zerbrach unnötigerweise das aufgefahrene Porzellan gleich wieder.

»Dann eben nicht!«, erwiderte Frost schnippisch. »Was wollen Sie?«

Stahl überlegte, seinerseits auf das Kaffeeangebot einzugehen. Doch da sich Frost nun zu ihnen setzte, schien das

149

eine nutzlose Geste zu sein. Im nächsten Moment rutschte der junge Mann mit dem Stuhl nach hinten.

»Es hat einen weiteren Mord gegeben«, sagte Schrader.

Frost verdrehte die Augen. »Wieder erhängt?«

»Wären wir sonst hier?«, meinte die Hauptkommissarin. »Der Mann hieß übrigens Klaus Hille.«

Frost runzelte die Stirn. »Ich hatte mal einen Lehrer, der so hieß.«

»Bingo!« Schrader lächelte. »Was können Sie uns über ihn berichten?«

»Ich hatte ihn in Deutsch. Na ja. Er war weder sonderlich streng noch außergewöhnlich motiviert. Einer der typischen Lehrer, die ihre Lieblinge haben und ihre Hassschüler.«

»Fielen Sie in die zweite Kategorie?«, fragte Reiland.

»Nein, ich segelte bei ihm unterm Radar. Stand meistens auf einer Drei. Manchmal auch eine Note schlechter.« Er zuckte mit den Achseln. »Man soll ja nicht mies über Tote reden, aber sein Unterricht war langweilig.«

»Von seinen Lehrqualitäten abgesehen: Hatten Sie persönlichen Kontakt zu ihm?«, fragte Schrader.

»Inwiefern?«

»Haben Sie ihn je nach Ihrer Herkunft gefragt?«, konkretisierte sie.

»Meinen Lehrer?« Frost wirkte überrascht. Er lachte spöttisch. »Sie haben keine Ahnung, oder? Kein Wunder. Ich hab ja nie Unterstützung von offizieller Stelle erhalten.«

»Wer hätte Sie unterstützen sollen?«, fragte Reiland.

Frost schlug mit der flachen Hand auf die Tischplatte. »Es muss Akten geben. Irgendjemand muss Bescheid wissen, was damals in der DDR passiert ist. Irgendwer!« Ihm standen Tränen in den Augen.

»Erzählen Sie uns von Ihrer Suche«, bat Stahl. Er ignorierte geflissentlich Schraders Augenrollen.

»Ich habe meine Eltern immer für meine leiblichen Eltern gehalten«, begann er. Er wischte sich die Tränen weg und zog die Nase hoch. »Manchmal wünschte ich mir, meine Pflegemutter hätte auf dem Sterbebett geschwiegen. Aber sie glaubte wohl, mir etwas Gutes zu tun. Ich konnte ihre geflüsterten Worte kaum verstehen. Sie sagte, ich wäre ihr größtes Geschenk gewesen, als ich damals im Alter von drei Jahren zu ihnen gekommen bin. Es würde ihr leidtun, dass sie nicht meine leibliche Mutter ist. Sie wäre immer so stolz auf mich gewesen. Ich konnte nicht fassen, was ich hörte. Doch mehr war nicht aus ihr herauszubringen. Stattdessen sah ich dabei zu, wie sie starb. Also sprach ich meinen Pflegevater darauf an. Der behauptete, Mutter hätte Irrsinn geredet. Für einen Moment ließ ich mich davon beruhigen, aber nach der Beerdigungsfeier griff ich zu den alten Fotoalben. Es gab keine Babyfotos von mir. Die ganzen Alben begannen an meinem ersten Kindergartentag. Das weckte mein Misstrauen. Ich fragte meinen Pflegevater danach, und der behauptete, das Babyalbum wäre verloren gegangen. Das klang nicht überzeugend. Also stellte ich Nachforschungen an. Tja, und so erfuhr ich das schmutzige Familiengeheimnis. Mein Adoptivvater hat in der DDR als hohes Stasitier gearbeitet.« Frost schüttelte den Kopf. »Das war ein Schock. Die Gauck-Behörde führte Täterakten über ihn. Er hatte es zu verantworten, dass unschuldige Regimekritiker ins Gefängnis kamen. Irgendwie hat er es nach der Wende geschafft, straffrei davonzukommen. Wahrscheinlich funktionieren die alten Seilschaften noch immer. Anders kann ich es mir nicht erklären. Eines Abends stellte ich ihn zur Rede. Sie hätten seine kalte Reaktion erleben müssen. Sein Gesicht ... plötzlich steinhart. Er warf mich aus dem Haus und sagte, ich dürfte wiederkommen, wenn ich klar im Kopf wäre. Ich suchte Verwandte auf ... *vermeintliche* Verwandte. Sie blockten ab, behaupteten ebenfalls, meine Pflegemutter hätte Unfug geredet. Einer von ihnen meinte, das Babyalbum sei bei einem Brand zerstört worden. Aber es hat nie einen Brand gegeben. Mein Argwohn wuchs, doch ich lief ständig gegen Betonwände. Also kam ich eines Tages auf die dumme Idee, nur Druck könnte meinen Vater zur Kooperation zwingen. Stasimethoden. Ich überwältigte ihn, schlug ihn nieder, legte ihm das Seil um. Er bekam Angst, wackelte. Scheiße!« Für einen Moment stockte Frost. »Der Stuhl kippte um. Ich habe versucht, ihn zu schultern, schrie laut um Hilfe. Vergeblich. Nach einer Viertelstunde strauchelte ich vor Erschöpfung. Er starb.«

»Den Teil der Geschichte kennen wir«, erwiderte Schrader. »Aber wer einem Menschen eine Schlinge um den Hals legt, hat definitiv Tötungsabsichten.«

»Nein! Der Richter hat mir geglaubt.«

»Auch Richter sind nicht unfehlbar.«

»Glauben Sie, was Sie wollen«, sagte Frost. »Ich habe für diesen Fehler gesühnt. Es war ja nicht nur die Gefängnisstrafe. Denken Sie nur an die Hetzkampagne der Boulevardzeitungen. Der Fall wurde groß aufgerollt. Die Zeitungen überschlugen sich förmlich darin, in dem milden Urteil einen Skandal zu sehen. Nach meiner Entlassung setzten die Artikel wieder ein. Bastarde!«

Stahl fürchtete einen weiteren unangemessenen Kommentar der Kollegin. »Haben Sie nach der Haftstrafe weitergeforscht?«, fragte er deshalb schnell.

»Natürlich. Aber ich finde nichts heraus. Jede vermeintliche Spur ist ein Fehlschlag. So wie zuletzt in Hamburg. Ich wünschte, sie hätte damals ihr Geheimnis mit ins Grab genommen. Das hat mir nur Kummer gebracht.«

»Wo waren Sie vorgestern Abend?«, fragte Schrader. »Haben Sie ein Alibi?«

Frost seufzte. »Sie können es einfach nicht sein lassen. Ich war bis sechzehn Uhr bei der Arbeit, bin dann einkaufen

152

gegangen und hierher zurückgekehrt, wo ich den Rest des Abends verbracht habe.«

»Allein?«

»Soll ich mir vielleicht eine Freundin zulegen, damit ich Ihnen für jedes beliebige Verbrechen in der Stadt ein Alibi präsentieren kann?«

»Haben Sie mit jemandem telefoniert?«, hakte Reiland nach.

»Nein«, sagte Frost. »Macht mich das verdächtig?«

»Das wird sich zeigen«, erwiderte Schrader. »Kommen wir auf die vermeintlichen Alibis für die ersten Morde zu sprechen.« Aus ihrer Jacke zog sie ein Notizbuch. »Einmal wollen Sie im Kino gewesen sein, einmal in Hamburg.«

»Ich *war* im Kino. Und ich *war* in Hamburg.« Er erhob sich und trat an ein Sideboard. Aus der obersten Schublade holte er ein abgerissenes Kinoticket heraus, das er auf den Tisch knallte. »Reicht Ihnen das?«

Das Datum des Tickets entsprach dem des ersten Mordes.

»Wieso bewahren Sie ein Kinoticket auf?«, fragte Schrader misstrauisch. »Ist das etwas Besonderes?«

»Ihretwegen«, antwortete Frost. »Ich habe das Ticket in meiner Jeanshose gefunden, das Datum gesehen und mir gedacht, vielleicht kommen Sie ja wieder.«

»Ein schöner Zufall.« Die Hauptkommissarin zog das Ticket heran. »*Rambo. Last Blood*«, las sie den Filmtitel vor. »Ihr Ernst?«

»Warum nicht? Ich mag Stallone-Filme.«

»Wie war er?«

»Okay. Nichts Besonderes. Man merkt, Stallone ist alt geworden. Die Fortsetzung der Rocky-Reihe ist gelungener. Außerdem stört mich die neue Synchronstimme.«

»Worum ging es in dem Film eigentlich?«, fragte Reiland. »Ich hab ihn verpasst. Ist Rambo wieder zurück nach Vietnam, um im Dschungel aufzuräumen?«

Frost runzelte die Stirn. »Nein. Die Handlung war dürftig. Rambo sollte eine Gruppe einheimischer Mädchen aufspüren, die von einem mexikanischen Sexhandelsring entführt wurde.«

Reiland tippte auf seinem Handy herum. »Sie haben jetzt gerade eine knappe Inhaltsangabe wiedergegeben, wie ich sie auch im Internet finde.«

»Was wollen Sie mir damit unterstellen?«, fragte Frost aufgebracht.

»Dass Sie gar nicht im Kino waren«, sagte Schrader. »Wie ist der Film ausgegangen?«

»Schauen Sie ihn sich selbst an«, erwiderte Frost pampig. »Lächerliche Show, die Sie hier abziehen. Bin ich Filmkritiker?«

»Und Ihr Alibi für den zweiten Mord?«, fragte Stahl. Er fürchtete, Frost würde bald endgültig dichtmachen.

»Ich war in Hamburg. Im *Hotel Meininger*. Fragen Sie dort einfach nach.«

»Wann haben Sie ausgecheckt?«, fragte Schrader.

»Um zwölf.«

»Also haben Sie gegen halb eins einen Zug genommen? Wie lange …«

»Nein«, unterbrach Frost die Hauptkommissarin. »Mein Rückzug ging um achtzehn Uhr dreißig. Das kann ich Ihnen sogar beweisen.«

Er stand erneut auf, um seinen Laptop zu holen. Das Gerät fuhr rasch hoch, und Frost loggte sich in den Account der Deutschen Bahn ein. »Sehen Sie! Hier ist die Buchung.«

Schrader drehte den Laptop zu sich herum und brummte unzufrieden. »Haben Sie das Ticket aufbewahrt? Ich würde gern den Zangenabdruck überprüfen.«

»Hab ich nicht.«

Schrader lachte. »Sie bewahren Kinotickets als mögliche

Alibis auf, während Sie Bahntickets einfach wegschmeißen?«

»Ich habe das Kinoticket nicht *aufbewahrt*, sondern in meiner Jeanshose gefunden. Bitte hören Sie mir genauer zu.«

»Vielleicht haben Sie ja ein Zugticket über Ihren Account erworben und ein deutlich früheres Rückfahrticket irgendwo am Schalter. Dann wären Sie rechtzeitig hier gewesen, selbst wenn Sie in Hamburg erst um zwölf ausgecheckt haben.«

»So lächerlich.«

»Was haben Sie in Hamburg nachmittags gemacht?«, fragte Reiland.

»Ich war an der Außenalster. Außerdem geht Sie das alles einen Scheißdreck an.« Wütend klappte er den Laptop zu. »Ich erzähle Ihnen meine Lebensgeschichte, bettle um Hilfe, und Sie wollen mir einfach Morde anhängen, mit denen ich nichts zu tun habe. Warum helfen Sie mir nicht bei der Suche nach meinen wahren Eltern? Vermutlich bin ich Regimekritikern weggenommen worden. Interessiert Sie das gar nicht?«

»Ihr Schicksal tut mir sehr leid«, bedauerte Stahl aufrichtig. »Ich kann mir vorstellen, wie es in Ihnen gärt. Aber es gab in der DDR Hunderte oder sogar Tausende ähnliche Fälle. Die Akten sind sicher alle zerstört. Sie haben Schicksalsgenossen, die mit der gleichen Ungewissheit leben müssen. Vielleicht sollten Sie lieber Hilfe und moralische Unterstützung bei denen suchen. Ich könnte mir vorstellen, dass es gerade hier in Berlin Selbsthilfegruppen gibt. Wenn Sie möchten, könnte ich mich danach erkundigen.«

»Danke«, murmelte Frost, doch er schüttelte den Kopf. »Ich will nichts von anderen Menschen hören, denen es ähnlich ergangen ist. Was soll das bringen? Und jetzt gehen Sie bitte. Ich muss mich ausruhen.«

»Wir sind noch lange nicht fertig«, widersprach Schrader.

»Dann besorgen Sie sich einen Haftbefehl. Raus!« In seiner Stimme lag keine Energie mehr. Auch seine Schultern sackten nach vorn. Der Mann ließ den Kopf hängen.

Stahl erhob sich. »Machen Sie's gut, Herr Frost.« Er verließ das Wohnzimmer, ohne auf seine Kollegen zu warten.

Die folgten ihm jedoch rasch.

»Was sollte das denn?«, fragte Schrader im Hausflur. »Nimmst du ihm das wirklich ab? Seine Alibis stinken vorne und hinten. Er wusste nicht mal, wie der Film endet.«

»Oder er wollte es bloß nicht sagen«, wandte Stahl ein. »Er kommt sich von uns, vom Staat verraten vor. Für jemanden mit seiner Vita war er ausgesprochen kooperationswillig. Mich hat er heute endgültig von seiner Unschuld überzeugt.«

»Ach, wirklich?«, spottete Schrader. »Ich bin sehr dafür, dass wir uns mit einem Staatsanwalt besprechen, um die Chancen für einen Durchsuchungsbeschluss und einen Haftbefehl auszuloten.« Sie stiefelte in Richtung der Fahrstühle.

156

21

Gregor Brandt wartete an einer vor Blicken geschützten Stelle in der Nähe des Ausgangs des Polizeipräsidiums. Er hatte sich hier telefonisch für siebzehn Uhr mit Stahl verabredet. Als der Profiler kurz nach der vereinbarten Zeit aus dem Gebäude kam, blickte er sich suchend um. Brandt trat in die Mitte des Gehwegs und hob die Hand, um auf sich aufmerksam zu machen. Stahl entdeckte ihn und lief auf ihn zu.

Er war froh darüber, dass Stahl ihn bei der Befragung, die nun anstand, dabeihaben wollte. Das war keine Selbstverständlichkeit, auch wenn er es war, der den Namen von Klaus Hilles einst bestem Freund herausgefunden hatte. Stahl riskierte einiges, denn Schrader und Reiland würden es kein zweites Mal verzeihen, wenn sie herausfinden würden, dass Stahl den Staatsanwalt erneut gegen die ausdrückliche Dienstanweisung in die Ermittlungen eingebunden hatte.

»Hast du die Adresse von Paul Lehmann?«, fragte er, als Stahl zu ihm kam.

»Ja, war gar nicht so einfach. Aber lass uns erst mal aus dem Sichtfeld des Präsidiums verschwinden und gleich da vorn um die Ecke biegen. Dort habe ich auch meinen Wagen geparkt. Wenn die Kollegen uns zufällig sehen, werden sie eins und eins zusammenzählen.«

Während sie zum Wagen gingen, erzählte Stahl weiter. »Es gibt einige Männer in Berlin mit dem Namen Paul Lehmann, und nur drei davon haben ihre Telefonnummer öffentlich zugänglich gelassen. Aber ich hatte Glück. Beim zweiten Anruf war der Richtige an der Strippe. Ich habe ihm mitgeteilt, dass Hille ermordet wurde, und unseren Besuch angekündigt.«

Da der Feierabendverkehr die Straßen verstopfte, brauchten sie länger als gedacht, um zum Wohnhaus Paul Lehmanns zu gelangen. Als sie ankamen, war es bereits kurz vor achtzehn Uhr.

Noch bevor sie klingeln konnten, öffnete ihnen Lehmann die Tür. »Polizei, richtig? Ich habe gerade aus dem Fenster geschaut, als Sie angekommen sind.«

Stahl stellte Brandt und sich vor. Dabei ließ er Lehmann in dem Glauben, dass Brandt ebenfalls von der Kripo wäre. Lehmann führte sie ins Wohnzimmer des Hauses. Seine Frau begrüßte sie kurz und verschwand dann in der Küche.

»Schön haben Sie es hier«, sagte Stahl, nachdem sie am Esszimmertisch Platz genommen hatten.

»Unsere beiden Kinder sind schon aus dem Haus. Seitdem haben wir eigentlich zu viel Platz. Wir überlegen, uns zu verkleinern.«

Stahl lächelte. »Herr Lehmann, wir sind hier, um mehr über Klaus Hille zu erfahren. Sie haben ihn gut gekannt. Hatte er Feinde?«

Lehmanns Miene trübte sich ein. »Früher habe ich genau gewusst, was in Klaus vorgeht. Wir hatten keine Geheimnisse voreinander und lagen voll auf einer Wellenlänge. Ich hätte nie gedacht, dass ein Mensch sich so verändern kann. Aber seit dem Tod seiner Frau war es, als hätte jemand sein Gehirn gegen das eines anderen getauscht. Ich habe ihn nicht mehr wiedererkannt. Also nein, ich kannte ihn nicht mehr. Wir hatten in den letzten zwei Jahren keinen Kontakt mehr.«

Stahl nickte. »Wie kam es denn dazu? Sie waren doch so lange befreundet.«

Brandt hatte sich vorgenommen, Stahl das Reden zu überlassen und sich als stiller Zuhörer im Hintergrund zu halten.

»Es lag an ihm. Klaus hat den Kontakt zu allen alten Freunden bewusst abgebrochen. Ich habe unzählige Male versucht, ihn zu gemeinsamen Unternehmungen zu bewegen. Ob Basketballspiele oder Kino, er hat immer abgesagt, und seine Depression hat einen zugegebenermaßen auch selbst runtergezogen, wenn man in seiner Nähe war. Am Ende war das nicht mehr der Klaus, der mit mir durch dick und dünn gegangen ist. Er war mal ein lustiger Kerl. Er hat gern Witze erzählt, gesungen und getanzt. Sein Wesen und sein Charakter waren aber nach dem Unfalltod seiner Frau nicht mehr wiederzuerkennen, und irgendwann muss man auch an sich denken und die Reißleine ziehen, sonst geht man mit unter.«

Lehmann rang nun um Fassung. Er senkte den Blick und starrte auf seine Hände vor ihm auf dem Tisch. »Klaus hat sich oft in meiner Gegenwart gewünscht zu sterben und seiner Frau ins Grab zu folgen.« Er sah wieder auf und suchte Stahls Blick. »Aber niemals hättc er den Mut aufgebracht, sich selbst zu töten. Vielleicht hat er ja jemanden beauftragt, ihn umzubringen.«

»Zu meiner Ausgangsfrage zurück«, sagte Stahl. »Hatte Herr Hille Feinde, die ihm den Tod wünschten?«

»Das kann ich mir nicht vorstellen. Er hat nie jemandem etwas zuleide getan, war immer um Harmonie bemüht. Nur zuletzt war er voller Hass auf die verkommene Welt im Allgemeinen und vor allem auf die Straftäter, das Justizsystem und die verhängten Urteile, die er für viel zu mild hielt.«

Das deckte sich mit dem, was er schon von Hilles Psychologen gehört hatte, dachte Brandt.

»Aber dass er nun ermordet wurde, das nimmt mich mit. Es ist so unwirklich, dass er nicht mehr da sein soll«, fuhr Lehmann fort. »Irgendwie fühle ich mich auch schuldig, ihn alleingelassen zu haben.«

»Machen Sie sich keine Vorwürfe. Sie haben im Rahmen Ihrer Möglichkeiten als Freund genug getan. Schwere Depressionen sind ein Fall für Fachleute«, erwiderte Stahl. »Ich danke Ihnen für die Beantwortung unserer Fragen.«

»Das ist doch selbstverständlich«, meinte Lehmann.

Sie standen auf, und er begleitete sie zur Haustür.

»Was denkst du, Gregor?«, fragte Stahl, als sie kurz darauf in seinem Wagen saßen.

»Wenn man weiß, wie Hille drauf war, dann könnte man ihm schon zutrauen, dass er einen Killer beauftragt hat, ihm einen Strick umzulegen, weil er selbst nicht den Mut dazu hatte. Aber welchen Grund sollten Valerie Niebach und Gustav Freund dazu gehabt haben?«

»Das sehe ich auch so. Niebach und Freund standen mitten im Leben. Eine aktive Sterbehilfe durch einen Killer scheidet aus. Ein Auftragstäter will bezahlt werden. Es gab aber keine Geldabhebungen in auffälliger Höhe von ihren Bankkonten. Hätte Hille zudem ohne Weiteres Kontakt zu so einer Person herstellen können? Erhängen dagegen ist eine Tötungsart, die viele Selbstmörder anwenden.«

»Es ist aber auch eine mittelalterliche Bestrafung für Verbrecher, durch die deren Schuld gesühnt werden soll.«

»Dass uns die Tötungsart bei der Suche nach dem Täter weiterbringen könnte, habe ich auch schon gedacht. Aber welche Schuld tragen Niebach, Freund und Hille? Vielleicht ist das wirklich der Schlüssel«, sagte Stahl.

»Niebach und Freund waren Schöffen, also für die Bestrafung zuständig. Hilles Frau fiel einem Verbrechen zum

Opfer. Klaus Hille war zwar kein Schöffe, aber er hat sich ohne Erfolg auf den Posten beworben, haderte mit dem Justizsystem und hielt die Bestrafungen allgemein für zu mild.«

»Die Ehegatten der toten Schöffen kennen Klaus Hille nicht. Das haben wir schon abgeklärt«, sagte Stahl. »E-Mail, Social Media – nichts, keine Querverbindungen.«

»Es könnte aber eine Verbindung der drei Opfer geben, die wir einfach noch nicht gefunden haben.«

Stahl startete das Auto.

»Wohin fährst du?«

»Hilles Wohnung. Vielleicht haben wir nicht gründlich genug darin gesucht.«

* * *

Es war nach neunzehn Uhr, als Stahl die Eingangstür zu dem Mietshaus, in dem sich Klaus Hilles Wohnung befand, aufschloss. Der Schlüssel stand ihnen als zuständigen Ermittlern zur Verfügung, um ihnen bei Bedarf jederzeit den Zutritt zum Ort des Verbrechens zu ermöglichen. Aus dem gleichen Grund war er auch im Besitz des Wohnungsschlüssels. Das an der Tür angebrachte Tatortsiegel allerdings musste er auftrennen. Stahl hoffte, dass sie etwas finden würden, das es ihm erlaubte, diesen Eingriff morgen vor Schrader und Reiland zu rechtfertigen.

Diesmal wollte er sich unbedingt zunächst im Arbeitszimmer umsehen, wobei ihm Schrader zuletzt zuvorgekommen war. Brandt sollte sich das Wohnzimmer und die Küche vornehmen. Etwa eine halbe Stunde gingen sie schweigend ihrer Arbeit nach.

Dann erklang plötzlich Brandts aufgeregte Stimme aus der Küche. »Wir bekommen Besuch. Polizei! Ich hab gerade durchs Fenster den Streifenwagen vor dem Haus halten sehen. Jetzt steigen zwei Beamte aus und eilen auf den Eingang zu.«

»Verflucht noch eins«, schrie Stahl, der mittlerweile im Schlafzimmer war.

Bisher hatten sie nichts gefunden. Er hatte den Inhalt des Kleiderschranks penibel inspiziert und die Schubladen der Nachttischschränke herausgenommen und umgedreht, um sicherzustellen, dass auf der Rückseite der Bodenplatten kein Hinweiszettel, ein Schließfachschlüssel oder Ähnliches klebte. All das hatte er schon erlebt. Aber nichts.

Sie hatten sich leise verhalten. Vielleicht hatte die Nachbarin gehört, dass jemand noch zu so später Stunde in der Wohnung war, oder sie hatte das in den Innenhof fallende Licht von ihrem Balkon aus gesehen. Letztlich war es egal, aus welchem Grund die Streife hier war.

»Polizei! Kommen Sie mit erhobenen Händen zum Vorschein!«, schallte es im nächsten Moment durch den Wohnungsflur.

»Wir sind Kollegen«, rief Stahl.

Er schob die Nachttischschublade zurück in die Aussparung. Dabei verrutschte der Tisch ein wenig, und sein Blick fiel auf einen auffällig breiten Spalt zwischen den Dielenbrettern.

Er hörte, wie Brandt den Polizisten glaubhaft versicherte, dass ihr Besuch in der Wohnung einen dienstlichen Hintergrund hatte. Die Anspannung in den Stimmen ließ langsam nach.

»Ich komme gleich«, rief Stahl.

Er beugte sich nach unten, und es gelang ihm, eines der Dielenbretter anzuheben. Darunter befand sich eine Mulde, in der ein schwarz eingebundenes, dickes Notizbuch lag. Stahl nahm es heraus und schlug es auf. Mit jedem Wort, das er las, verlor er mehr an Fassung.

22

Mit einer fast schon kindischen Vorfreude wählte Hannes Stahl Schraders Handynummer. Ihre Fokussierung auf Heiko Frost hatte von Anfang an keinen Sinn ergeben. Spätestens in ihrem letzten Gespräch hätte sie erkennen müssen, dass den jungen Mann ganz andere Dämonen terrorisierten. Ihm einen eiskalten Racheplan zu unterstellen, führte ins Leere.

»Was gibt's?«, fragte sie nach ein paar Freizeichen zur Begrüßung.

»Wir treffen uns in einer Dreiviertelstunde im Präsidium.«

»Hannes, spinnst du? Es ist Feierabend. Egal, was es ist, das kann bis morgen früh warten.«

»Kann es nicht!«, widersprach er. »Ich bin in Hilles Wohnung und habe sein verstecktes Tagebuch gefunden. In einer Dreiviertelstunde.«

Er beendete das Gespräch. Er wusste, ihre Neugier wäre zu groß, als dass sie sich seiner Aufforderung widersetzt hätte. Als Nächstes rief er Reiland an.

»Benno, ich war noch einmal in Hilles Wohnung und hab dort etwas gefunden. Ein verstecktes Tagebuch. Schrader ist informiert. Sie kommt in gut vierzig Minuten ins Präsidium. Schaffst du das?«

»Scheiße«, brummte der Kollege. »Ich hab mir gerade einen schönen Feierabend-Gin-Tonic eingeschenkt. Meine Frau wird nicht begeistert sein, dass ich noch mal losmuss. Aber natürlich komme ich auch.«

»Dann bis gleich.« Er beendete das Gespräch.

Brandt grinste. »Deine auf den jeweiligen Gesprächspartner zugeschnittene Wortwahl ist sehr bemerkenswert.«

»›Aufschlussreich‹ wäre das richtige Wort«, korrigierte Stahl ihn. »Im Laufe der Jahre lernt man seine Kollegen so gut kennen, dass man weiß, wie man sie packt. Ich setze dich bei dir zu Hause ab, okay?« Brandt nickte. »Ich versuche noch einmal, Schrader und Reiland zu überzeugen, dass du uns eine große Hilfe wärst. Reilands Okay würde ich bekommen, aber es hängt von der Kollegin ab. Ginge es nach mir, würden wir dich definitiv als offiziellen Berater der Soko dabeihaben.«

»Ich zähl auf dich«, sagte Brandt.

* * *

Schrader erschien fünf Minuten zu spät im Präsidium. Diese stille Form des Protests amüsierte ihn. Wahrscheinlich hätte er sich ähnlich verhalten.

Er lehnte sich stehend gegen die Kante seines Schreibtisches und hielt das dicke Tagebuch in die Höhe. »Schon der Ort, an dem ich es entdeckt habe, sprach für sich. Unter dem Nachttisch bin ich eher zufällig auf einen breiten Spalt im Boden gestoßen. Ich konnte das Dielenbrett anheben und habe darunter das Notizbuch gefunden. In diesem Buch hat Hille seine intimsten Gedanken festgehalten. Ich glaube, genau deswegen hat er es versteckt. Eine symbolische Handlung. Etwas, was in der Wohnung unter dem Boden liegt, bleibt auch in der Gefühlswelt unter der Oberfläche.«

Schrader stöhnte. »Bin ich hierhergekommen, um mir dein psychologisches Gelaber anzutun?«

Stahl ignorierte ihren gehässigen Einwand. »In diesem Buch, das er seit vielen Jahren führte und das fast komplett vollgeschrieben ist, wird sein Kummer nach dem Tod der

Ehefrau geschildert. Hille ging es wirklich äußerst schlecht. Er hat seine Frau sehr geliebt. Der Kummer wandelte sich im Laufe der Zeit zu einem Todeswunsch. Er sah keinen Sinn mehr in seinem Leben. Sogar über seine Suchtprobleme schrieb er. Der Alkohol schien ihm anfangs eine Lösung, weil er seine Gefühle betäubte. Bis er immer höhere Dosen benötigte und selbstreflektiert feststellte, dass er im Begriff stand, sich totzusaufen. Dann folgt eine Lücke. Offenbar hatte er abgeschlossen und aufs Schreiben neuer Tagebucheinträge verzichtet. Monate später begann er jedoch wieder damit. Er hatte eine Therapie begonnen und zusätzlich eine Selbsthilfegruppe besucht. Erst von diesem Moment an finden sich Hinweise, die seinen Hass auf die Justiz belegen. Er schrieb öfter, wie lasch die Strafe gegen den Mörder seiner Frau sei. Hille erwähnte andere Urteile, die ihm ebenfalls als zu harmlos erschienen. Das waren nicht alles spektakuläre Prozesse, die es in die Zeitung schafften. Nein, er schien regelmäßiger Beobachter des Berliner Strafgerichts zu werden.«

Schrader gähnte, ohne sich die Hand vor den Mund zu halten.

»Natalie, sei nicht so kindisch«, wies Reiland sie zurecht.

Stahl nickte ihm dankbar zu. »Dann tauchten erste Bemerkungen über neue Freunde auf, die das genauso sahen wie er.«

»Nennt er die Namen der Freunde?«, fragte Reiland.

»Leider nicht.«

»Also bringt uns das Tagebuch nicht weiter«, folgerte Schrader.

»Oh doch«, widersprach Stahl. »Denn es kommt noch besser. Gegen Ende des Buchs habe ich einen sehr aufschlussreichen Eintrag gefunden.« Er schlug die entsprechende Stelle auf und räusperte sich. »Geplante Gegenmaßnahmen«, las er vor. »Bassam Masouds Freispruch

verhindern.« Triumphierend sah Stahl in die überraschten Gesichter seiner Kollegen. »Es folgen die umkreisten
Namen von Valerie Niebach, Gustav Freund und einem der
drei beteiligten Richter, nämlich Andreas Torwald.« Wieder
schaute er hoch. »Von Richter Torwald wissen wir, dass er
für eine Verurteilung war. Inzwischen frage ich mich, wie
er zu seinem Urteil kam. Im Notizbuch findet sich noch etwas Interessantes. Direkt hinter den drei Namen ein Smiley
mit heruntergezogenen Mundwinkeln und das Wort ›ge-
scheitert‹.« Stahl klappte das Buch zu und legte es auf den
Schreibtisch. »Versteht ihr jetzt, warum ich euch herzitiert
habe?«

Reiland nickte. »Wie lautet deine Theorie?«

»Ich bin überzeugt, die Schöffen mussten sterben, weil
sie zu milde Strafen ausgesprochen haben, beziehungsweise
in Masouds Prozess sogar für einen Freispruch stimmten.«

»Wieso musste Hille sterben?«, griff Schrader den offen-
sichtlichen Schwachpunkt der Erklärung auf.

Um ein paar Sekunden Zeit zu gewinnen, rieb Stahl sich
den Nasenrücken. »Darüber kann ich nur spekulieren. Vielleicht haben sich Hille und seine Freunde zerstritten.«

»Steht davon etwas im Tagebuch?«, fragte Schrader.

»Nein«, bekannte er.

Schrader nickte zufrieden. »Zugegeben, dir ist es mit
Verzögerung gelungen, mich zu fesseln. Das Notizbuch ist
für unsere Ermittlungen relevant. Aber es erklärt nicht
Hilles Tod. Warum ist er ermordet worden, wenn er in
illegale Machenschaften verstrickt war?«

Stahl setzte zu einer Antwort an, doch Schrader hob die
Hand, um ihm zuvorzukommen. »Ich habe in den letzten
Stunden auch intensiv nachgedacht. Wir sollten Frost verhaften, nötigenfalls sogar ohne Haftbeschluss. Hier im Präsidium können wir ihn unter Druck setzen.«

»Natalie, du bist wirklich unbelehrbar«, entgegnete Stahl.

»Es gibt keine hinreichende Veranlassung für eine Verhaftung. Sein Anwalt würde sofort Beschwerde einlegen und recht bekommen.«

»Wir würden Zeit gewinnen, um ihm Daumenschrauben anzulegen«, sagte sie.

»Und wenn er schweigt? Denn genau das würde ich an seiner Stelle tun. Außerdem bekäme die Boulevardpresse davon Wind. Die stürzen sich darauf wie die Geier. Noch ermitteln wir einigermaßen ohne medialen Druck. Spätestens dann ändert sich das.«

Schrader schnaubte. »Scheiß Presse«, murmelte sie. »In dem Punkt hast du wahrscheinlich recht. Aber ich kann euch eins versprechen: Ich werde Frost bei der nächsten Kleinigkeit verhaften. Sehe ich ihn bei Rot über die Straße gehen, schnappe ich ihn mir. Fährt er im Bus schwarz, buchte ich ihn ein.« Sie hob Daumen und Zeigefinger und bildete eine winzige Lücke. »So viel würde mir schon reichen. Ich habe übrigens in dem Hamburger Hotel angerufen. Sie haben die Zahlung von Frosts Kreditkarte um elf Uhr siebenundfünfzig autorisiert. Er hat tatsächlich erst um zwölf ausgecheckt.«

Dass ihr diese Information nicht schmeckte, hörte Stahl an ihrer Stimme. Für einen Moment hatte er Oberwasser. »Da gibt es noch etwas, was ich mit euch besprechen will. Natalie, raste bitte nicht gleich aus. Aber ihr wisst ja, dass Gregor Brandt lange Zeit der zuständige Staatsanwalt im Prozess gegen Masoud war.«

»Ja und?«, fragte Schrader unfreundlich.

»Ich bin nach wie vor der Meinung, dass wir ihn offiziell zu den Ermittlungen hinzuziehen sollten. Als externen Berater.«

Erwartungsvoll schaute er in die Gesichter seiner Kollegen.

23

Als Gregor Brandt zu seiner Wohnungstür hereinkam, plagte ihn ein bohrender Hunger. Sein Kühlschrank gab nichts mehr her, aber Spaghetti mit Tomatensauce ging immer.

Stahl hatte ihn vor seiner Wohnung abgesetzt und war dann ins Präsidium gefahren. Gregor war gespannt, wie Schrader und Reiland auf den Fund des Tagebuchs reagieren würden und ob sie nun endlich einverstanden wären, ihn als Berater im Team mitwirken zu lassen.

Nachdem er gegessen hatte, befasste er sich wieder mit dem Fall und begab sich im Internet auf die Suche nach Artikeln zum Thema Tod durch Erhängen. Von den zahlreichen Suchergebnissen wählte er drei aus und las die Artikel nacheinander durch. Anschließend lehnte er sich in seinen Stuhl zurück und nahm einen Schluck von dem Rotwein, der in dem großen bauchigen Glas im Licht der Schreibtischlampe tiefdunkel schimmerte. Dabei fasste er in Gedanken noch einmal zusammen, was er gerade gelesen hatte.

Im Mittelalter war das Erhängen von Straftätern eine der häufigsten Tötungsarten gewesen. Anders als man annehmen sollte, starben die Verurteilten aber meistens nicht sofort, sondern langsam und qualvoll. Bevorzugt wurden Diebe, Verräter und Betrüger in den Straßen, die in die Städte führten, aufgehängt, und dies so lange, bis die Vögel die Leichen zerpflückt hatten und einzelne Gliedmaßen herabfielen. Diese Vorgehensweise diente zur Abschreckung.

Erst Anfang des neunzehnten Jahrhunderts fand ein Wissenschaftler durch gefährliche Selbstversuche heraus, dass

168

die meisten Erhängten nicht, wie bis dahin angenommen, erstickten. Der eigentliche Grund für den Todeseintritt sei die unterbrochene Blutzufuhr zum Gehirn. Zuerst lief das Gesicht rot an, dann blau, die Sicht verschwamm, und in den Ohren trat ein Pfeifen ein.

Es war eine entsetzliche Vorstellung, so sterben zu müssen. Gregor war froh, nicht zu viel gegessen zu haben, bevor er mit dem Lesen der Artikel begonnen hatte. Die Lektüre schlug ihm auf den Magen.

Jetzt war er noch sicherer: Die Tötungsmethode musste bei den aktuellen Morden eine Rolle spielen. Der Täter hatte sie ganz bewusst ausgewählt. Vielleicht, weil sich die Opfer in seinen Augen etwas hatten zuschulden kommen lassen, das nach seinem Verständnis den Tod durch Erhängen rechtfertigte. Grundsätzlich passte dieser Ansatz zur neuen Theorie, die Stahl und er noch im Wagen auf dem Heimweg konstruiert hatten.

Sie gingen nun doch wieder davon aus, dass Niebach und Freund aufgrund ihrer Schöffentätigkeit sterben mussten. Aber nicht, wie ursprünglich angenommen, weil die beiden für einen Freispruch Masouds bestochen und später von den Clanangehörigen als Mitwisser aus dem Verkehr gezogen wurden, sondern weil sie *nicht* für eine Verurteilung Masouds gestimmt hatten. Niebach und Freund hatten zu milde Recht gesprochen. Klaus Hille hasste das Justizsystem deswegen, und die Eintragungen in seinem Notizbuch belegten, dass er Einfluss auf den Masoud-Prozess hatte nehmen wollen. Nur Hilles eigener Tod passte noch nicht recht ins Bild.

Ein lautes Klopfen an seiner Wohnungstür schreckte ihn auf. Automatisch sah er auf die Wanduhr. Es war gleich halb neun. Stahl wollte anrufen, sobald die Besprechung mit den Kollegen vorüber war. Kam er nun doch noch mal persönlich vorbei? Nachdenklich ging Gregor durch den

Flur zur Tür. Es konnte sich nur um einen anderen Mieter handeln. Hin und wieder kam es vor, dass man sich gegenseitig etwas auslieh. Durch den Türspion sah er einen Mann, den er nicht kannte. Ein neu Zugezogener, der sich zu so später Stunde noch vorstellen wollte? Wohl kaum. Nervös schaute sich der Mann draußen in alle Richtungen um.

Gregor gab sich einen Ruck und öffnete die Tür.

»Ich bin ein großer Fan Ihres Podcasts. Sie müssen mir helfen«, sprudelte es sofort aus dem Unbekannten heraus.

Gregor zog die Augenbrauen zusammen. Erst jetzt bemerkte er die nassen Haare und Kleider des Fremden. Unwohlsein überkam ihn. Sein Gegenüber wirkte konfus.

»Ich verstehe nicht ganz. Sind Sie verletzt?«

Der Mann schüttelte den Kopf. »Bitte, ich weiß wirklich nicht, an wen ich mich sonst wenden soll.«

»Beruhigen Sie sich. Wir kennen uns nicht einmal. Wie sind Sie überhaupt ins Haus gelangt?«

Gregors ernste Ansprache schien etwas in dem Unbekannten zu bewirken.

Er nahm eine geradere Haltung an. »Entschuldigen Sie vielmals. Ich überfalle Sie regelrecht. Sie müssen denken, ich wäre ein Verrückter. Aber ich bin einfach nur mit den Nerven am Ende. Als ich klingeln wollte, kam ein Bewohner mit seinem Hund aus dem Haus. Da es draußen regnet, bin ich einem Impuls gefolgt und einfach reingehuscht, bevor die Tür wieder ins Schloss fiel.«

Gregor war der Mann nicht geheuer, dennoch wollte er höflich bleiben. »Und warum sind Sie zu mir gekommen?«

»Die Polizei verdächtigt mich eines Verbrechens, das ich nicht begangen habe. Sie denken, ich hätte drei Menschen ermordet.«

Gregor konnte sein Erschrecken über diese Aussage nicht verbergen und wich einen Schritt zurück.

Sein Besucher deutete dies sofort richtig, denn er hob beschwichtigend die Hände und machte dabei große Augen. »Sie brauchen sich nicht zu fürchten. Ich war es nicht. Die haben sich regelrecht auf mich eingeschossen. Aber ich kann mir keinen Privatdetektiv leisten, der Beweise für meine Unschuld sammelt.«

»Und wie kommen Sie dann auf mich?«

»In Ihrem Podcast beleuchten Sie doch auch Fehlurteile, die dazu führten, dass Unschuldige jahrelang hinter Gitter geschickt wurden. Ich dachte mir, vielleicht können Sie in meinem Fall den Irrtum der Polizei aufdecken, bevor ich für etwas verurteilt werde, was ich nicht getan habe.«

»Ehe wir weiterreden, möchte ich, dass Sie mir Ihren Namen sagen.«

»Wie dumm von mir. Natürlich hätte ich mich zuerst vorstellen müssen. Ich heiße Heiko Frost.«

Für einen Moment verschlug es ihm die Sprache. Er wusste von Stahl, dass Frost für Schrader und Reiland der Hauptverdächtige in den aktuellen Mordfällen war.

»Tut mir leid, aber ich kann Ihnen nicht helfen – um diese Uhrzeit schon gar nicht«, sagte er.

Er wollte die Tür schließen. Frost trat vor, rempelte ihn leicht an und drang an ihm vorbei in die Wohnung ein.

Gregor war zu überrumpelt, um ihn aufzuhalten. Frost verschwand im Wohnzimmer, und ihm blieb nichts anderes übrig, als die Tür zu schließen und dem Eindringling zu folgen.

»Was soll denn das? Verlassen Sie sofort meine Wohnung!«

Frost stand auf der anderen Seite des Raumes mit dem Rücken zu dem Fenster zum Hinterhof. Seine Hände klammerten sich an den Heizkörper hinter sich. Seine Augen flackerten. Er wirkte wie ein gehetztes Tier, das in der Falle saß. Irgendwie tat er Gregor leid. Er musste sensibel agieren,

wenn er eine Eskalation vermeiden wollte. Nur kurz überlegte er, mit einem Anruf bei der Polizei zu drohen. Dann
schämte er sich dafür. Wenn Frost wirklich Hilfe von ihm
erwartete, dann wäre dies wie ein Tritt ins Gesicht für ihn.
Gregors Blick streifte unauffällig den Computermonitor. Er
konnte von Glück reden, dass der Bildschirmschoner ange-
sprungen und der zuletzt gelesene Artikel, dessen Titelbild
aus der Schlaufe eines Galgenstricks bestand, nicht mehr zu
sehen war. Allerdings würde das Bild wieder aufflammen,
sobald eine beliebige Taste gedrückt wurde.

»Ich kann nicht einfach wieder gehen«, sagte Frost. »Mir
will jemand drei Morde anhängen. Sicher warten die Bullen nur darauf, dass ich heimkomme, um mich festzunehmen.« Er fuhr sich mehrfach mit zitternder Hand durchs
Haar.

»So einfach geht das nicht.« Gregor bemühte sich, mit
ruhiger Stimme zu sprechen. »Offensichtlich fehlen die
Beweise gegen Sie. Sonst wären Sie längst hinter Gittern.«

Frosts Blick nagelte ihn an die Wand. »Pah! Die finden
schon irgendwelche Gründe. Das ist nur eine Frage der
Zeit. Sie müssen mir glauben, ich war es nicht. Aber da
ist etwas, das die Bullen noch nicht wissen. Wenn die das
herausfinden, dann habe ich verloren.«

»Wovon reden Sie?«

»Helfen Sie mir?«

Gregor rang mit sich. Was sollte er darauf antworten?

»Wir werden sehen«, sagte er.

»Mein Gedächtnis funktioniert nicht immer tadellos. Ich
habe denen erzählt, dass ich zu Hause und im Kino war,
als zwei der drei Morde geschahen. Ich erinnere mich aber
nicht an den Film und auch nicht daran, was ich an dem
anderen Tag abends zur Tatzeit zu Hause gemacht habe.«

Gregor kam nicht umhin, einen tiefen Seufzer auszustoßen.

»Sie sollten sich unbedingt in ärztliche Behandlung begeben«, schlug er mitfühlend vor.

Dabei war er sich im Klaren darüber, dass Stahl sich möglicherweise geirrt hatte und Frost nun doch als Mörder in Betracht kam.

»Ein Arzt kann mir auch nicht helfen. Die Erinnerungslücken treten immer mal wieder auf. Das ist so, seit ich erfahren habe, dass ich nicht bei meinen leiblichen Eltern aufgewachsen bin. Wenn ich endlich Klarheit bekomme, dann hören diese verdammten Aussetzer auf, da bin ich mir sicher.« Frost wurde immer hysterischer. Er sprach schnell und mit hoher Stimme.

»Sie müssen sich jetzt wirklich erst einmal beruhigen«, sagte Gregor. »Ich werde sehen, was ich für Sie tun kann. Aber nun gehen Sie bitte.«

Frost schwitzte und atmete in kurzen flachen Stößen. »Eine Untersuchungshaft halte ich nicht noch einmal aus. Die Medien werden mich wieder unter Beschuss nehmen.«

»Sie steigern sich da in etwas hinein. Wenn Sie unschuldig sind, haben Sie nichts zu befürchten. Ein Arzt könnte Ihnen helfen, Ihre Gedächtnislücken zu schließen, das könnte wichtig für Ihr Alibi sein.«

Frosts Augäpfel bewegten sich hektisch hin und her. Gregor lag auf der Zunge, ihn zu fragen, ob er Drogen genommen hatte und die Filmrisse daher rührten. Die Spannung im Raum war regelrecht greifbar, und er überlegte fieberhaft, wie er Frost zum Gehen bewegen könnte.

Das Klingeln seines Handys ließ Frost zusammenschrecken. Gregor nutzte den Augenblick zum Durchatmen. Auf dem Display leuchtete Stahls Nummer auf.

»Ich muss rangehen. Würden Sie jetzt bitte meine Wohnung verlassen?«, versuchte er es noch einmal.

Frost schüttelte vehement den Kopf. »Ich weiß doch nicht wohin.«

Gregor schloss kurz die Augen. »Warten Sie hier.«

Er ging durch den Flur in die Küche und schloss die Tür hinter sich. Dann nahm er das Gespräch an.

»Die Besprechung ist vorbei. Sicher bist du gespannt, wie es gelaufen ist«, fing Stahl zu reden an.

»Frost ist hier bei mir in der Wohnung«, flüsterte Gregor. »Er will, dass ich ihm helfe, seine Unschuld zu beweisen.«

»Was? Das ist doch verrückt. Warum ausgerechnet du?«

»Er hört meinen Podcast.«

»Verdammt.«

»Frost macht einen total verwirrten Eindruck. Es kommt mir vor, als hätte er Drogen genommen. Ich glaube, er braucht dringend psychologische Betreuung.«

Die Tür zur Küche sprang auf und krachte gegen den Kühlschrank. Frost marschierte mit wild funkelnden Augen auf ihn zu.

»Warum lesen Sie Berichte über den Tod durch Erhängen im Internet?«, schrie er.

Er musste den Bildschirmschoner aufgehoben haben, schoss es Gregor durch den Kopf.

Auf Frosts Stirn zeichnete sich eine tiefe Zornesfalte ab. Seine zusammengezogenen Augenbrauen berührten sich fast, und er zeigte mit dem Finger auf Gregor, während er nah an ihn herantrat. »Ich habe gehört, was Sie gerade gesagt haben. Sie stecken mit denen unter einer Decke.«

Er ließ Gregor keine Zeit mehr für eine Erklärung. Ohne Vorwarnung holte Frost aus. Gregor duckte sich instinktiv und drehte den Kopf zur Seite, schaffte es aber nicht mehr schnell genug, die Hände schützend anzuheben. Der Faustschlag traf ihn mit Wucht an der linken Schläfe. Sein Sichtfeld verschwamm, seine Beine gaben nach. Er fiel nach hinten und schlug mit dem Kopf hart auf.

Dann war es dunkel.

24

»Ich habe gehört, was Sie gerade gesagt haben. Sie stecken mit denen unter einer Decke.«

Es folgten ein Poltern, ein schmerzerfülltes Stöhnen und ein Geräusch, als wäre das Handy auf dem Boden aufgeschlagen.

»Gregor?«, rief Hannes Stahl alarmiert.

Die Verbindung war unterbrochen.

»Scheiße!«, fluchte er, drückte die Wahlwiederholung und landete direkt auf Brandts Mailbox.

Das durfte einfach nicht wahr sein. Was machte Heiko Frost bei Gregor Brandt, und wieso gerieten die beiden handgreiflich aneinander?

Obwohl er ahnte, wie Schrader darauf reagieren würde, wählte er ihre Nummer.

Sie saß im Auto und befand sich wohl auf dem Nachhauseweg.

»Was denn jetzt noch? Du hast bekommen, was du wolltest«, begrüßte sie ihn.

Offenbar sprach sie das Ergebnis ihrer Unterredung an. Sie hatte sich von Reiland und ihm überzeugen lassen, Brandt hinzuzuziehen.

»Heiko Frost ist bei Gregor Brandt und hat ihn niedergeschlagen. Ich hab alles am Telefon verfolgt. Er schwebt in Lebensgefahr.«

»Diese miese Kanalratte! Ich wusste es. Glaubst du mir jetzt? Wo wohnt Brandt?«

Er nannte ihr die Adresse. »Sagst du Benno Bescheid?«

»Mach ich!«

Sie beendete das Telefonat. Er rannte los. Wahrscheinlich hatte er von allen Beteiligten den kürzesten Weg, denn Schrader und Reiland wohnten in entgegengesetzter Richtung.

Unterwegs malte sich Hannes Stahl aus, was Frosts brutales Vorgehen für die Ermittlungen bedeutete. Schrader hätte Oberwasser. Endlich konnte sie einen Haftbefehl beantragen. Auch sein eigenes Bild von Frost musste er hinterfragen. Doch das war ihm egal. Jetzt ging es einzig darum, Brandts Leben zu retten.

Mehrfach überfuhr er rote Ampeln und gefährdete dabei sich und andere Verkehrsteilnehmer, die lautstark kundtaten, was sie von seinem Fahrstil hielten. In kürzester Zeit erreichte er die Wohngegend und konnte seinen Wagen gleich vor der Haustür auf einem Parkplatz abstellen.

Er sprang heraus und lief zum Eingang. Hektisch drückte er nacheinander alle Klingeln. Es erschien ihm wie eine Ewigkeit, bis ihm endlich jemand öffnete.

»Polizei«, rief er laut.

»Was ist denn los?«, erklang die Stimme einer älteren Dame aus einer Etage über ihm.

»Bleiben Sie in Ihrer Wohnung«, mahnte er.

Er ging auf die offenstehende Wohnungstür zu. Würde er Brandt leblos vorfinden – aufgeknüpft an einer Schlinge?

Er trat ein. »Gregor?«

Jemand stöhnte. Stahl sah in der Küche nach und atmete erleichtert durch. Der Staatsanwalt lag am Boden, seine Augenlider flatterten.

»Gott sei Dank!«, flüsterte er.

In diesem Moment schlug Brandt die Augen auf.

»Was machst du hier?«, fragte er benommen.

»Ich bin sofort hergerast. Schrader und Reiland müssten auch gleich eintreffen.«

»Ist Frost noch da?«

Stahl erhob sich und inspizierte kurz die anderen Räume. »Der Typ ist ausgeflogen.«

»Scheiße. Mir brummt der Schädel.« Brandt richtete sich sitzend auf und rieb sich eine Stelle am Hinterkopf. »Bin wohl beim Sturz dagegen geknallt. Hätte gedacht, meine Reflexe wären dank des Boxtrainings besser. Er hat mich zu unvermittelt angegriffen.«

»Deine Schläfe verfärbt sich ebenfalls«, meinte Stahl.

»Da hat mich Frosts Faustschlag getroffen. Blöder Penner! Wusste gar nicht, dass er Preisboxerqualitäten hat.«

Es klingelte an der Wohnungstür.

Kurz nach Schrader traf auch Reiland ein. Aus dem Kühlschrank besorgte sich Brandt einen Kühlakku und presste ihn abwechselnd gegen Schläfe und Hinterkopf. Sie gingen ins Wohnzimmer und setzten sich an den Tisch. Brandt erzählte von dem lauten Anklopfen eine Weile zuvor und dem Mann, der plötzlich vor ihm gestanden hatte. In allen Einzelheiten rekapitulierte er das Gespräch zwischen ihnen.

»Er gibt zu, unter Gedächtnislücken zu leiden?«, fragte Schrader. Sie lächelte hocherfreut.

»Ja«, sagte Brandt. »Er meinte, er könne sich nicht mehr richtig an den Kinofilm erinnern oder was er an dem Abend des dritten Mordes zu Hause gemacht hat.«

»Wir müssen ihn sofort auf die Fahndungsliste setzen. Sein Auftritt hier ist ein Geständnis«, sagte Schrader.

»Nicht so vorschnell«, widersprach Stahl.

»Dein Ernst? Du verteidigst ihn noch immer?« Fassungslos schüttelte sie den Kopf.

»Diese Erinnerungslücken ...«, begann er.

»Kapierst du es nicht?«, unterbrach ihn Schrader. »Das ist eine Reaktion seines Unterbewusstseins. Er ermordet unschuldige Menschen, von denen er sich Hilfe versprochen hat. Um mit den Schuldgefühlen zu leben, verdrängt er die Erinnerung daran. Du bist doch hier der Psycho-Onkel.«

»Und du hast dir ganz schön was abgeschaut«, konterte er. »Aber die Lücken könnten schon viel länger ein Problem sein. Er hatte das Kinoticket und war in Hamburg. Das sind die uns bekannten Fakten.«

»Na und? Ein Kinoticket beweist gar nichts. Aus Hamburg könnte er deutlich früher abgereist sein. Frost ist unser Mann. Dank seiner Erinnerungslücken konnte er einigermaßen glaubhaft lügen.«

»Ich stimme Natalie zu«, warf Reiland ein. »Wir müssen Frost unbedingt in die Finger kriegen. Jetzt noch an seiner Schuld zu zweifeln, erscheint mir fahrlässig.«

»Nicht unbedingt«, widersprach Brandt. »Er ist zu mir gekommen, weil er sich Unterstützung versprochen hat. Ich sollte ihm helfen, seine Unschuld zu beweisen.«

»Das heißt nichts«, sagte Schrader. »Wenn er sich nicht an die Taten erinnert, könnte er überzeugend seine Unschuld beteuern.«

Plötzlich ertönte ein lauter Knall. Die Fensterscheibe in der Küche zerbrach. Das Splittern von Glas war zu hören. Ein brennender Gegenstand kullerte durch die offene Tür bis in den nahen Flur.

»In Deckung!«, schrie Stahl.

Er duckte sich instinktiv weg.

»Feuer!«, brüllte Schrader.

Stahl schaute wieder in den Flur. Auf dem Boden lag ein brennender Molotow-Cocktail. Die Flamme am Flaschenhals steckte den Teppich in Brand. Doch wenigstens war die Flasche bei ihrem Aufprall nicht zerbrochen. Sonst würde das Feuer schon unkontrolliert wüten.

Er sah eine Decke auf dem Sessel liegen. Unterdessen rannte Reiland in die Küche. Schrader und Brandt wirkten hingegen paralysiert. Stahl packte die Decke und erstickte die Flamme. In dieser Sekunde kehrte Reiland zurück. In der Hand hielt er einen Topf voller Wasser.

»Nicht nötig.« Er hob die Decke. »Erloschen.«

Endlich befreite sich Schrader aus der Schockstarre. Sie eilte in den Flur und verließ Brandts Wohnung. Stahl trat ans zerstörte Fenster. Die Glasscherben knirschten unter seinen Schuhen. Die Straßen vor dem Haus waren menschenleer.

»Bleib du beim Staatsanwalt«, sagte Reiland. »Ich suche mit Schrader nach dem Täter.«

Zehn Minuten später kehrten die Polizisten frustriert zurück.

»Frost ist über alle Berge«, brummte Schrader unglücklich. »So nah dran! Wir hätten ihn fast gehabt.«

»Du glaubst natürlich, Frost hat den Molotow-Cocktail geworfen«, sprach Stahl das Offenkundige aus.

»Wer sonst?«, erwiderte sie.

»Natürlich ist das äußerst naheliegend, passt aber so gar nicht zu seinem bisherigen Vorgehen«, wandte er ein.

Schrader seufzte. »Ist das alles, was du zu seiner Verteidigung zu sagen hast, Hannes?« Sie deutete auf die nicht zerbrochene grüne Sektflasche. »Der Brandsatz stammt von einem Anfänger. Die benutzte Flasche ist viel zu dick. So ein Fehler passiert Profis nicht.«

Zumindest bei dieser Schlussfolgerung stimmte er seiner Kollegin zu.

»Vielleicht hat er unser Eintreffen nicht mitbekommen«, fuhr sie fort. »Wir sind alle in zivilen Fahrzeugen hergekommen. Er schlägt den Staatsanwalt nieder und vermutet ihn bewusstlos am Boden. Um ihn endgültig aus dem Verkehr

179

zu ziehen, verschwindet er und kommt mit seinem heißen Geschenk zurück. Wäre Brandt noch immer besinnungslos gewesen, wäre er erstickt oder verbrannt. Game over. Einen lästigen Zeugen ausgeschaltet, ohne auf seine bewährte Methode zurückgreifen zu müssen.«

»Ergibt das Sinn?«, fragte Brandt.

Schrader verdrehte die Augen. »Verteidigen Sie jetzt ausgerechnet den Kerl, der Sie bewusstlos geschlagen hat?«

»Nein. Aber wieso hätte er so kompliziert vorgehen sollen? Er wusste, dass es mindestens einen telefonischen Zeugen gab. Wenn er es trotzdem gewollt hätte, hätte er mich spielend leicht ausschalten können. Mit oder ohne Zeugen. Die Molotow-Cocktail-Variante klingt nicht plausibel. Zumal man einen solchen Feuerwerkskörper nicht am nächsten Kiosk kaufen kann.«

»Vielleicht hat er das genau aus dem Grund getan. Um vor Gericht Zweifel wecken zu können. Ist ihm schon einmal gelungen. Die Flasche könnte er bereits draußen bereitgelegt haben, bevor er bei Ihnen angeklopft hat.« Sie griff zu ihrem Handy. »Ich rufe jetzt die Kollegen der Spurensicherung. Eventuell finden sich auf der Glasflasche seine Fingerabdrücke. Außerdem will ich endlich einen Haft- und Durchsuchungsbeschluss für den Mistkerl haben.«

Sie verließ das Wohnzimmer, um im Flur in Ruhe zu telefonieren.

»Die Spurensicherung kommt nicht«, sagte Schrader bei ihrer Rückkehr missmutig. »Wir sollen die Flasche eintüten und zu ihnen bringen. Sie haben zu viel zu tun, um sich, ich zitiere, ›mit einer solchen Kleinigkeit abzugeben‹. Mein Gott, wir haben *drei Tote* … Wenigstens habe ich einen Staatsanwalt erwischt, der uns die nötigen Dokumente besorgt. Ein Durchsuchungsbeschluss für Frosts Wohnung und einen Haftbefehl wegen des tätlichen Angriffs. Damit hat er sich keinen Gefallen getan.« Sie schaute zur Uhr. »Das wird wohl nichts mit ausgedehntem nächtlichem Schönheitsschlaf. Nicht, dass ich ihn nötig hätte.« Die Hauptkommissarin gähnte.

Stahl wurde sofort angesteckt. Er versuchte, den Gähnimpuls zu unterdrücken, verlor den aussichtslosen Kampf jedoch.

»Warum fahrt ihr nicht schon einmal ins Präsidium?«, fragte er. »Um von dort die Fahndung nach Heiko Frost zu koordinieren.«

Misstrauisch sah Schrader ihn an. »Was macht ihr in der Zwischenzeit?«

»Ich würde gern Richter Torwald aufsuchen. Vielleicht ist er noch nicht zu Bett gegangen.«

»Ziemlich sicher noch nicht«, sagte Brandt. »Ich kann mich noch gut daran erinnern, dass er ein Nachtmensch ist. An seinen prozessfreien Tagen vor zehn Uhr morgens bei ihm im Büro aufzutauchen, war aussichtslos.«

»Ich schätze, er weiß mehr über den Prozess gegen Masoud, als er bislang zugegeben hat«, führte Stahl aus.

»Du hängst also noch immer dieser Theorie nach? Viel Spaß!« Schrader wandte sich an Brandt. »Haben Sie eine Plastiktüte für mich?«

Wortlos verließ Brandt das Wohnzimmer. Sie hörten, wie er in der Küche einen Schrank öffnete und wenige Sekunden später mit einem Drei-Liter-Gefrierbeutel in der Hand zu ihnen zurückkehrte.

»Groß genug?«, fragte er.

»Größer wäre besser. Wie immer im Leben.« Sie lachte grobschlächtig.

25

Gegen zweiundzwanzig Uhr parkte Stahl seinen Wagen am Straßenrand vor dem Haus von Richter Torwald. Es handelte sich um einen großflächigen, im Stil der Achtzigerjahre gebauten Bungalow, der auf dem zugehörigen Grundstück von Bäumen und Sträuchern umgeben war. Im Hausflur und hinter einem der vorderen Fenster brannte noch Licht. Da es nur zum Teil von einer Gardine verdeckt war, konnten Brandt und Stahl dahinter deckenhohe Bücherregale erkennen. Vermutlich handelte es sich um das Arbeitszimmer des Richters.

Stahl läutete. Kurz darauf flammte eine Lampe neben der Haustür auf, und eine ruppige Männerstimme dröhnte durch die Sprechanlage. »Wer ist da?«

»Kripo Berlin, Kriminalhauptkommissar Stahl. Bei mir ist Gregor Brandt. Die späte Störung tut uns leid, aber wir ermitteln wegen dreifachen Mordes. Bitte haben Sie Verständnis dafür, dass wir auf die Uhrzeit keine Rücksicht nehmen können.«

»Und Herr Brandt ist bei Ihnen? Er soll sich mal melden. Seine Stimme kenne ich im Gegensatz zu Ihrer.«

»Es stimmt. Ich bin hier«, sagte Brandt.

Das Geräusch eines sich im Schloss drehenden Schlüssels drang zu ihnen nach draußen. Dann öffnete sich die Tür, und Richter Andreas Torwald kam zum Vorschein. Er trug einen dunkelblauen Hausanzug. Man sah ihm an, dass er erzürnt war. Sein Blick ging zuerst zu Stahl, dann zu Brandt und wieder zurück zu Stahl.

»Zeigen Sie mir Ihre Marke«, blaffte er Stahl an. »Nicht, dass ich Ihnen nicht glauben würde, dass Sie Kriminalbeamter sind, ich will nur Ihre Dienstnummer, damit ich mich über Sie beschweren kann. Um diese Zeit noch zu stören, ist wirklich allerhand. Meine Frau wollte gerade zu Bett gehen. Sie hat einen gehörigen Schreck bekommen.«

»Wir haben von draußen Licht gesehen«, erklärte Brandt. »Es wird nicht lange dauern.«

»Warum sind Sie überhaupt hier?«, fragte Torwald an ihn gewandt. »Sie sind kein Staatsanwalt mehr.«

»Können wir das drinnen besprechen?«

»Von mir aus«, gab der Richter schließlich nach.

Er führte sie in sein geräumiges Arbeitszimmer, bot ihnen aber keinen Platz an, obwohl zwei Stühle vor seinem Schreibtisch standen.

»Es geht um die ehemaligen Schöffen Niebach und Freund«, begann Stahl. »Ich weiß nicht, ob es sich schon bis zu Ihnen herumgesprochen hat, aber die beiden wurden ermordet.«

»Nein, das war mir noch nicht bekannt«, sagte Torwald. Für einen Moment wirkte er in sich gekehrt und ehrlich betroffen.

Stahl ließ ihm ein wenig Zeit, um diese Information zu verarbeiten. »Nun haben wir ein drittes Mordopfer«, sagte er dann.

»Wieder ein Schöffe?«

»Nein.«

»Vielleicht diesmal ein Richter?«, fragte Torwald im Flüsterton und wirkte dabei geistesabwesend.

»Wie kommen Sie denn darauf?«

Torwald schien wie aus einer Trance gerüttelt und räusperte sich. »Warum ist Herr Brandt bei Ihnen?«

»Wir haben ihn als externen Berater zu den Ermittlungen

hinzugezogen, weil wir einen möglichen Zusammenhang zu dem Prozess gegen Bassam Masoud sehen, den er als Staatsanwalt vertreten hat.«

Torwalds Gesicht verfinsterte sich. »Das wird ja immer schöner. Herr Brandt ist Zivilist. Er hat doch bei einer aktiven Mordermittlung überhaupt nichts zu suchen.«

Auf Brandt wirkte diese Intervention übertrieben, fast wie ein Ablenkungsmanöver.

Torwald griff zu dem Telefon, das auf seinem Schreibtisch lag. »Dass Sie wegen Mordes ermitteln, mag ja sein«, sagte er zu Stahl. »Aber was ich damit zu tun haben soll, ist mir schleierhaft. Daher werde ich mich beschweren. Das ist doch reine Schikane.«

»Das sollten Sie nicht tun«, wandte Stahl ein.

Torwald sah ihn erzürnt an. »Pah! Wollen Sie mir jetzt etwa drohen? Der Polizeipräsident ist ein guter Freund von mir. Wir spielen seit Jahren zusammen Golf.«

Er suchte eine Nummer im Speicher des Telefons.

»Wenn mich der Polizeipräsident gleich fragt, warum wir hier sind, sage ich ihm, dass Sie in dem Prozess gegen Bassam Masoud absichtlich ein falsches Urteil abgegeben haben.«

Brandt war verblüfft, wie abgebrüht Stahls Mimik und Stimme auf einmal waren. Torwald blickte zu Stahl auf. Sein Mund stand offen. Für einen kurzen Augenblick schien die Luft im Raum zu gefrieren.

»Was haben Sie da gerade gesagt?« Er legte das Telefon wie in Zeitlupe zurück auf den Tisch.

»Ich glaube, Sie haben mich ganz genau verstanden«, erwiderte Stahl. »Sie sollten besser kooperativ sein, um Ihr Ansehen nicht noch weiter zu beschädigen.«

»Wie kommen Sie dazu, eine solche Anschuldigung gegen mich zu erheben?«, entrüstete sich Torwald. Allerdings schwang nun eine unverkennbare Unsicherheit in seiner

Stimme mit. »Das ist eine böswillige Unterstellung, die Sie niemals werden beweisen können.«

»Sie haben damals für eine Verurteilung Masouds gestimmt«, mischte sich Brandt ein. »Das haben Sie mir bei unserem Telefonat verraten. Da gingen wir noch davon aus, dass eine Beeinflussung des Prozesses in die umgekehrte Richtung stattfinden sollte, also mit dem Ziel des Freispruchs. Ihre Stimmabgabe für eine Verurteilung des Angeklagten hat Sie zu dem Zeitpunkt entlastet. Jetzt aber gereicht Ihnen dies zum Nachteil. Wir haben Beweise dafür, dass ein Freispruch verhindert werden sollte und eine Verurteilung das angestrebte Ziel war. Deshalb mussten die Schöffen sterben.«

Sämtliche Farbe wich aus Torwalds Gesicht.

»Dann hat er seine Drohung wahr gemacht«, flüsterte er fassungslos.

»Von welcher Drohung sprechen Sie?«, fragte Stahl. Torwald schloss kurz die Augen. »Herr Torwald, hat Sie jemand bedroht?«, bohrte Stahl weiter.

Der Richter nickte. Er sank in seinen Bürosessel und deutete auf die beiden Schwingstühle vor seinem Schreibtisch. »Bitte nehmen Sie Platz ... Einen Tag nach Beginn der Hauptverhandlung habe ich ein anonymes Schreiben in unserem Briefkasten gefunden. Darin wurde ich aufgefordert, für eine Verurteilung Masouds unter Ausschöpfung des vollen Strafmaßes zu stimmen. Für den Fall, dass ich das nicht tue oder die Polizei informiere, wurde mir gedroht, mich umzubringen.«

Torwald öffnete eine Schreibtischschublade, holte eine Klarsichthülle mit einem Briefumschlag daraus hervor und reichte sie Stahl.

»Das Schreiben ist in dem Umschlag.« Er klang jetzt erschöpft.

»Sie hätten das sofort melden müssen.« Brandt war fassungslos. Er ersparte es sich, den Gedanken laut auszusprechen, dass die Schöffen und Hille dann vielleicht noch leben würden.

»Das stimmt. Warum haben Sie das nicht erwähnt, als Herr Brandt mit Ihnen telefoniert hat?«, wollte Stahl wissen.

»Er hat nur danach gefragt, ob es einen Bestechungsversuch für einen Freispruch gegeben hat. Das war ja nicht der Fall. Ich habe mir da selbst etwas vorgemacht, innerlich habe ich mich mit meinem eigenen Urteil quasi arrangiert. Dass die Schöffen ermordet wurden, wusste ich bis gerade eben nicht.«

»Die beiden haben für einen Freispruch gestimmt. Wir müssen das noch überprüfen, aber die Schöffen sind vermutlich ebenfalls bedroht worden«, sagte Stahl.

»Davon habe ich nichts bemerkt. Ich dachte, ich wäre der Einzige, auf den Einfluss genommen wurde. Bei der Urteilsfindung herrschte eine gelöste Atmosphäre. Weder den Richtern Krapp und Radke noch den Schöffen war anzumerken, dass sie unter Druck standen und groß überlegen mussten, wie sie abstimmen sollten. Darauf habe ich genau geachtet. Ich hatte solche Angst. Während all meiner Berufsjahre war ich nie in einer derartigen Weise bedroht worden; ich fühlte mich der Situation nicht gewachsen. Andauernd habe ich während des Prozesses darüber nachgedacht, wie ich mich verhalten soll. Eigentlich hatte ich schon beschlossen, dem Drohbrief keine Beachtung zu schenken. Aber dann ...«

»Was dann?«, fragte Stahl.

»Am Morgen des letzten Prozesstages lag ein geköpftes Huhn auf der Fußmatte vor unserer Haustür. Überall war Blut. Meine Frau hat es beim Reinholen der Zeitung entdeckt. ›Wer tut nur so etwas?‹, hat sie immer wieder gefragt. Ich wusste es, habe aber geschwiegen, weil ich sie nicht beunruhigen wollte.«

er plötzlich hoch – und entdeckte sie. Sofort setzte er sich in Bewegung.

»Wir müssen ihn aufhalten«, rief Schrader.

Sie sprintete los und steuerte die nächste Rolltreppe an. Reiland folgte ihr. Stahl hingegen agierte nicht so überstürzt.

Er beobachtete den Verdächtigen. Der lief bis zum Ende des Gleises und wurde sich erst dann bewusst, dass er in eine Sackgasse gerannt war. Er drehte sich um. In diesem Moment fuhr der angekündigte ICE ein.

Besorgt verfolgte Stahl Frosts Reaktion. Würde er eine Dummheit begehen? Tatsächlich näherte er sich der Bahnsteigkante und überschritt die weiße Linie. Unterdessen erreichten Schrader und Reiland das Gleis. Frost schaute in ihre Richtung.

»Mach es nicht«, flüsterte Hannes.

Trotz des langsamen Tempos des einfahrenden Zugs könnte sich Frost bei einem Sprung auf die Gleise schwer verletzen.

Er ging noch näher an die Kante heran. Dann brachte er ein Stück Abstand zwischen sich und die Schienen, hob die Hände hinter den Kopf und blieb stehen. Schrader packte ihn.

Stahl stieß die unbewusst angehaltene Luft aus. In diesem Moment stiegen die ersten Passagiere aus dem Zug. Statt den Kopf zu senken, wie es die meisten Verhafteten taten, reckte Frost den Hals. Es konnte kein Zweifel bestehen: Er hielt nach jemandem Ausschau. Die Gründe dafür würde er ihnen hoffentlich im Präsidium verraten.

* * *

»Wir sollten Richter Torwald hinzuziehen«, schlug Stahl eine Stunde später vor.

»Nein. Das macht man nicht am Hauptbahnhof. Eher an Bahnübergängen.«

»Also will er abhauen. Untertauchen«, vermutete sie.

Er antwortete nicht.

Schrader parkte das zivile Fahrzeug in einem für die Bundespolizei reservierten Bereich und beließ das mobile Blaulicht auf dem Dach. Hektisch griff sie zu ihrem Telefon.

»Benno!«, sagte sie nach ein paar Sekunden. »Wo bist du? Und wo ist Frost?« Sie lauschte. »Wir kommen zu dir.« Sie steckte das Handy weg. »Benno ist eine Ebene unter uns. Frost war gerade an Gleis zwei. Da legen die Fernzüge ab. Der Mistkerl taucht unter.«

Sie rannte los. Stahl folgte ihr.

Reiland empfing sie auf der tiefer gelegenen Etage und deutete nach unten. Dort stand Heiko Frost am Bahnsteig zwischen den Gleisen eins und zwei.

»Steht er da schon länger?«, fragte Schrader.

»Ungefähr fünf Minuten. Vorher war er laut den Kollegen der Bundespolizei an anderen Gleisen. Er hat immer das Eintreffen eines Zugs abgewartet, ist dann hin und her gelaufen. Danach zum nächsten Gleis. Da, wo er jetzt wartet, trifft gleich ein in Köln gestarteter ICE ein.«

»Klingt so, als würde er jemanden suchen«, sagte Stahl.

»Oder als würde er ziemlich schlecht seine Spuren verwischen. Er weiß bestimmt, dass der Bahnhof videoüberwacht wird. Vielleicht hofft er, uns so zu verwirren, dass wir nicht mitbekommen, wo er eingestiegen ist.«

»Das ergibt keinen Sinn«, widersprach Stahl. »Zumindest nicht, solange er nicht wirklich irgendwo einsteigt und kurz vor der Abfahrt wieder rausspringt.«

»Scheiße!«, fluchte Reiland.

Als hätte Frost gespürt, dass sie über ihn redeten, schaute

191

Zögerlich setzte sich Brandt.

»Ist was?«, fragte Stahl.

»Das fehlt mir tatsächlich. Aktenstudium zu Beginn eines Arbeitstages. So hat das früher bei mir immer angefangen.«

»Das musste über kurz oder lang so kommen. Die Verbrecherjagd steckt uns im Blut. Mir als Polizist, dir als Staatsanwalt. Wir sind schließlich beide Teil der Exekutive.«

Brandt schlug den Ordner auf. Genau in diesem Moment stürzte Schrader ins Büro.

»Ihr seid schon da. Sehr gut!«, rief sie atemlos. »Beamte der Bundespolizei haben Heiko Frost am Hauptbahnhof gesehen. Reiland ist auf dem Weg dorthin. Die Polizisten vor Ort wurden angewiesen, ihn zu beobachten, aber nicht festzunehmen. Es sei denn, er steigt in einen Zug. Dann sollen sie ihn aufhalten. Komm mit, Hannes! Dein Buddy Brandt kann meinetwegen hierbleiben und sich die Untersuchungsakten vornehmen.«

Die Aussicht, ihren Hauptverdächtigen zu verhaften, beflügelte offenbar ihre Laune.

Während der rasanten Fahrt zum Hauptbahnhof berichtete er seiner Kollegin, was sie gestern Abend von Torwald in Erfahrung gebracht hatten. Sie schien jedoch nur mit halbem Ohr zuzuhören. Unter Einsatz des Blaulichts schlängelte sie sich durch den dichten Berufsverkehr.

»Ich glaube, unsere Schöffenspur ist gar nicht so kalt«, brachte er seine Meinung auf den Punkt.

»Was hat Frost wohl am Hauptbahnhof vor?«, fragte Schrader. Sie ging mit keinem Wort auf seine Argumente ein.

»Vielleicht schmeißt er sich einfach vor einen Zug«, sagte Stahl frustriert.

Nun schaute sie kurz zu ihm rüber. »Glaubst du das?«

190

26

Samstag

Hannes Stahl traf am nächsten Morgen als Erster im Präsidium ein. Er und Brandt hatten sich gestern Abend bei ihrer Verabschiedung darauf verständigt, wann der Staatsanwalt auftauchen sollte.

Zur vereinbarten Zeit klingelte Stahls Telefon. Ein Mitarbeiter vom Empfang erkundigte sich, ob er Besuch von einem gewissen Gregor Brandt erwartete.

»Ja«, bestätigte er. »Stellen Sie ihm bitte einen Besucherausweis aus, damit sich Herr Brandt frei im Präsidium bewegen kann.«

Zehn Minuten später klopfte es an der Bürotür.

»Komm rein!«, rief Stahl.

Der Staatsanwalt betrat den Raum. Er trug einen perfekt sitzenden Anzug und hatte gar eine Krawatte umgebunden.

»Jetzt fehlt nur noch die Robe«, kommentierte er das ungewohnte Outfit.

Brandt runzelte die Stirn. »Tatsächlich hatte ich denselben Gedanken, als ich heute vor dem Spiegel stand.«

»Finde ich gut. Vielleicht ist das dein erster Schritt zurück ins Arbeitsleben.«

»Wird sich zeigen.«

»Sollen wir die Unterlagen durchgehen, die wir in Hilles Haus sichergestellt haben? Nimm Platz.« Stahl deutete auf einen freien Stuhl und schob einen Aktenordner über den Schreibtisch.

hat er von mir abgelassen. Er sagte, dass er herausfinden wird, ob ich gelogen habe, und dass er wiederkommt, wenn das der Fall ist.«

Stahl atmete hörbar aus. »Vermutlich hat er die Schöffen nach dem Ergebnis der Abstimmung gefragt, bevor er sie umgebracht hat.«

»Sie müssen das verstehen. Ich habe den Vorfall im Wald nicht gemeldet, weil ich Angst hatte, der Angreifer könnte es erfahren und wiederkommen, um sein Werk zu vollenden.«

»Und Sie haben sich deshalb dafür entschieden, der Aufforderung nachzukommen«, folgerte Stahl.

»Ja. Das tote Huhn war eine unmissverständliche Warnung und sollte die Ernsthaftigkeit der Drohung unterstreichen. Meiner Frau habe ich gesagt, dass es sich nur um einen dummen Jungenstreich handeln würde.«

»Dann haben die beiden Schöffen an dem Tag wahrscheinlich ebenfalls eine solche Warnung erhalten«, sagte Brandt an Stahl gewandt.

Der nickte ernst. »Das werden wir gleich morgen früh überprüfen. Gibt es noch etwas, das Sie uns bisher verschwiegen haben?«, fragte Stahl den Richter.

Dieser kniff die Lippen zusammen, schluckte und räusperte sich. »Nun ja …«

Er machte eine Pause. Brandt konnte sich nur mühsam zügeln, aber er spürte, dass es den Mann Überwindung kostete zu reden und er Zeit brauchte, um die richtigen Worte zu finden.

»Das war vor ein paar Wochen«, begann Torwald schließlich zaghaft. »Der Mann trug eine Sturmhaube. Er hat mir im Wald bei meinem täglichen Nachmittagsspaziergang mit dem Messer aufgelauert. Er zerrte mich ins Gebüsch, schlug mich nieder und setzte mir die Klinge an die Kehle. Dann sagte er, dass er jetzt seine Drohung wahrmachen und mich umbringen würde, weil ich nicht für Masouds Verurteilung gesorgt hätte.«

Der Richter hörte auf zu reden und starrte wie hypnotisiert vor sich auf den Tisch. Seine Hände zitterten leicht.

»Was geschah dann?«, fragte Stahl.

»Ich habe um mein Leben gefleht und versichert, dass ich der Einzige war, der für eine Verurteilung gestimmt hat. Alle anderen seien für einen Freispruch gewesen, und dass ich doch nicht mehr tun konnte und mich keine Schuld trifft. Der Angreifer hat spürbar mit sich gerungen. Schließlich

187

Schrader hatte Frost in ein Vernehmungszimmer gebracht, wo sie ihn erst mal schmoren ließ. Durch einen Einwegspiegel beobachteten sie den Verdächtigen, der niedergeschlagen wirkte.

»Du hast gesagt, ein Maskierter hätte Torwald bedroht«, erinnerte Schrader ihn. »Was bringt da eine Gegenüberstellung?«

»Torwald könnte sich die Stimme anhören. Vielleicht weckt das eine Erinnerung.«

Schrader wägte das kurz ab, dann nickte sie. »Einverstanden. Wenn er schnell herkommen kann, hätte ich nichts dagegen.«

Bevor sie es sich anders überlegte, griff Stahl zu seinem Handy und wählte die Nummer des Richters.

»Hallo, Herr Torwald. Hauptkommissar Stahl. Wir haben einen Verdächtigen festgenommen. Eventuell ist das der Mann, der Sie überfallen und bedroht hat. Hätten Sie Zeit, ins Präsidium zu kommen?«

»Wenn der Spuk dann endlich vorbei ist, mache ich das gerne«, sagte Torwald.

Der Richter brauchte nur fünfundzwanzig Minuten, um im Präsidium zu erscheinen. Stahl führte ihn in den Beobachtungsraum und stellte seine Kollegen vor.

»Hauptkommissarin Schrader wird gleich die Vernehmung leiten, Hauptkommissar Reiland wird sie dabei unterstützen. Sie sollten die Augen schließen und auf die Stimme ...«

»Schon gut«, unterbrach Torwald ihn ungeduldig. »Ich bin ja kein Anfänger.«

»Anhand seines Aussehens können Sie ihn nicht identifizieren, oder?«

»Herr Stahl, der Mann hat eine Maske getragen. Schon vergessen?«

Schrader grinste. Offenbar gefiel ihr der Tonfall, den der Richter ihm gegenüber anschlug.

»Bin mal gespannt, was Frost diesmal an Ausreden parat hat. Komm, Benno, schließen wir das Kapitel ab. Drüben sitzt der Mörder.«

Sie wechselten den Raum. Frost schaute bei ihrem Auftauchen gar nicht erst hoch.

»Entschuldigen Sie die Wartezeit. Wir mussten noch ein paar Dinge klären.« Schraders Stimme drang dank eines Lautsprechers glasklar zu Stahl und Torwald in den Beobachtungsraum.

Frost schnaubte. »Hören Sie mit diesen Spielchen auf. Sie wollen mich weichkochen. Das kenne ich von meiner ersten Verhaftung.«

Schrader und Reiland setzten sich ihm gegenüber. »Ihr Auftauchen in der Wohnung von Staatsanwalt Brandt gestern. Wie erklären Sie das?«

»Ein Fehler«, brummte Frost. »Ich war verzweifelt. Da ich seinen Podcast kenne, habe ich mir Hilfe erhofft. Offenbar vergeblich.«

»Und deswegen schlagen Sie ihn rücksichtslos nieder«, fuhr Schrader fort.

»Das war dumm von mir. Tut mir sehr leid. Geht es ihm gut? Ich wollte das nicht.«

»Genauso wenig, wie Sie den Molotow-Cocktail durchs Fenster schmeißen wollten?«, vermutete Reiland.

Frost reagierte völlig überrumpelt. »Welcher Molotow-Cocktail? Was unterstellen Sie mir denn jetzt schon wieder?«

»Das ist er nicht«, sagte Torwald. »Die Stimme hat überhaupt keine Ähnlichkeit.«

»Sind Sie sicher?«, fragte Stahl. Er schaltete den Lautsprecher stumm.

»Absolut. Die Stimme des Maskierten klang rauer. Wie

194

jemand, der zu viele Jahre zu viel Alkohol getrunken hat. Der Knilch da drinnen hätte mir keine Angst eingejagt. Ist ja eher der weinerliche Typ.« Torwald schaute auf seine Armbanduhr. »Ich muss jetzt los. Verhandlungstermin.«

Stahl hielt ihm die Hand entgegen. »Danke, dass Sie gekommen sind.«

Zögerlich schlug Torwald ein. »Tut mir leid, dass ich Sie gestern so angefahren habe.«

»Kein Problem. Ich wäre auch nicht begeistert, wenn spätabends plötzlich ein Fremder meint, dringend mit mir reden zu müssen.«

Der Richter nickte und verließ den Beobachtungsraum. Stahl schaltete den Lautsprecher nachdenklich wieder ein. Im Vernehmungszimmer ging es mittlerweile um Frosts Aufenthalt am Berliner Hauptbahnhof.

»Was hatten Sie heute Morgen am Bahnhof zu suchen?«, fragte Schrader.

»Ich war Ihretwegen dort«, sagte Frost.

»Unseretwegen?«

»Sie glauben mir doch erst, wenn ich ein Alibi vorweisen kann. Ich konnte mich plötzlich wieder an eine Begebenheit der Zugfahrt von Hamburg nach Berlin erinnern.«

»Trotz Ihrer Gedächtnislücken?«, fragte Schrader sarkastisch. »Wunderbar! Dürfen wir an Ihren Erinnerungen teilhaben?«

»Ich bin während der Fahrt mit einer Zugbegleiterin ins Gespräch gekommen. Wir haben ein bisschen miteinander ... na ja ... geflirtet. Ich bin sicher, sie erinnert sich an mich.«

»Wie sah sie aus?«, fragte Reiland.

»Einen Meter fünfundsechzig groß, dunkle Haare. Etwas fülliger, sehr attraktiv. Ich glaube, sie hatte türkische Wurzeln. Kann mich leider nicht mehr an den Namen erinnern. Sie hat an dem Tag in der ersten Klasse die Bestellungen aus dem Bordrestaurant entgegengenommen. Ich habe erst ein Baguette, dann ein Eis und später Kaffee bestellt, und so hatten wir immer ein bisschen Gelegenheit zu quatschen. Den zweiten Kaffee habe ich nur noch ihretwegen bestellt.«

»Türkische Wurzeln?«, wiederholte Schrader.

»Ich war heute am Bahnhof und bin zwischen den eintreffenden Zügen hin und her gelaufen, in der Hoffnung, sie zufällig zu sehen. Sie kann sich bestimmt an mich erinnern.«

Stahl lächelte leise. Für ihn klang die Aussage nachvollziehbar. Vor allem erklärte sie Frosts Verhalten am Bahnhof. Wieso er nach der Verhaftung den Kopf gereckt hatte. Falls er jemanden fand, der sich an ihn erinnerte, hätte er zumindest für einen Mordzeitpunkt ein stichfestes Alibi. Auch die jüngste Aussage Torwalds sprach für seine Unschuld. Stahl konnte nicht umhin, sich zu freuen. Frost war aus dem Schneider, sobald sie die Bahnangestellte gefunden hatten.

»Sie machen einen Fehler«, warnte Schrader ihr Gegenüber. »Für uns ist es überhaupt kein Problem, den Dienstplan der Deutschen Bahn einzusehen. Stellen Sie sich vor, bei dem fraglichen Zug hätten nur Männer Schicht gehabt. Das wäre großes Pech, oder?«

»Besorgen Sie den Dienstplan«, forderte Frost. »Ich bin sicher, sie wird sich an mich erinnern.«

»Kommen wir zu einem anderen ...«

»Nein«, unterbrach der Verhaftete die Hauptkommissarin. »Ohne rechtlichen Beistand sage ich nichts mehr. Ich habe ein Alibi, verdammt noch mal! Kümmern Sie sich darum und lassen mich endlich in Ruhe!«

Er verschränkte die Arme vor der Brust.

27

Schrader und Reiland setzten sich an ihre Schreibtische und klemmten sich an die Telefone, um den Dienstplan der Deutschen Bahn für die Verbindung Berlin–Hamburg zu bekommen. Außerdem suchten sie nach einem Ansprechpartner, der ihnen sagen konnte, ob auf der Strecke eine Zugbegleiterin arbeitete, auf die Frosts Beschreibung passte. Falls es diese Frau, mit der er geflirtet haben wollte, nicht gab und er auch sonst nichts mehr zu bieten hatte, war Heiko Frost so gut wie geliefert.

Um in Ruhe reden zu können, begaben sich Hannes Stahl und Gregor Brandt in das kleine Besprechungszimmer, das durch eine Glaswand von dem Großraumbüro getrennt war, und setzten sich dort an den Tisch.

»Heiko Frost war es nicht. Dabei bleibe ich«, verkündete Stahl, nachdem er Brandt von der Festnahme Frosts und dem Verlauf der bisherigen Vernehmung berichtet hatte. »Hast du inzwischen die anderen beiden Richter aus Torwalds Kammer erreicht?«

»Ja, und nicht nur das«, sagte Brandt.

Gestern Abend waren sie kurz davor gewesen, Torwalds Kollegen Radke und Krapp aus dem Bett zu holen, um sie zu fragen, ob sie wie Torwald Drohbriefe erhalten hatten. In diesem Fall schwebten sie möglicherweise in Lebensgefahr. Letztlich waren sie aber übereingekommen, damit bis zum nächsten Morgen zu warten, da zu dem Zeitpunkt beide Richter sicher mit ihren Familien unter einem Dach schliefen. Der Mörder hatte seine Opfer bisher immer überrascht, wenn diese allein waren. Da es aufgrund des geltenden Mehrheitsprinzips bei insgesamt fünf Stimmen theoretisch ausreichend gewesen wäre, die beiden Schöffen und einen hauptamtlichen Richter zu beeinflussen, um das gewünschte Urteil zu erlangen, bestand die Möglichkeit, dass nur diese drei Personen Drohbriefe erhalten hatten. Zusätzlich auch noch die beiden anderen Richter zu bedrohen, hätte die Wahrscheinlichkeit des gewünschten Ausgangs erhöht, damit aber zugleich das Risiko, dass einer von ihnen sich an die Polizei wandte.

»Und? Mach's nicht so spannend, Gregor. Haben sie oder haben sie nicht?«, hakte Stahl nach.

»Sowohl Richter Radke als auch Richterin Krapp haben mir versichert, keinen Drohbrief erhalten zu haben oder auf andere Weise genötigt worden zu sein.«

»Wie wir es vermutet haben«, sagte Stahl.

»Mit Veronika Freund und Frank Niebach habe ich auch schon gesprochen.« Brandt lächelte zufrieden. »Jetzt halt dich fest: Veronika Freund hat am Morgen des letzten Prozesstages zwei abgeschlagene Hühnerköpfe in ihrem Briefkasten gefunden. Sie und ihr Mann waren natürlich schockiert und entsetzt. Sie hatte aber nicht den Eindruck, dass ihr Mann den Vorfall mit dem Prozess in Verbindung brachte. Jedenfalls hat er nichts dergleichen erwähnt. Bei den Niebachs lag an jenem Tag wie bei Richter Torwald ein geköpftes Huhn auf der Fußmatte ihrer Haustür. Auch Valerie Niebach ließ damals keinen Zusammenhang mit dem Prozess verlauten. Von Drohbriefen wissen beide Angehörigen der Toten nichts.«

»Seltsam. Man sollte doch annehmen, dass die Schöffen zumindest ihren Ehegatten von einer Bedrohung erzählt hätten«, gab Stahl zu bedenken.

»Das sehe ich auch so.«

Stahl erhob sich und ging zu dem Whiteboard, das am

Kopfende des Besprechungstisches auf einem Metallgestell stand. »Fassen wir doch mal zusammen, was wir bisher wissen. Aufgrund des Drohbriefes und der geköpften Hühner können wir davon ausgehen, dass die Schöffen ermordet wurden, weil sie nicht, wie von ihnen gefordert, für eine Verurteilung Bassam Masouds, sondern für seinen Freispruch gestimmt haben. Dies erlaubt zwei Schlussfolgerungen in Bezug auf den Täter. Entweder er wollte dafür sorgen, dass speziell Masoud hinter Gitter wandert. Zum Beispiel, weil er noch eine Rechnung mit ihm offen hatte. Oder unserem Mann war Masoud als Person egal, und er wollte einfach nur eine harte Bestrafung erreichen, da er das Rechtssystem allgemein für zu milde im Umgang mit Gewaltverbrechern hält. In dieses Profil würde das dritte Mordopfer Klaus Hille exakt hineinpassen. Hille hat einen Hass gegen die Justiz entwickelt, weil der Raser, der seine Frau umbrachte, nur wegen fahrlässiger Tötung verurteilt wurde.«

Während Stahl sprach, notierte er seine Ausführungen in Stichworten auf der Tafel.

»So weit bin ich mit dir einer Meinung«, pflichtete Brandt ihm bei. »Dem Tagebuch von Klaus Hille konnten wir zudem den nicht näher erläuterten, gescheiterten Manipulationsversuch des Masoud-Prozesses entnehmen. Damit wird Hille zum Hauptverdächtigen für die Drohbriefe und für die Morde. Auch die Wahl des Tatwerkzeugs spricht für jemanden, der das lasche Justizsystem anprangert. Der Tod durch den Strick ist eine der ältesten Bestrafungsmethoden.«

Gregor spürte ein plötzliches Stechen im Magen, und ein Gefühl der Schwere legte sich auf seine Brust. *Rabea ...* War es vielleicht auch Hille gewesen, der sie überfahren hatte? Absichtlich, um einen Austausch des Staatsanwaltes in dem Prozess gegen Masoud herbeizuführen? Oder hatte Hille einen Komplizen, der ihn bei seinem blutigen Werk unterstützte?

Stahl griff die Fährte auf, die zu Hille führte, und ergänzte Brandts Ausführungen. »Seine Wohnungsnachbarin beschreibt Klaus Hille als einen netten und hilfsbereiten Menschen. War das alles nur Fassade? Kann es sein, dass Hille in Wahrheit unser Schöffenmörder und der Mann mit der Sturmhaube war, der Richter Torwald im Wald überfiel? Und wer hat dann Hille umgebracht?«

»Hille könnte einen Komplizen gehabt haben. Nur warum sollte der wiederum Hille töten?«, warf Brandt ein.

Stahl schrieb den Namen *Hille* an die Tafel, umkreiste ihn und notierte *Mörder* mit einem Fragezeichen darüber. Dann schrieb er *Komplize*, ebenfalls mit einem Fragezeichen, und verband beide Wörter mit einem Strich.

»Und wie passt nun Heiko Frost in dieses Konstrukt?«, fragte Stahl. »Frost hat weder ein Problem mit einem zu laschen Justizwesen noch einen Grund, sich an Masoud zu rächen. Er hat also kein Motiv, die Schöffen zu bedrohen, um sie in ihrer Urteilsfindung zu beeinflussen und zu töten, nachdem sie seinem Befehl nicht Folge geleistet haben. Klaus Hille hingegen war Frosts Lehrer und könnte etwas über dessen Herkunft gewusst haben. Frost könnte Hille deshalb verhört und umgebracht haben, wie er es schon bei seinem Stiefvater getan hat. Dies wiederum führt zu einer weiteren Möglichkeit. Wir könnten es mit zwei Tätern zu tun haben, die nach der gleichen Methode, aber aus unterschiedlichen Motiven töteten. Klaus Hille könnte die Schöffen ermordet haben, und Frost könnte wiederum Hille getötet haben, so ungern ich es auch zugebe. Frosts Erinnerungslücken sprechen generell nicht für ihn. Und selbst, wenn sich sein Alibi mit der Zugfahrt von Hamburg nach Berlin bestätigen sollte, so hat er keins für genau diesen dritten Mord an Hille. Da will Frost nämlich allein in seiner Wohnung gewesen sein.«

Auch diese Feststellungen schrieb Stahl an die Tafel.

»Bleibt noch die Möglichkeit, dass Hille einen Komplizen hatte, der ihn aus einem Grund tötete, den wir noch nicht kennen«, sagte Brandt.

»Da ich nach wie vor nicht daran glauben möchte, dass Frost der Mörder von Klaus Hille ist, bin ich dieser Möglichkeit gegenüber sehr aufgeschlossen«, erwiderte Stahl.

»Hilles Psychiater meinte, sein Patient hätte neue Freunde gefunden, und die Nachbarin will Besuch bei Hille mitbekommen haben.«

»Das ist eine heiße Spur, der wir unbedingt nachgehen sollten.« Stahl schrieb die Worte *neue Freunde* mit Fragezeichen an die Tafel. Er verband sie durch einen Strich mit dem Wort *Komplize*.

»Dann wirst du erfreut darüber sein, worauf ich in den sichergestellten Unterlagen Hilles gestoßen bin.«

Stahl schaute ihn erwartungsvoll an. »Jetzt machst du mich aber wirklich neugierig.«

»Beginnend vor zwei Jahren habe ich in Hilles Kalenderbüchern eine Art Jour fixe gefunden. Über gut ein Jahr ist an jedem Donnerstag um achtzehn Uhr der Eintrag *AA* vermerkt.«

Stahl stieß einen Pfiff des Erstaunens aus. »Hille könnte seine neuen Freunde bei den Treffen der Anonymen Alkoholiker kennengelernt haben«, folgerte er. »Und einer von ihnen könnte sein Komplize sein.«

Brandt nickte zustimmend.

»Dann sollten wir als Nächstes versuchen, jemanden bei den Anonymen Alkoholikern zu finden, der sich an Klaus Hille erinnert.«

Jetzt grinste Brandt noch breiter und sah Stahl dabei schweigend an.

»Was? Hast du das etwa ...?«

»... auch schon erledigt«, beendete er Stahls Satz. »Ich habe die Berliner Kontaktstelle in Siemensstadt angerufen

201

und mehrere Telefonnummern von ehrenamtlichen Mitarbeitern bekommen. Gerade eben, kurz bevor ihr mit der Vernehmung Frosts durch wart, habe ich einen Treffer gelandet. Bei den AA-Meetings werden nur Vornamen genannt. Aber einer der Gruppenleiter, ein gewisser Fred Kratzer, erinnert sich an einen Klaus, dessen Frau durch einen Raser in der Innenstadt ums Leben kam. Ich habe ihm Klaus Hille beschrieben, und er meinte, das könnte er sein.«

»Ich weiß gar nicht, wie wir vorher ohne dich ausgekommen sind«, sagte Stahl.

»Ihr wart fast vier Stunden mit der Festnahme und dem Verhör Frosts beschäftigt. Ich habe einfach nur versucht, die Zeit so gut wie möglich zu nutzen.«

Eine halbe Stunde danach standen sie vor Fred Kratzers Wohnungstür und zeigten ihm ein Porträtfoto von Klaus Hille.

»Ja, ganz eindeutig, das ist der Klaus, der bei meinen Meetings war. Aber seit gut einem Jahr ist er nicht mehr gekommen. Ich dachte, er wäre rückfällig geworden.«

Kratzer war groß und von hagerer Statur. Er hatte einen weißen Vollbart und sein graues langes Haar zu einem Zopf zusammengebunden. Brandt schätzte den Mann auf Mitte siebzig.

Neugierig sah Kratzer sie an. »Warum suchen Sie Klaus eigentlich? Hat er etwas ausgefressen? Wissen Sie, ich bin jetzt seit dreißig Jahren trocken, und seitdem hab ich mein Leben einigermaßen im Griff. Aber davor habe ich auch jede Menge Scheiße gebaut.«

Kratzers rauer Stimme nahm man das sofort ab.

»Klaus wurde ermordet«, sagte Stahl.

»Oh mein Gott.« Fred Kratzer wirkte tief betroffen. »Das hat er wirklich nicht verdient. Ich hatte den Eindruck, dass er ein guter Mensch war.«

»Gab es andere Teilnehmer, mit denen sich Klaus gut verstanden hat?«, wollte Stahl wissen.

Kratzer rieb sich seinen Bart. »Allerdings. Da waren zwei – ein Mann und eine Frau. Die teilten das gleiche Schicksal mit ihm. Ihre Partner waren auch aufgrund von Gewaltverbrechen ums Leben gekommen, und die beiden haben wie Klaus aus dem gleichen Grund zur Flasche gegriffen. Vermutlich fühlten sie sich daher auf besondere Weise miteinander verbunden.«

Brandt und Stahl sahen sich bedeutungsvoll an.

»Wie heißen die beiden?«

»Lassen Sie mich mal überlegen. Die sind wie Klaus auch etwa seit einem Jahr nicht mehr zu den Meetings erschienen. Die drei haben sich angefreundet, gemeinsam etwas unternommen und sich gegenseitig Trost gespendet. Das haben sie damals in den Meetings jedenfalls ganz offen erzählt. Aber wie hießen die beiden noch? Mein Gedächtnis ist wirklich nicht mehr das beste. Und wir haben eine ziemlich starke Fluktuation.« Kratzer lächelte verlegen.

»Denken Sie bitte in Ruhe nach. Es ist sehr wichtig, dass wir die Namen der beiden erfahren«, sagte Stahl.

»Schlimm war das«, fuhr Kratzer fort. »Der Ehemann der Frau wollte einem jungen Kerl in der U-Bahn-Station helfen, der dort von einer Gruppe Jugendlicher angegriffen wurde, und dabei wurde er selbst erstochen. Die Partnerin des Mannes hat jemand beim Joggen überfallen, vergewaltigt und anschließend erdrosselt.«

Bei dem Wort ›erdrosselt‹ wechselten Brandt und Stahl erneut einen Blick.

»Jetzt hab ich's wieder«, rief Kratzer plötzlich aus und strahlte. »Die Frau hieß Sabine und der Mann Thomas.«

Weitere zwei Stunden später fanden Brandt und Stahl im Polizeiarchiv die passenden Ermittlungsakten zu dem U-Bahn-

Toten und der ermordeten Joggerin. Die Fälle lagen vier und fünf Jahre zurück. Die Ehegatten der Opfer waren wie Hille vor Gericht als Nebenkläger aufgetreten. Ihre vollständigen Namen lauteten Thomas Kruse und Sabine Sahner. Die Abfrage beim Einwohnermeldeamt ergab, dass die Wohnadressen der beiden gleich geblieben waren.

Stahl und Brandt beschlossen, zuerst Thomas Kruse einen Besuch abzustatten.

28

Thomas Kruse lebte in einem Mehrfamilienhaus auf einem Eckgrundstück. Sein Name stand auf einem der beiden untersten Schilder, also wohnte er offenbar im Erdgeschoss.

Stahl klingelte. Brandt schaute ihn stumm an, während sie warteten. Nichts passierte. Nach einer Weile drückte Stahl die Klingel erneut.

»Vielleicht kann man von der Rückseite etwas sehen«, sagte Stahl nach ein paar Sekunden.

»Probieren wir's aus.«

Sie gingen um das Haus herum. Es verfügte auf der Rückseite über zweigeteilte Gartengrundstücke. Da Kruses Name auf den Klingelschildern links angebracht war, vermuteten sie seine Wohnung in der linken Haushälfte.

Eine kniehohe Hecke trennte den Rasen vom Bürgersteig. Sie stiegen darüber hinweg.

»Ich sehe weder Möbel noch einen Grill«, sagte Brandt.

»Kruse scheint kein Gartenfreund zu sein.«

Die Terrasse war mit Terrakottafliesen ausstaffiert, doch selbst darauf stand nichts, was auf eine regelmäßige Nutzung schließen ließ. Die Außenjalousie war nicht heruntergefahren. Stahl trat an die Terrassentür und presste sein Gesicht an die Glasscheibe. Mit beiden Händen an den Schläfen schirmte er einfallendes Sonnenlicht ab.

»Siehst du das auch?«, fragte er den Staatsanwalt.

»Wirkt ein bisschen unordentlich.«

Auf dem Boden des Wohnzimmers lagen ein paar Zeitungen. Von der Couch war eine Decke heruntergefallen. An einem Sideboard stand eine Schranktür offen.

»Als hätte es jemand sehr eilig gehabt«, analysierte Stahl das Gesehene.

»Oder vielleicht ein Einbruch?«

Stahl schaute seinen Partner an. Er wusste, worauf der hinauswollte. »Du meinst, Gefahr ist im Verzug?«

»Stell dir vor, Kruse ist überfallen worden und liegt hilflos außerhalb unseres Sichtfeldes.«

Von dieser Möglichkeit auszugehen, stellte eine Versuchung dar. Das würde ihnen die Gelegenheit geben, ohne Durchsuchungsbeschluss in die Wohnung einzusteigen. Doch bei einem späteren Prozess könnte es ihnen Schwierigkeiten bereiten.

Brandt schien denselben Gedanken zu hegen und schmunzelte. »Wäre ich der zuständige Staatsanwalt, würde ich dir das links und rechts um die Ohren hauen. Gefahr im Verzug wegen ein paar Zeitungen und einer Decke am Boden?«

»Du hast recht«, stimmte Stahl zu. Auch er hatte kein gutes Gefühl. »Fahren wir zuerst zu Frau Sahner. Vielleicht haben wir da mehr Glück. Wenn nicht, können wir noch immer zurückkehren.«

Sabine Sahner wohnte in einem kleinen zweigeschossigen Einfamilienhaus. Wieder drückte Stahl die Klingel, ohne dass etwas passierte. Doch sie hatten bei ihrer Ankunft festgestellt, dass einige der Fenster gekippt waren und in einem Zimmer Licht brannte.

Er klingelte erneut. Sekunden später öffnete ihnen eine Frau, die gehetzt wirkte. Ihre Wangen waren gerötet, und sie schien ein bisschen außer Atem zu sein.

»Ja, bitte?«, fragte sie.

Bevor er seinen Dienstausweis herausholte, schaute er an ihr vorbei in den Hausflur. Vor den Treppenstufen, die in die obere Etage führten, stand ein Reisekoffer.

»LKA Berlin, Hauptkommissar Stahl. Das ist mein Kollege Brandt. Dürfen wir reinkommen?«

»Äh, wieso?«

»Sie können uns wahrscheinlich in einem Mordfall weiterhelfen.«

Hannes Stahl achtete genau auf ihre Reaktion. Erschrecken oder Ungläubigkeit hätten gepasst – Sahner hingegen presste einfach die Lippen zusammen. Sie fragte nicht einmal, wer gestorben war.

»Kommen Sie rein«, sagte sie schließlich und trat beiseite.

Stahls Gedanken ratterten. Er dachte an den Zustand von Kruses Wohnzimmer. Hatte der Mann hastig gepackt? Wollten sich die beiden eilig aus dem Staub machen? Vielleicht gemeinsam?

»Verreisen Sie?«, fragte er.

»Ja, morgen geht's los.«

»Wohin, wenn ich fragen darf?«, hakte Brandt nach.

»In die Türkei.« Sie seufzte und wischte sich verstohlen eine Träne weg. »Mein verstorbener Mann und ich haben seit der Hochzeit jedes Jahr um diese Zeit zehn Tage Urlaub dort gemacht. Nicht genau an unserem Hochzeitstag, aber zeitlich passend. Nach seinem Tod habe ich versucht, die Tradition fortzusetzen. Ich würde mir wünschen, dass es von Jahr zu Jahr leichter wird.« Sie zuckte mit den Achseln. Für einen Moment huschte ihr Blick zu einer verschlossenen Zimmertür. »Hier ist es ein bisschen unordentlich. Ich habe bis gestern gearbeitet und hatte noch keine Zeit aufzuräumen. Gehen wir am besten hoch.«

Ohne das Einverständnis ihrer Besucher abzuwarten, betrat sie die erste knarzende Holzstufe. Die Männer folgten ihr. Sahner führte sie in eine Art Bücherstube. An den Wänden standen vollgestopfte Bücherregale. Sie schloss die Tür hinter ihnen.

»Setzen Sie sich«, bat sie. »Zumindest einer von Ihnen.« Sie lachte nervös. »Horst und ich haben ja immer nur zwei Stühle gebraucht. Jeden Tag nach Feierabend haben wir uns hierhingesetzt und von der Arbeit erzählt. Manchmal sehe ich ihn noch vor mir. Dann habe ich sogar seinen Geruch in der Nase. Verrückt, oder?«

Sie deutete zu einem kleinen Tisch, auf dem Stahl eine Teekanne und zwei unbenutzte Becher entdeckte. Außerdem eine geöffnete Schüssel mit Kandiszucker.

Hielt die Frau einen Besucher vor ihnen versteckt?

»Wir bleiben lieber stehen. Danke«, sagte Stahl. Er beschloss, sie offensiv in die Ecke zu drängen. »Wissen Sie, was mich wundert?«

Sahners Blick huschte zu den zwei Teetassen und wieder zurück. Sie besaß kein Pokerface.

»Keine Ahnung«, gestand sie.

»Ich habe unser Erscheinen mit Fragen wegen eines Mordfalls begründet. Sie haben sich seitdem nicht erkundigt, wer ermordet wurde.«

»Oh, stimmt.« Unpassend kicherte sie erneut nervös. »Wer ist denn gestorben?«

»Sie wissen es, oder?« Stahl wartete.

Sahner schaffte es irgendwie, seinen Blick stumm zu erwidern – zumindest diese Runde gewann sie.

»Klaus Hille«, sagte er schließlich.

Einen Moment hielt sie seinem Blick noch stand, dann traten Tränen in ihre Augen.

»Sie haben ihn bei den Anonymen Alkoholikern kennengelernt«, fuhr er fort. »Und Sie wussten von seiner Ermordung.«

»Ja«, bekannte sie leise.

208

Ohne es zu wollen, hatte sie Stahl einen Trumpf in die Hand gespielt, den er jedoch vorläufig zurückbehielt.

»Waren Sie befreundet?«, fragte er.

Sahner nickte. »Unser Schicksal hat uns zusammengeschweißt. Gemeinsam haben wir den Alkohol besiegt. Seitdem ich trocken bin, trinke ich dreimal so viel Tee wie früher. Klaus hat ebenfalls eine Ersatzdroge gefunden. Bei ihm war es Kaffee. Er hätte nicht sterben dürfen.«

»Und dann noch auf so brutale Weise«, führte Stahl aus. »Erhängt an der Zimmerdecke. Kein schöner Tod. Erhängen ist sehr qualvoll.«

Sahner hielt sich eine Hand vor den Mund und schluchzte. Nun war der Moment gekommen, um sie zu packen.

»Sie wussten es von Thomas Kruse.« Er konfrontierte sie mit seiner Vermutung wie mit einer Tatsache.

Seine Worte trafen sie wie ein unerwarteter Tiefschlag. Ihr Kinn klappte herunter, und sie riss die Augen auf. In diesem äußerst ungünstigen Moment klingelte Stahls Handy. Er holte es heraus, um den Anrufer wegzudrücken. Schraders Name stand jedoch auf dem Display.

»Da muss ich rangehen«, murmelte er. »Gregor, mach du weiter.«

Er wandte sich in Richtung der geschlossenen Zimmertür.

»Bleiben Sie ruhig hier«, rief Sahner. »Mich stört das nicht.«

Stahl verließ den Raum.

»Was gibt's?«, fragte er.

»Scheiße gibt's«, antwortete Schrader. »Wir haben die Zugbegleiterin aufgespürt. Sie kann sich an Frost erinnern und passt zu seiner Beschreibung. Der Mistkerl hat zumindest für einen Mordzeitpunkt ein Alibi.«

Stahl hörte nur mit halbem Ohr zu. Sahners Reaktion war auffällig gewesen. Wieso hatte sie ihn aufgefordert, im

Bücherzimmer zu bleiben? Eine Pause hätte ihr Gelegenheit gegeben, sich zu sammeln.

Er trat auf die erste Stufe und sah, wie die Haustür verstohlen zugezogen wurde.

»Ich muss Schluss machen!« Er beendete das Gespräch. »Hier war jemand im Haus!«, schrie er. »Gregor, behalt Frau Sahner im Auge.«

Er eilte die Treppe hinunter und wäre beinahe über den Koffer gestolpert. Dann erreichte er die Haustür und riss sie auf.

Keine hundert Meter entfernt rannte rechts ein Mann die Straße entlang. Der Kerl schaute über die Schulter und legte noch einen Zahn zu. Stahl folgte ihm.

»Bleiben Sie stehen!«, rief er.

Der Bürgersteig war zweigeteilt. Spaziergänger und Radfahrer nutzten ihn gemeinsam. Als Stahl auf den Bürgersteig sprang, zog eine Radfahrerin an ihm vorbei. Am liebsten hätte er sie angehalten und sich das Fahrrad ausgeliehen, doch sie war schon außer Reichweite. Statt ihr nachzubrüllen, hetzte er weiter dem Mann hinterher. Wenn ihn sein Gefühl nicht täuschte, war er etwas schneller als dieser. Meter für Meter holte er auf, zumal der Flüchtige immer wieder einige Zentimeter verlor, weil er panisch über die Schulter schaute.

Von hinten ertönte eine Fahrradklingel. Stahl wich ein Stück nach rechts aus. Ein junger Mann raste an ihm vorbei. Wenige Augenblicke später vollzog der Flüchtige einen Richtungswechsel. Offenbar wollte er die Straße überqueren.

»Vorsicht!«, schrie der Radfahrer.

Der Gejagte riss den Kopf nach links. Die beiden befanden sich auf Kollisionskurs. Ohne auf den Straßenverkehr zu achten, machte der Mann einen Satz nach vorn. Der Radfahrer hingegen wich über den Bürgersteig aus.

»Bist du lebensmüde?«, brüllte er wütend.

Stahl sah das Unheil kommen, bevor die Beteiligten es erkannten. Bremsen quietschten, während der Mann schwankend auf der Straße aufkam.

»Nein!«, schrie Stahl.

Doch es war zu spät. Ein Auto erfasste den Mann, und Stahl musste mitansehen, wie der Körper durch die Luft geschleudert wurde und mit dem Kopf voraus auf den Asphalt aufschlug.

Die Autofahrerin stieg sofort aus und rannte zu dem Unfallopfer.

Stahl zog seinen Dienstausweis heraus. »Polizei.«

Die Frau schaute ihn verzweifelt an. »Ich hab ihn nicht gesehen. Wieso läuft er einfach auf die Straße?«

»Gehen Sie beiseite. Ich kümmere mich um ihn.« Stahl beugte sich zu ihm herunter. »Thomas Kruse?«

Die Augenlider des Verkehrsopfers flatterten. Er blutete aus dem Mund. Offenbar war er so schwer verletzt, dass Stahl mit dem Äußersten rechnen musste.

»Ja«, flüsterte der Mann.

»Haben Sie die Menschen getötet? Hille? Freund? Niebach?«

»Scheiß Karma.« Es war eher ein Gurgeln. Kruse schloss die Augen.

»Herr Kruse!«, schrie Hannes Stahl. Er begann mit der Herzdruckmassage. »Rufen Sie einen Krankenwagen!«, befahl er der Autofahrerin.

211

29

Stahl hatte Thomas Kruse beigestanden, bis die Rettungskräfte übernommen hatten. Danach hatte er Brandt angerufen und ihn informiert, was geschehen war. Brandt war bei Sabine Sahner geblieben, bis die von Stahl alarmierten Streifenpolizisten eingetroffen waren und ihn abgelöst hatten. Jetzt standen Brandt und Stahl vor dem Haus von Sabine Sahner und warteten auf ihren Abtransport ins Präsidium.

Kruse war nicht mehr zu Bewusstsein gekommen. Er hatte noch gelebt, als der Notarzt und die Sanitäter zur Stelle waren. Doch trotz aller Bemühungen war er wenig später noch vor Ort seinen inneren Verletzungen erlegen. Der Rettungswagen mit seiner Leiche war gerade an Brandt und Stahl vorbeigerollt, und sie hatten ihm nachgeschaut, bis er aus ihrem Sichtfeld verschwunden war. Es war ein tragischer Unfall gewesen, und dass ein Mensch dabei ums Leben gekommen war, auch wenn sie ihn nicht kannten, ließ weder Stahl noch Brandt unberührt.

Die Autofahrerin, die Kruse mit ihrem Wagen frontal erwischt hatte, hatte keine Chance gehabt zu reagieren. Sie stand unter schwerem Schock und wurde aktuell in einem weiteren angeforderten Rettungswagen behandelt.

Die Unfallstelle war abgesperrt, und es würde eine Weile dauern, bis sie von den Kollegen von der Schutzpolizei wieder freigegeben würde. Daher stand momentan nur eine Fahrbahn zur Verfügung. Entsprechend staute sich der Straßenverkehr auf beiden Seiten. Wenigstens die Gaffermenge rund um den Ort des Geschehens, die in erster Linie aus den Anwohnern der Umgebung bestand, löste sich langsam wieder auf.

»Sabine Sahner ist mir gleich bekannt vorgekommen«, murmelte Brandt. »Inzwischen ist mir eingefallen, woher.«

Stahl blickte ihn erstaunt an. »Du kennst sie?«

»Das wäre zu viel gesagt. Ich habe sie nur ein einziges Mal gesehen, und auch nur ganz kurz. Das war erst gestern. Aber da hat sie die Haare anders getragen und eine Brille aufgesetzt. Sie arbeitet am Empfang bei Klaus Hilles ehemaligem Psychologen. Da mir, als ich vor ihr stand, anderes durch den Kopf ging, habe ich auf sie gar nicht geachtet.«

»Und da bist du dir sicher?«

»Hundertprozentig.«

»Hast du ihr gestern gesagt, dass du wegen Hille mit ihrem Chef sprechen willst?«, fragte Stahl.

»Nein, aber ich bin mir sicher, dass sie es irgendwie in Erfahrung bringen konnte. Sei es, dass sie ihren Chef gefragt oder er es von sich aus erzählt hat. Warum sollte er seiner Angestellten verschweigen, weswegen ich bei ihm war?«

»Meinst du, sie hat dich auch wiedererkannt?«

»Bestimmt.«

»Das hätte sie doch als Begründung verwenden können, als ich sie gefragt habe, woher sie von Klaus Hilles Tod wusste.«

»Es sei denn, sie hat darauf vertraut, dass ich sie nicht erkennen würde. Sie hatte offenbar einen Grund dafür, nicht einzugestehen, dass sie bei dem Psychologen arbeitet. Wir müssen in Betracht ziehen, dass sie die Mörderin der Schöffen und von Klaus Hille ist. Vielleicht allein, vielleicht zusammen mit Thomas Kruse.«

»Dazu werden wir hoffentlich bei ihrer Vernehmung Klarheit erhalten«, sagte Stahl. »Sabine Sahner wollte verreisen. Das könnte ein lang geplanter Urlaub sein. Vielleicht aber auch ein überstürzter Fluchtversuch.«

213

Eine kurze Gesprächspause trat ein. Stahl runzelte die Stirn.

»Worüber denkst du nach?«, wollte Brandt wissen.

»Kruse war noch kurz bei Bewusstsein, und ich habe ihn gefragt, ob er die Schöffen und Hille ermordet hat.«

»Und? Hat er geantwortet?«

»›Scheiß Karma‹, das waren seine letzten Worte. Ich wundere mich, welchen Sinn das ergibt.«

»Der Mann war wenige Augenblicke später tot. Entweder hat er deine Frage gar nicht mehr verstanden und einfach nur wirres Zeug gefaselt oder ...« Brandt dachte angestrengt nach.

»... oder er hat darauf angespielt, dass er jetzt ebenso wie Klaus Hilles Frau bei einem Autounfall sterben musste. Ausgerechnet wie die Frau des Mannes, den er zur Rechenschaft gezogen hat«, folgerte Stahl.

»Hannes, wir wissen noch nicht, ob er Hille getötet hat«, warnte Brandt. »Aber wenn ja, dann könnte man seine Aussage tatsächlich so interpretieren. Ich dachte aber an eine andere Möglichkeit. Kruse könnte auch derjenige gewesen sein, der *meine* Frau überfuhr, und nun musste er auf die gleiche Weise sterben, wie er ihr das Leben nahm.«

Stahl pumpte seine Backen auf und blies die Luft wieder aus. »Das ist zwar theoretisch möglich, aber im Moment noch zu vage. Die Bedrohung der Schöffen und des Richters diente dem Zweck, für eine Verurteilung von Bassam Masoud zu sorgen. Dich durch einen neuen, nicht eingearbeiteten Staatsanwalt austauschen zu lassen, wäre nicht zwangsläufig produktiv im Sinne des Mörders gewesen. Und einen unschuldigen Menschen zu töten, um die Chance einer Verurteilung zu erhöhen, scheint angesichts des zu erwartenden Effekts in diesem Fall doch sehr unangemessen. Außerdem ging es dem Verfasser der Drohbriefe um Gerechtigkeit. Warum sollte er da deine unschuldige Frau absichtlich überfahren und selbst zum Verbrecher werden?«

Brandt raufte sich die Haare. Er schwitzte, obwohl es draußen kühl war. »Du hast ja recht. Aber dennoch: Auf einen Abgleich der sichergestellten DNA des Fahrers, der meine Frau auf dem Gewissen hat, mit Kruses DNA bestehe ich.«

Er merkte selbst, dass seine Stimme sich beim Sprechen hob und er hektisch auf Stahl wirken musste. Er konnte aber nichts dagegen tun. Wenn es um Rabeas Tod ging, lagen seine Nerven schnell blank.

»Ich fahre dich jetzt nach Hause«, sagte Stahl.

Brandt zog die Augenbrauen zusammen. »Was ist mit der Vernehmung von Frau Sahner?«

Stahl sah ihn mit ernstem Blick an. »Tut mir leid, aber ich glaube, es wird das Beste sein, wenn du nicht dabei bist.«

Kurz sah Brandt ihn sprachlos an. »Soll das ein Witz sein?«, platzte es dann aus ihm heraus. »Willst du dir den Ermittlungserfolg jetzt allein auf die Fahnen schreiben oder was soll der Mist?«

Stahl winkte ab. »Darum dreht es sich doch gar nicht. Du bist persönlich zu sehr betroffen, und dir geht es nicht gut. Das sehe ich doch.«

»Es ist ja schön, dass du dich um mich sorgst. Aber danke, es geht mir hervorragend. Wenn es mir zu viel wird, dann lass ich dich das wissen.«

»So war das gar nicht gemeint. Merkst du eigentlich, wie emotional du reagierst?«

»Ich halte meine Reaktion der Situation für absolut angemessen. Du hast gerade selbst gesagt, es sei unwahrscheinlich, dass Kruse etwas mit Rabeas Tod zu tun hat. Also, wo ist dann das verdammte Problem? Meine persönliche Betroffenheit kann ich nirgendwo erkennen. Und schließlich war ich es, der uns überhaupt erst auf die Spur von Kruse und Sahner gebracht hat. Und jetzt, wo wir so nah dran sind, wo der Fall sich vielleicht sogar aufklärt, da willst du mich ausschließen?«

Stahls Wangenmuskeln zuckten. Er vergrub seine Hände in den Hosentaschen und starrte kurz zu Boden. Dann wandte er sich wieder Brandt zu und seufzte. »Also gut. Ich verlasse mich darauf, dass du dich im Griff hast. Aber ich nehme dich nur unter der Bedingung mit ins Präsidium, dass du die Vernehmung lediglich hinter dem Einwegspiegel verfolgst und dich unter keinen Umständen einmischst.«

Brandt nickte und folgte Stahls Blick, der an ihm vorbei zum Haus glitt, aus dem Sabine Sahner nun von zwei Streifenpolizisten herausgeführt wurde. Sahner sah Stahl und Brandt nicht an, als sie die beiden passierte und auf den Rücksitz des Streifenwagens gesetzt wurde, der sie zur Vernehmung ins Präsidium fahren würde.

30

Stahl und seine Kollegen beschlossen, dass der Fallanalytiker die Vernehmung allein durchführen sollte. In der Zwischenzeit würden Schrader und Reiland Kruses Wohnung auf den Kopf stellen. Die Bestätigung von Frosts Alibi hatte Schrader wie ein Eimer eiskaltes Wasser erwischt, weswegen sie nun umso mehr Energie darauf verwendete, endlich den wahren Schuldigen zu enttarnen.

Aus dem Beobachtungsraum betrachtete Hannes Stahl Frau Sahner. Sie saß mit eingesunkenen Schultern am Tisch und blickte zu Boden. Immer wieder wischte sie sich Tränen aus den Augen. Auf einen Anwalt hatte sie bislang verzichtet.

»Okay«, sagte er an Brandt gewandt. »Dann mal los.«

»Viel Glück«, murmelte der Staatsanwalt.

Stahl verließ den Raum. Bevor er das Vernehmungszimmer betrat, atmete er tief durch. Als er die Tür öffnete, schaute Sahner nicht zu ihm hoch. Er setzte sich wortlos an den Tisch und startete das bereitstehende Aufnahmegerät.

In ihrem Haus hatte er die besten Ergebnisse erzielt, als er sie direkt mit seinen Thesen konfrontiert hatte, als lägen dafür bereits handfeste Beweise vor. Die gleiche Taktik würde er auch diesmal wagen. Doch er wartete mit seinen Worten. Er schaute die Frau an. Sie wischte sich erneut Tränen beiseite. Vor ihm saß eine todtraurige Person. Weil die Polizei ihre Pläne durchkreuzt hatte? Oder steckte mehr dahinter? Thomas Kruse war bei ihr gewesen. Sie hatte Koffer gepackt. Stahl erinnerte sich an den Zustand von Kruses Wohnung.

Er vermutete Fluchtpläne als Grund. Aber vielleicht hatte Sahner den Mann auch nicht richtig durchschaut.

Er schwieg weiterhin und verunsicherte die Verdächtige. Endlich schaute sie aus tränenverschleierten Augen zu ihm hoch.

Er würde ein Risiko eingehen. Im schlimmsten Fall würde er die Verdächtige verlieren, indem sie sich ihm gegenüber verschloss. Oder sein Instinkt trog ihn nicht, und sie öffnete sich ihm komplett.

»Ihr Verlust tut mir leid«, sagte er leise. »Sie und Thomas waren ein Paar.« Er wählte absichtlich seinen Vornamen.

Die Sekunden verstrichen. Doch zumindest hielt Sahner den Augenkontakt. »Hinterher war es nur noch kompliziert«, flüsterte sie. »Aber ja. Wir haben uns eine Zeitlang gegenseitig Kraft gegeben.«

»Beginnen wir chronologisch«, schlug er vor. »Vielleicht fällt es Ihnen dann leichter, reinen Tisch zu machen.«

Sie nickte. Stahl fühlte sich wie beim Roulette. Er hatte seinen einzigen Jeton auf eine volle Zahl gesetzt, und die Zahl war gefallen.

In den nächsten Minuten erfuhr er von Sahners Alkoholproblemen und wie sie schließlich den Weg zur Selbsthilfegruppe gefunden hatte. Kruse war damals schon Mitglied gewesen, Hille war etwa vier Wochen später zu ihnen gestoßen. Nach mehreren Monaten hatten sie begonnen, sich privat zu treffen. Fast immer zu dritt. Ihre Gespräche drehten sich anfangs um die verstorbenen Ehepartner. Je besser sie sich kannten, desto öfter kamen sie auf das in ihren Augen zu lasche Justizsystem zu sprechen. Gemeinsam schaukelten sie sich in einen regelrechten Hass hoch.

»Thomas war derjenige, der irgendwann sagte, man müsste erreichen, dass Richter und Schöffen härtere Urteile fällen«, bekannte sie. »Wir haben zugestimmt und dann wochenlang nicht mehr davon angefangen. Bis er uns plötzlich von dem Prozess gegen Masoud berichtete. Er wusste so verdammt viele Details.« Sie stieß einen ungläubigen Ton aus. »In dieser Zeit flackerte zum ersten Mal, seit ich ihn kannte, ein helles Feuer in ihm. Das hat mich angezogen. Ich konnte mir plötzlich vorstellen, dass Thomas vor dem Tod seiner Frau ein ganz anderer Mensch war.

Wir wurden ein Paar. Klaus reagierte super. Er war überhaupt nicht eifersüchtig, sondern freute sich für uns. Es folgten Tage, in denen alles Schwere von mir abfiel und ich sogar das Gefühl hatte, wieder so glücklich werden zu können wie vor Horsts Tod.

Thomas aber nutzte diesen Zustand aus. Er meinte, der Prozess gegen Masoud wäre wie ein Testballon, mit dem er ausprobieren wollte, ob wir auf die Justiz Einfluss nehmen könnten. Thomas überzeugte mich, wir überredeten Klaus. Gemeinsam formulierten wir Drohbriefe. Wir wollten den Richter und zwei Schöffen überzeugen. Da ich von Thomas' Enthusiasmus fasziniert war, bot ich sogar an, die Drohbriefe bei den Empfängern einzuwerfen. Ich begann bei Richter Torwald. Doch Sie können sich nicht vorstellen, wie viel Angst ich hatte, erwischt zu werden. Mein Herz schlug wie verrückt, ich schlief in der Nacht vorher nicht und in der Nacht danach genauso wenig. Die ganze Zeit fragte ich mich, was ich getan hatte. Wie lange es dauerte, bis mich die Polizei verhaften würde. Als der Brief beim ersten Schöffen landen sollte, bekam ich endgültig kalte Füße. Ich zerriss ihn, behauptete jedoch, ihn eingeworfen zu haben. Bei der Schöffin ebenso.«

Sie griff zu dem vor ihr stehenden Glas Wasser und trank einen Schluck.

»Der Prozess endete mit einem Freispruch. Thomas wütete. Das war das erste Mal, dass sich eine Seite bei ihm offenbarte, mit der ich mich nicht arrangieren wollte. Wir waren weiter ein Paar, aber es wuchs allmählich eine

Distanz zwischen uns. Dann starb die Schöffin. Klaus kam deswegen zu mir an meinen Arbeitsplatz in der Praxis. Er fürchtete, Thomas hätte ohne uns gehandelt. Ich fragte Thomas danach, doch er stritt alles ab. Überzeugt hat er mich damals nicht. Obwohl ich ihm natürlich glauben wollte.«

»Wie haben Sie nach dem Tod von Herrn Freund reagiert?«

Bislang glaubte er ihr jedes Wort. Ihre Körpersprache wirkte offen, sie zeigte keine unbewussten Anzeichen einer Lüge. Außerdem ergaben ihre Schilderungen Sinn.

»Schockiert«, gestand sie. »Klaus und ich richteten es so ein, dass wir uns in einer meiner Mittagspausen heimlich treffen konnten. Er meinte, wir müssten zur Polizei. Ich riet ihm davon ab. Zum einen, weil ich Thomas liebte und mich an die Hoffnung klammerte, er sei unschuldig. Zum anderen, weil uns das selbst belastet hätte. Aber ich versprach Klaus, Thomas weiter auf den Zahn zu fühlen. Damit gab er sich vorläufig zufrieden. Ich nutzte eine der immer selteneren Liebesnächte. Thomas hatte den Arm um mich gelegt, als ich ihn auf die Schöffen ansprach. Er versteifte sich und sagte, das Schicksal sei ein störrisches Kind. Genau das waren seine Worte. *Ein störrisches Kind.* Er lachte und erzählte mir, er hätte Gelegenheiten genutzt. ›Wofür?‹, fragte ich ihn. Er berichtete, er hätte Begegnungen mit Freund und Niebach arrangiert, aus denen sich Gespräche entwickelt hätten. Es sei ein absolutes Machtgefühl gewesen, in ihrer Nähe zu sein, ohne dass sie eine Ahnung hatten, wer er war und was tatsächlich in ihm vorging. Dann sei er gegangen, ohne sie angerührt zu haben.«

»Glaubten Sie ihm?«, fragte Stahl.

»Nein«, bekannte sie. »In dem Moment wusste ich, er hatte es getan. Auf seine Weise hatte er es mir gegenüber gestanden. Sein Gewissen erleichtert. Ich erzählte Klaus davon. Er teilte meine Einschätzung und wollte sich einen Weg überlegen, wie wir dem Ganzen ein Ende bereiten konnten.«

»Wann war das?«

»Am Tag vor Klaus' Hochzeitstag.«

»Also hat Thomas in dem Moment gehandelt, als er wusste, dass Klaus Hille mit seiner Trauerarbeit beschäftigt war?« Sahner nickte. »Und heute? Wieso hatten Sie den Koffer gepackt?«

»Ich wollte in die Türkei. Das war nicht gelogen. Plötzlich stand Thomas vor meiner Haustür und bat mich, reinkommen zu dürfen. Wir kamen auf Klaus' Tod zu sprechen, und er wies jede Schuld von sich. Er fragte mich, ob ich ihn mit in die Türkei nehmen würde. Er habe gepackt, und wir müssten nur kurz zu ihm in die Wohnung. Dann klingelte es plötzlich. Das waren Sie und Ihr Kollege.«

»Dann haben wir vermutlich Ihr Leben gerettet«, sagte Stahl.

Sie sah ihn an. Erneut liefen ihr Tränen die Wangen hinunter. »Was meinen Sie, warum ich wie ein Kleinkind weine?«, schluchzte sie. »Mich quält genau dieser Gedanke. Wollte er mich töten? Wobei er nichts dabeihatte. Keine Tasche, in der er ein Seil hätte verstecken können. Ich bete darum, dass er mich nicht aus dem Weg räumen wollte.«

»Haben Sie Kruse von dem Besuch Herrn Brandts in der Praxis erzählt?«, fragte Stahl.

»Ja«, antwortete sie. »Wieso?«

Er berichtete von dem Angriff mit einem Molotow-Cocktail. Für den Zeitpunkt konnte Sahner Kruse kein Alibi geben.

»Kommen wir auf Rabea Brandt zu sprechen.« Stahl ahnte, was nun in Gregor vorgehen mochte.

Erfuhr er jetzt endlich die Wahrheit?

»Wer ist das?«, fragte sie.

»Im Prozess gegen Masoud musste der Staatsanwalt ausgetauscht werden. Zunächst hatte Herr Brandt die Anklage vertreten, dann ...«

»*Deswegen* kam mir sein Gesicht so bekannt vor«, unterbrach sie ihn. »Ich habe mich die ganze Zeit gefragt, woher ich ihn noch kenne.«

»Aber mitten im Prozess starb Brandts Ehefrau.«

»Oh mein Gott.«

»Sie wurde überfahren. Der Täter ist geflohen. Steckte Kruse dahinter?«

»Nicht, dass ich wüsste. Wann war das?« Stahl nannte ihr das genaue Datum. »Oh nein«, entfuhr es ihr. »Wie schrecklich!«

»Hatte Kruse ...«

»Das ist mein Hochzeitstag«, sagte Sahner.

Stahl runzelte die Stirn. Ihre Antwort brachte ihn aus dem Konzept.

»Was?«, fragte er überrumpelt.

»Der Todestag dieser bedauernswerten Frau ist mein Hochzeitstag. Vielleicht hatte Thomas recht, und das Schicksal ist wirklich ein störrisches Kind.«

»Sehen Sie denn zwischen besagtem Hochzeitstag und dem Tod von Brandts Frau irgendeinen Zusammenhang?«

»Nein, im Gegenteil. Thomas kann es nicht gewesen sein. Hochzeitstage waren für uns drei immer besonders schlimm. Wir haben versucht, uns an solchen Tagen gegenseitig Kraft zu geben. An dem Tag waren wir gemeinsam in Holland. Haben einen Freizeitpark aufgesucht. Uns abgelenkt. Das war Thomas' Idee.«

»Sie waren den ganzen Tag nicht in Berlin? Das wissen Sie garantiert?«

»Hundertprozentig. Ich habe zu Hause Fotos davon herumliegen. Kurz nach unserer Rückkehr hat Thomas vom

Austausch des Staatsanwalts erfahren. Er hat höllisch geflucht und gemeint, dass das Masouds Chancen auf einen Freispruch erhöht. Warum hätten wir gegen den Staatsanwalt vorgehen sollen? Der stand als Anklagevertreter auf unserer Seite.«

Es klopfte an der Tür. Wollte Brandt nun doch zu ihnen stoßen, obwohl er sich ausdrücklich einverstanden erklärt hatte, im Hintergrund zu bleiben?

»Einen Moment bitte.« Stahl erhob sich und öffnete die Tür.

Reiland stand davor und deutete ihm an, etwas Wichtiges herausgefunden zu haben.

»Frau Sahner, ich bin gleich wieder bei Ihnen«, sagte er. Von außen zog er die Tür zu. »Was ist?«

»Brandt hat uns gesagt, dass Sahner geständig ist. Trotzdem solltest du zwei Dinge wissen. Wir haben in Kruses Wohnung die benötigten Utensilien für den Bau von Molotow-Cocktails gefunden. Und in Kruses Schlafzimmer hing an der Deckenlampe ein Seil. Darunter stand ein Stuhl.«

Stahl sah seinen Kollegen mit großen Augen an. »Sahner hat mir gerade erzählt, Kruse sei bei ihr aufgetaucht, um sie zu fragen, ob er mit in die Türkei reisen könnte. Er behauptete, sein Koffer würde noch zu Hause stehen, und wollte sie überreden, mit zu ihm zu kommen.«

»Natalie und ich waren uns nicht sicher, ob er einen Selbstmord vorbereitet hat. Auch den gepackten Koffer haben wir gefunden. Die Kombination von beidem ergab keinen Sinn.«

»Sie waren ein Liebespaar. Vielleicht wollte er sie deswegen in seinem Schlafzimmer töten«, spekulierte Stahl.

»Bevor er für immer abgehauen wäre«, führte Reiland den Gedanken zu Ende.

»Das wird sie nicht gerne hören.«

In diesem Moment trat Brandt aus dem Nebenzimmer in den Flur. Er wirkte deprimiert. Stahl ging zu ihm und legte ihm eine Hand auf die Schulter.

»Es tut mir leid. Ich bringe das Verhör zu Ende, dann reden wir in Ruhe. Einverstanden?«

Brandt nickte.

31

Eine Stunde später war die Vernehmung von Sabine Sahner beendet. Thomas Kruse stand für die Ermittler als Mörder der beiden Schöffen und von Klaus Hille fest.

Schrader und Reiland schickten sich an, Feierabend zu machen. Sie wollten zum Abschluss noch in einer nahegelegenen Kneipe auf die erfolgreiche Aufklärung des Falles anstoßen.

»Kommt ihr später nach?«, fragte Reiland an Stahl und Brandt gewandt, die beide an Stahls Schreibtisch saßen. Er lächelte. »Ich gebe auch einen aus.«

Stahl hob eine Augenbraue und sah den Staatsanwalt an.

»Von mir aus, ja«, sagte Brandt.

Ihm war zwar nicht nach Feiern zumute, er wollte aber die Einladung im Hinblick auf das gerade im Entstehen begriffene Teamgefühl nicht ausschlagen. Stahl schien ihm anzumerken, dass er eigentlich keine Lust hatte.

»Mal schauen«, sagte der Profiler. »Ich hab hier noch ein bisschen was zu tun.«

Reiland zuckte mit den Schultern und schnappte sich seine Jacke, die über seinem Drehstuhl hing. »Wie ihr wollt, ihr habt ja unsere Handynummern.«

Er verschwand mit Schrader, die an der Tür auf ihn wartete, aus dem Büro.

Während Stahl weiter an seinem Vernehmungsprotokoll arbeitete, ließ Brandt sich die geklärten Zusammenhänge nochmals durch den Kopf gehen. Gegen Ende ihrer Befragung war Sabine Sahner unter Schluchzen klar geworden, dass die Schöffen wahrscheinlich noch leben würden, wenn sie Kruse gegenüber offen zugegeben hätte, dass sie aus Angst, entdeckt zu werden, die Drohbriefe an Niebach und Freund gar nicht eingeworfen hatte. Dies hatte sie aber Thomas Kruse und Klaus Hille verschwiegen. Ihr war nicht in den Sinn gekommen, dass Kruse die Drohungen wahrmachen würde.

In der Nähe von Sahners Haus hatten Beamte der Schutzpolizei das Auto von Thomas Kruse entdeckt. In einem Fach unter dem Fahrersitz befanden sich Unterlagen zu einem aktuellen Mordprozess. Die Namen der beiden Schöffen und eines Richters waren mit einem roten Stift umkreist. Daneben waren handschriftlich ihre Wohnadressen notiert. Das konnte man nur so verstehen, dass Thomas Kruse geplant hatte, auf dieses Gerichtsverfahren in ähnlicher Weise Einfluss zu nehmen wie auf den Masoud-Prozess. Auf dem Handy von Thomas Kruse, das dieser bei sich gehabt hatte, befanden sich Fotos der leblos am Strick hängenden Schöffen Niebach und Freund. Stahl mutmaßte, dass Kruse die abschreckenden Fotos ausdrucken und den neuen Drohbriefen beilegen wollte, um deren Ernsthaftigkeit zu untermauern.

Im Handschuhfach von Kruses Wagen konnte zudem ein ausgedrucktes Selfie sichergestellt werden, auf dem er, Klaus Hille und Sabine Sahner abgebildet waren. Das Bild war auf einer ihrer gemeinsamen Wanderungen vor dem Hintergrund eines Waldsees entstanden. Die Köpfe von Hille und Sahner waren eingekreist und Hilles Gesicht zusätzlich rot durchkreuzt. Thomas Kruse musste befürchten, dass Hille ihn bei der Polizei anzeigen würde, und die Ermittler konnten nun davon ausgehen, dass er daraufhin Hille ermordet hatte und Sabine Sahner das gleiche Schicksal erwartet hätte. Darauf deutete auch der schon vorbereitete Strick in Kruses Wohnung hin.

Heiko Frost war damit, auch was den Mord an Klaus Hille anging, entlastet. Schrader hatte es nicht gefallen, dass sie falschgelegen hatte. Aber letztlich hatte ihre Freude über den erfolgreichen Abschluss der Ermittlungen überwogen.

Sabine Sahner wurde nach der Vernehmung und Rücksprache mit dem zuständigen Staatsanwalt freigelassen. Sie hatte keinerlei Mordabsichten gehegt. Strafrechtlich war das, was sie getan hatte, als Bedrohung zu bewerten. Deswegen konnte zwar eine Freiheitsstrafe von bis zu einem Jahr gegen sie verhängt werden, da sie aber zuvor noch nie strafrechtlich in Erscheinung getreten war, würde sie vermutlich mit einer Aussetzung der Freiheitsstrafe auf Bewährung oder sogar mit einer reinen Geldstrafe davonkommen. Theoretisch konnte sie morgen ihre, wie sich herausgestellt hatte, schon vor über einem halben Jahr gebuchte Reise in die Türkei antreten. Doch Sabine Sahner hatte bekundet, dass sie dies nicht tun würde.

Gregor Brandt konnte verstehen, dass ihr nach allem, was geschehen war, nicht der Sinn danach stand. Mit gemischten Gefühlen dachte er an die Handyfotos, die Sabine Sahner Stahl im Verlauf der Vernehmung gezeigt hatte. Sie stammten von ihrem Ausflug mit Kruse und Hille in den Freizeitpark in Holland an ihrem Hochzeitstag. Das Aufnahmedatum vom September vergangenen Jahres stimmte mit dem Tag überein, an dem Rabea überfahren worden war. Stahl hatte von den zahlreichen Fotos ein vor einer Achterbahn aufgenommenes Selfie der drei kopiert. Brandt starrte wie paralysiert auf das Bild, das auf Stahls Computermonitor prangte. Inzwischen war es schon nach zwanzig Uhr, und er fühlte sich müde, hungrig und ausgelaugt. Sicher ging es Stahl genauso.

»Es war wohl doch einfach nur ein tragischer Unfall«, murmelte er.

»Sabine Sahner meinte, sie hätte auch noch ein ausgedrucktes Foto von ihr, Kruse und Hille, das von einer Kamera während der Fahrt auf einer der Attraktionen automatisch von ihnen aufgenommen wurde. Sie hat das Foto im Park gekauft, und es trägt das Tagesdatum. Sollen wir es uns morgen von ihr aushändigen lassen?«

Brandt seufzte. »Danke, aber das ist nicht nötig. Ich glaube ihr.«

»Und wie fühlst du dich damit?«

»Ich weiß nicht so recht, Hannes. Einerseits ist da ein Bedauern, aber andererseits auch Zuversicht, nun endlich abschließen zu können.«

Stahl nickte. »Du hast kaum eine Chance, über den Verlust hinwegzukommen, wenn du dich täglich mit den Umständen des Todes deiner Frau befasst.«

»Es gibt ohnehin keine Spur mehr, der ich noch nachgehen könnte. Alle, denen Rabeas journalistische Tätigkeit geschadet hat, habe ich durchleuchtet, und abgesehen davon, dass Thomas Kruse zum Zeitpunkt des Unglücks in Holland war, hatte er auch keinen Grund, sie absichtlich zu überfahren.«

Stahl wirkte auf einmal nachdenklich.

»Was ist denn?«, fragte Brandt.

»Ach, mir kam nur gerade ein Gedanke, mit dem ich dich eigentlich nicht behelligen möchte.«

Brandts Neugier war geweckt. »Ich würde ihn aber gern erfahren.«

Stahl verzog das Gesicht. »Ich tue mich nur etwas schwer damit, weil ich selbst der Meinung bin, dass du mit dem Geschehenen deinen Frieden machen solltest.«

Brandt lächelte erschöpft. »Das kann ich bestimmt auch noch, nachdem du mir erzählt hast, was in deinem Kopf herumspukt.«

Stahl atmete geräuschvoll aus und drehte sich mit dem

Stuhl zu Brandt. »Also gut. Sahner, Hille, Kruse – alle drei haben ihre Liebsten verloren. Die Folge ist unerträgliches Leid. Vielleicht sollte man daher eine andere Herangehensweise an die Untersuchung des Unfalls erwägen, bei dem deine Frau starb.«

Stahls Worte lösten neben Unverständnis noch etwas anderes in Brandt aus. Es war ein Rumoren, ein ungutes Gefühl, aber er konnte noch nicht greifen, worauf es beruhte. »Wie meist du das, eine andere Herangehensweise?«

»Na ja, es geht mir um einen anderen Blickwinkel. Du bist bisher davon ausgegangen, dass jemand, den Rabea sich aufgrund ihres Jobs zum Feind gemacht hat, sie ermordet haben könnte. Oder um dich aus dem Masoud-Prozess herauszuziehen. Aber hast du dich schon mal gefragt, ob sich durch ihren Tod jemand an dir rächen wollte? Jemand, den *du* dir zum Feind gemacht hast und dem klar war, wie sehr du durch den Verlust deiner Frau leiden würdest, und der genau das bezweckte?«

Brandt stockte der Atem. In diese Richtung hatte er tatsächlich noch nicht gedacht. Doch durch Stahls Ausführungen wurde ihm klar, dass diese These gar nicht so abwegig war. Viel mehr noch. Nachdem die Worte gesackt waren, kam ihm plötzlich der Name eines Mannes in den Sinn.

»Du schaust aus, als hättest du gerade einen Geist gesehen«, bemerkte Stahl.

Brandt raufte sich die Haare. »Ich habe mich Anfang der Woche mit einem Fan meines Podcasts getroffen. Er wollte, dass ich seine Geschichte in einer Episode veröffentliche«, begann er zu erzählen. »Der Mann hat sich seltsam verhalten. Seine Frau starb ebenfalls bei einem Unfall im Straßenverkehr. Sie war mit dem Fahrrad unterwegs und wurde von einem Lkw überrollt. Der Fahrer war betrunken.«

»Inwiefern verhielt sich dieser Fan seltsam?«

»Als wir uns gegenübersaßen, ging es auf einmal nicht mehr um meinen Podcast. Er wollte mich eigentlich nur treffen, um zu erfahren, wie ich mit dem Tod meiner Frau zurechtkomme. Während ich ihm von meiner Trauer und meinem Leid erzählte, wurde ich das Gefühl nicht los, dass es ihm dadurch besser ging.«

»Hast du zu diesem Lkw-Unfall die Hintergründe recherchiert?«

»Nur oberflächlich. Zu mehr bin ich noch nicht gekommen.«

»Wie heißt der Mann, den du getroffen hast?« Stahl klickte sich in seinem Computer in eine Fall-Datenbank.

»Timo Weiler«, sagte Brandt. »Seine Frau hieß Maja.«

Stahl gab den Namen der Frau in eine Suchmaske ein und hatte bald darauf einen Treffer. Er holte die gefundene elektronisch archivierte Ermittlungsakte mit einem Doppelklick auf den Bildschirm. Gleich auf der ersten Seite sprang Brandt der Name des beschuldigten Lkw-Fahrers ins Auge. Der Mann hieß Roman Siebert.

»Das kann nicht sein«, sagte Brandt.

»Was denn?«

Brandt schwieg. Unzählige Gedanken schossen ihm gleichzeitig durch den Kopf.

»Geht es dir nicht gut? Du bist auf einmal aschfahl im Gesicht.«

Ihn hielt es nicht mehr auf seinem Stuhl. Er trank die noch halb volle Wasserflasche, die er an einem Automaten im Aufenthaltsraum gekauft hatte, in einem Zug aus.

Stahl erhob sich nun ebenfalls und sah ihn erwartungsvoll an. »Rede mit mir, Gregor.«

»Ich hatte schon einmal mit diesem Lkw-Fahrer zu tun«, sagte er.

Stahl zog die Stirn in Falten. »Mit dem, der Weilers Frau auf dem Gewissen hat?«

Brandt nickte. »Es ging um den Mord an einer Prostituierten. Siebert war ihr letzter Freier, bevor sie erstochen wurde. Er war der einzige Verdächtige. Es gab ein paar Indizien, die auf ihn hindeuteten. Außerdem war Siebert wegen Gewalt gegen Frauen einschlägig vorbestraft. Die Polizei hat sich deshalb vollkommen auf ihn als Täter eingeschossen. Ich gab damals die Anweisung, noch in andere Richtungen zu ermitteln. So stellte sich schließlich heraus, dass ein Konkurrent ihres Zuhälters die Hure umgebracht hatte. Die Tatwaffe, ein Klappmesser, konnte bei dem Mann sichergestellt werden. Ich habe Roman Siebert vor einer Gefängnisstrafe bewahrt.«

»Wann war das?«, fragte Stahl.

Brandt schluckte beschwerlich. »Drei Monate bevor er mit seinem Lkw Weilers Frau überfuhr.«

»Falls also Timo Weiler herausgefunden hat, dass der Lkw-Fahrer in Haft gewesen wäre, wenn du dich nicht in die polizeilichen Ermittlungen eingemischt hättest, und er demzufolge seine Frau nicht hätte überfahren können ...«

»... dann könnte Weiler mir die Schuld an ihrem Tod gegeben und mich bestraft haben, indem er meine Frau auf die gleiche Weise tötete, wie seine eigene ums Leben kam«, führte Brandt den Satz zu Ende.

32

Hannes Stahl wählte Schraders Telefonnummer. Sie nahm das Gespräch rasch entgegen. Im Hintergrund hörte er Musik und Stimmengewirr. Hoffentlich hatten seine Kollegen noch nicht zu viel getrunken.

»Du willst bestimmt wissen, wo wir sind«, vermutete sie.

»Ihr müsst zurück ins Präsidium!« Schrader reagierte nicht. »Natalie?«, fragte er verunsichert.

»Wieso?«, antwortete sie. »Sag mir bitte nicht, du zweifelst an Kruses Schuld.«

»Heute bekommen wir zwei Mörder zum Preis von einem. Ich erzähle euch alles, wenn ihr wieder hier seid.« Er beendete das Gespräch und grinste. »Das wird sie wahnsinnig machen«, erklärte er Brandt.

»Bist du sicher, dass sie kommt?«

Stahl schaute auf seine Armbanduhr. »Sie braucht keine Viertelstunde. Versprochen.«

Zwölf Minuten später marschierten Schrader und Reiland ins Büro.

»Wehe, du hast uns bloß den Abend versaut«, warnte sie. »Von welchem zweiten Mörder hast du gesprochen?«

»Das erklärt euch am besten Gregor.«

Brandt erzählte ausführlich von dem Verlust, den er erlitten, und den Vermutungen, die er angestellt hatte. Dann kam er auf Timo Weilers Kontaktaufnahme zu sprechen und die Schlussfolgerungen, die er gemeinsam mit Stahl gezogen hatte.

Schrader und Reiland hörten aufmerksam zu. Sie unterbrachen ihn kein einziges Mal, und die Hauptkommissarin nickte zwischendurch mehrfach.

»Erscheint mir schlüssig«, meinte sie schließlich. »Ehrlich gesagt, hätte man da früher …«

Stahls Blick brachte sie zum Schweigen.

»Ich war so oft bei der Polizei«, erwiderte Brandt. »Immer wurde mir geraten, ich solle es als das ansehen, was es ist. Ein zufälliger Unfall mit anschließender Fahrerflucht. Offenbar hätte ich eine engagierte Polizistin wie Sie benötigt.«

Stahl zollte Brandt für diesen Schachzug innerlich Anerkennung. Offenbar hatte er viel schneller den Bogen raus, wie die Hauptkommissarin zu nehmen war. Tatsächlich lächelte Schrader geschmeichelt.

»Wir haben also einen Handschuh, der höchstwahrscheinlich vom Fahrer stammt«, rekapitulierte Reiland.

»Ja. Ist als Beweismittel eingetragen. Ich habe das kontrolliert«, sagte Stahl. »Augenzeugen berichteten, der Unfallfahrer sei ausgestiegen und habe überprüft, ob Frau Brandt tot sei. Man fand Reste von ihrem Blut an der Außenseite des Handschuhs. Außerdem DNA-Spuren an der Innenseite. Treffer in der Datenbank gab es keine. Der Mörder hat den Handschuh entweder versehentlich verloren oder absichtlich liegen gelassen. Wobei wir zur ersten Annahme tendieren. Vielleicht hat er beide in seine Jackentasche gestopft und einer ist unbemerkt zu Boden gefallen.«

»Oder es gehörte zu dem Spiel, das dieser Weiler mit Brandt spielen wollte«, griff Schrader die zweite Variante auf. »Wir werden es bei der Vernehmung hoffentlich erfahren.«

* * *

Timo Weiler starrte in das leere Longdrinkglas. Er hatte bereits drei Gin Tonic intus. Langsam spürte er den Alkohol. Und wie so oft schwappte Aggression in ihm hoch. Es hatte gutgetan, sich mit Gregor Brandt zu unterhalten. Der Hurensohn litt noch immer unter dem Verlust seiner Ehefrau und hatte natürlich nichts anderes verdient. Doch je mehr Tage seit ihrem Gespräch vergingen, desto schaler schmeckte der kleine Triumph. Er brauchte mehr davon. Brandt sollte vor ihm im Dreck kriechen.

Eine attraktive Kellnerin trat an seinen Tisch. »Willst du noch einen?«

Timo schaute sich um. »Scheint so, als wäre ich versetzt worden.« Er lachte kurz. »Bring mir die Rechnung.«

Er rundete den Betrag mit einem kleinen Trinkgeld auf und schnappte sich dann seine Jacke. Langsam schlängelte er sich durch die Schar der anderen Kneipenbesucher, ehe er nach draußen trat und die frische Luft inhalierte. Erst jetzt zog er die Jacke über.

»Hallo, Herr Weiler«, erklang eine Stimme von links.

Er zuckte zusammen, sein Kopf ruckte zur Seite. »Was machen Sie denn hier? Sind Sie mir gefolgt?«

»Gefolgt? Wieso sollte ich?« Der ehemalige Staatsanwalt lachte. »Dass wir uns begegnen, ist reiner Zufall.«

Timo musterte den Mann misstrauisch. Konnte er ihm das glauben?

»Wie geht's Ihnen?«, fragte Brandt.

Timo schaute sich um. Er erkannte in etwa hundert Metern Entfernung eine Frau, die an einem Auto stand und aufmerksam zu ihnen herüberschaute. War das ebenfalls Zufall? Er ahnte, was das zu bedeuten hatte. Die Bullen waren ihm auf die Schliche gekommen. Er griff in die rechte Jackentasche und ertastete das Springmesser, das er stets bei sich trug.

»Ich bin ein bisschen betrunken. Wie geht's Ihnen?«

Der Staatsanwalt sollte ihn für einen harmlosen Gegner halten.

»Nicht so gut. Ich kann Rabeas Tod einfach nicht vergessen.«

»Geht mir bei Maja nicht anders«, sagte er. »Das eint uns wohl für immer.«

»Wenigstens wissen Sie, wer dafür verantwortlich ist. Ich hingegen ...« Brandt beendete den Satz nicht.

Timo setzte sich in Bewegung und ging nach rechts. Brandt folgte ihm sofort. Er gab ihm die Chance aufzuschließen.

»Ich frage mich immer wieder, was den Fahrer veranlasst hat, einfach zu verschwinden. Eine unschuldige Frau sterben zu lassen. Eine schwangere Frau.«

»Und ich hab mich damals gefragt, wieso ...« Timo hielt inne. »Schwanger?«

»Reden Sie weiter!«, forderte Brandt.

Er schüttelte bloß den Kopf und beschleunigte seinen Gang. Brandt musste beinahe in einen Laufschritt fallen, um ihm zu folgen.

»Warum?«, rief er ihm zu.

Offenbar war der Mistkerl auf ein Geständnis aus. Bestimmt hatten die Bullen den Standort von seinem Handy herausgefunden und den Staatsanwalt verkabelt. Besaßen sie Beweise gegen ihn? Er konnte sich das nicht vorstellen, denn er hatte damals den Wagen und die getragenen Kleidungsstücke verbrannt. Stocherte Brandt bloß im Dunkeln?

Was sollte er tun?

Der Alkohol hatte seine Hemmschwelle gesenkt. Er wünschte sich nichts sehnlicher, als das Messer zu ziehen und es Brandt in den Hals zu rammen. Ihm beim Verbluten zuzusehen. Falls sie etwas gegen ihn in der Hand hatten, wäre das hier seine letzte Chance auf Blutrache. Seine Finger schlossen sich um den Messergriff. *Rausziehen. Aufschnappen lassen. Zustechen.* Es wäre so einfach.

Aus der Richtung, in die sie liefen, kamen ihnen zwei Männer entgegen. Waren das Bullen? Es trennten sie noch gut einhundert Schritte.

Hatten sie etwas gegen ihn in der Hand? Was sollte er tun? Es darauf ankommen lassen oder zumindest Brandt in die Hölle schicken?

In einer fließenden Bewegung zog er die Hand aus der Tasche. Er berührte den Öffnungsmechanismus, und die lange Klinge sprang heraus. Er drehte sich um. Brandt schaute erschrocken auf das Messer.

»Jetzt wirst du bezahlen«, zischte er.

»Lassen Sie die Waffe fallen!«, schrie eine männliche Stimme.

Stattdessen ließ Timo Weiler die Klinge niedersausen.

* * *

Stahl rannte los. Sie hatten Weiler dank seiner Handynummer geortet und Brandt verkabelt. Doch einen tätlichen Angriff mit einem Messer hatte ihr Drehbuch nicht vorgesehen. War der hektisch ausgearbeitete Plan ein schwerer Fehler gewesen?

Reiland folgte ihm. Stahl zog seine Waffe. Im äußersten Fall würde er einen Rettungsschuss abgeben und Weiler ausschalten. Doch trotz seiner Entschlossenheit reagierte Stahl zu langsam.

Weiler machte einen Schritt auf Brandt zu und visierte dabei dessen Hals an. Erstaunlich geschickt wich der Staatsanwalt der Klinge aus. Halb lehnte er sich zurück, halb duckte er sich. Diesmal kam ihm offenbar sein Boxtraining zugute. Das Messer zerschnitt bloß die Luft.

Stahl verkürzte die Distanz. Brandt musste Weiler nur noch ein paar Sekunden auf Abstand halten.

Weiler setzte zu einer erneuten Attacke an. Unterdessen tänzelte Brandt nach hinten, um ihm auszuweichen. Der Verdächtige schoss vor. Im nächsten Moment schlug Brandt zu. Mit der Handkante traf er genau den Kehlkopf seines Gegners.

Brandt trudelte aus, während Weiler das Messer fallen ließ und sich an den Hals griff. Stahl packte ihn am Arm und drückte ihn gegen die Hauswand.

»Ich verhafte Sie wegen dringenden Tatverdachts im Mordfall Rabea Brandt«, begann er. Anerkennend nickte er Brandt zu.

Der stützte sich mit den Händen auf den Oberschenkeln ab und zitterte am ganzen Leib. Offenbar kam erst jetzt bei ihm an, wie knapp er einem tödlichen Messerstich entgangen war.

* * *

Der Verdächtige verzichtete auf einen Anwalt. Arrogant saß er Stahl und Schrader gegenüber. Offenbar ging er davon aus, dass sie ihm außer der Messerattacke nichts nachweisen konnten. Doch sie hatten ein Ass im Ärmel. Reiland würde zum richtigen Zeitpunkt ein stichhaltiges Beweismittel hereinbringen.

»Es würde sich strafmildernd auswirken, wenn Sie gestehen«, sagte Stahl.

Weiler machte ein spöttisches Geräusch. »Ich habe nichts getan, was ich gestehen könnte. Und vorhin habe ich mich von Herrn Brandt bedroht gefühlt. Ich habe mich verteidigt. Wie nennt man das noch gleich? Notwehr? Sobald ich entlassen bin, zeige ich ihn wegen Körperverletzung an.« Er fuhr sich über den noch immer geröteten Hals.

»Herr Brandt war unbewaffnet«, erwiderte Stahl.

Weiler schaute zum Spiegel. Vermutete er Brandt dahinter?

»Er hat sich so aggressiv benommen und plötzlich in seine Tasche gegriffen. Ich hatte Angst.«

»Wieso haben Sie Rabea Brandt überfahren und sie sterbend zurückgelassen?«, fragte Schrader im scharfen Ton.

»Keine Ahnung, weshalb Sie glauben, ich hätte damit etwas zu tun. Das ist lächerlich. Mir tat Herr Brandt bis vorhin leid. Wir teilen das gleiche Schicksal, und ich ...«

Stahl hob den Arm. Irritiert hielt Weiler inne. »Reden Sie weiter«, sagte Stahl. »Verspielen Sie ruhig Ihre einzige Chance auf Strafmilderung.«

»Am besten bleibe ich still. Sie glauben mir eh nicht.«

Die Tür öffnete sich. Reiland trat herein. In der linken Hand hielt er eine Beweismitteltüte, in der sich der sichergestellte Handschuh befand. In der Rechten ein Wattestäbchen und eine Dose, um die DNA des Verdächtigen zu entnehmen. Reiland legte die Plastiktüte auf den Tisch. Weiler starrte sie an.

»Erkennen Sie den Handschuh wieder?«, fragte Schrader. Der Verdächtige antwortete nicht. »Darauf befanden sich Blutreste, die wir Frau Brandt zuordnen konnten. Außerdem die DNA des Handschuhträgers. Hauptkommissar Reiland entnimmt Ihnen nun eine DNA-Probe. Sie können dieser Maßnahme widersprechen. Dann besorgen wir uns eine richterliche Genehmigung. Oder Sie ersparen uns das und kooperieren.«

»Wahrscheinlich haben Sie gar nicht bemerkt, dass Sie den Handschuh verloren haben«, stellte Stahl fest. »Dumm gelaufen!«

»Das ist ein Trick!«, schrie Weiler. »Sie verarschen mich!«

Stahl betrachtete ihn. Seine Reaktion sprach Bände.

»Wo haben Sie Ihre Kleidungsstücke später entsorgt?«, fragte er. »Im Müll? In die Spree geworfen? Oder verbrannt? Sie haben wohl vergessen, alles auf seine Vollständigkeit zu überprüfen.«

»Machen Sie den Mund auf«, sagte Reiland.

»Gehen Sie weg!«

»Also geben Sie uns keine Erlaubnis?«, schlussfolgerte Schrader. »Kein Problem. Das ist nur eine Formsache. Jeder Richter dieser Welt unterschreibt den Antrag.«

Weiler wandte sich zum Spiegel. »Sie haben meine Frau auf dem Gewissen!«, brüllte er. »Ihretwegen ist Maja gestorben. Der Freier hätte im Knast gesessen!«

»Deswegen haben Sie sich an Staatsanwalt Brandt gerächt und seine Frau überfahren«, sagte Stahl. Angespannt hielt er den Atem an.

»Er sollte denselben Schmerz spüren wie ich«, spuckte Weiler aus. »Du verdammter Hurensohn! Maja könnte noch leben. Genau wie deine Frau! Es ist deine Schuld! Hoffentlich erinnerst du dich dran, wenn du das nächste Mal an ihrem Grab stehst!«

»Bringen wir ihn zurück in seine Zelle!«, beschloss Stahl. »Ich habe genug gehört. Die DNA-Probe wird den Rest beweisen.«

33

Am darauffolgenden Samstag trafen sich Brandt und Stahl in einer Gaststätte in der Innenstadt. Sie wollten sich dort die Spiele der Fußball-Bundesliga anschauen, die auf drei an den Wänden hängenden Großbildschirmen übertragen wurden. Sie hatten sich eine halbe Stunde vor dem Anstoß verabredet, sodass ihnen noch Zeit zum Reden blieb.

Das Lokal war gut besucht, aber auf den Barhockern am Tresen war noch Platz. Sie bestellten jeweils ein Bier, und nachdem der Wirt ihnen die frisch gezapften Getränke gebracht hatte, stießen sie an und nahmen einen Schluck.

»Ich hätte früher auf Timo Weiler kommen müssen«, sagte Brandt. »Hätte ich nur ein wenig genauer recherchiert, wäre ich sicher auf den Namen des Lkw-Fahrers gestoßen.«

»Dir fehlte einfach die Zeit. Schließlich überschlugen sich unsere Ermittlungen zu dem Zeitpunkt gerade«, meinte Stahl.

Brandt schüttelte den Kopf. »Ich hatte nicht die mentale Stärke, mich näher damit zu befassen, weil mich das Schicksal von Weilers Frau zu sehr an Rabeas Tod erinnert hat.«

»Vielleicht war das ja Weilers Absicht. Er wollte dich in deine Trauer, dein Leid und deinen Kummer der Anfangstage zurückkatapultieren.«

»Das wäre tatsächlich denkbar. Aber ihm muss doch die Gefahr bewusst gewesen sein, dass ich hinter seine eigentliche Motivation kommen könnte.«

»Weiler wusste nicht, dass wir den Handschuh mit seiner DNA haben. Er ging davon aus, dass es keine Beweise gegen ihn gibt. Er könnte es sogar darauf angelegt haben, dass du herausfindest, wer er ist. Dass du mit dem Wissen um seine Täterschaft leben musst, ohne diese aber jemals beweisen zu können. Damit hätte er dich vielleicht wirklich kleingekriegt.«

Das Lokal füllte sich, und auch die bisher freien Plätze neben ihnen waren nun besetzt.

»Ich glaube, ein Ortswechsel würde mir jetzt ganz guttun«, fand Brandt. »Ich denke an einen Urlaub in Japan.«

»Nicht gerade um die Ecke«, sagte Stahl. »Ich kann dich aber verstehen. Das bringt dich sicher auf andere Gedanken. Aber warum ausgerechnet Asien?«

»Mir gefällt die Kultur. Außerdem ist Japan die Heimat des Kendo. Vor Rabeas Tod war das mein Lieblingssport; damit habe ich mich fit gehalten. Ich glaube, mit einem japanischen Trainer an meiner Seite und dem ganzen kulturellen Umfeld könnte ich leichter wieder anfangen.«

»Kendo, die moderne Art der japanischen Schwertkunst, wie sie die Samurai anwandten«, sinnierte Stahl.

»Respekt, du weißt, was Kendo ist.«

»Ich habe es in meiner Jugend mal ausprobiert. Aber damals hatte ich noch keinen Zugang zu den spirituellen Seiten. Das war mir wohl etwas zu hoch. Ich könnte mir aber durchaus vorstellen, einen zweiten Versuch zu starten.«

»Dann lass uns doch nach meiner Rückkehr zusammen trainieren. Ich würde mich jedenfalls freuen, wenn wir weiterhin in Kontakt bleiben würden.«

»Ja, da hätte ich auch nichts dagegen. Darauf trinken wir.« Stahl hob lächelnd sein Glas. Sie stießen an und tranken aus.

Die Fußballspiele begannen und zogen die Blicke der Gaststättenbesucher auf die Bildschirme. Insgesamt wurde es unruhiger in der Kneipe.

»Ich finde übrigens, wir beide würden zusammen ein gutes Ermittlerteam abgeben – zwei Großstadt-Samurai gewissermaßen.« Stahl stellte sein leeres Glas auf den Tresen. Als der Wirt Blickkontakt zu ihm aufnahm, bestellte er zwei neue. Brandt stellte sein Glas ebenfalls ab und sah Stahl breit grinsend an. »Du darfst dich gerne an mich wenden, wenn du allein nicht weiterkommst.«

Stahl erwiderte das Lachen. »Mal schauen, vielleicht nehme ich dich beim Wort und mache das wirklich.«

Nachwort

Liebe Leserinnen und Leser,

mit *Im Namen der Vergeltung* haben wir, Marcus Hünnebeck und Chris Karlden, als Autoren zum ersten Mal neues Terrain betreten und gemeinsam einen Thriller verfasst. Ein Buch aus der Feder zweier Autoren, das mutet auf den ersten Blick womöglich verwunderlich an. Hat denn nicht jeder Autor seine Eigenarten und Marotten, die zwangsläufig beim Schreiben zu Reibereien führen müssen? Gerade wenn Entscheidungen anstehen, wie es im Zweifel mit den Figuren und der Handlung weitergehen soll? In unserem Fall können wir diesbezüglich Entwarnung geben. Unsere Zusammenarbeit gestaltete sich sehr harmonisch, und das kapitelweise abwechselnde Schreiben des Buches hat uns großen Spaß bereitet. Zudem war es eine großartige neue Erfahrung. Wir denken sogar schon an eine Wiederholung.

Vielleicht fragen Sie sich nun, wie es überhaupt zu unserem gemeinsamen Thriller gekommen ist. Nun, das war so: Zum ersten Mal haben wir uns auf der Leipziger Buchmesse im Frühjahr 2016 getroffen. Wir hatten uns im Vorfeld schon einige Male über Facebook ausgetauscht und uns an einem Freitagmittag dort verabredet, um uns auch in der realen Welt einmal persönlich kennenzulernen. Wir waren uns auf Anhieb sympathisch und merkten, dass wir nicht nur hinsichtlich unserer Vorliebe fürs Thrillerschreiben auf der gleichen Wellenlänge liegen. In den darauffolgenden

Jahren blieben wir weiterhin in Kontakt und trafen uns regelmäßig auf den Buchmessen. Im Laufe der Zeit entstand somit über das Berufliche hinaus eine schöne Freundschaft. Irgendwann hatten wir dann die Idee, gemeinsam einen Thriller zu schreiben. Nach Abstimmung unserer Terminpläne begannen wir schließlich im Frühjahr 2019 mit der Arbeit. Herausgekommen ist *Im Namen der Vergeltung*. Wir hoffen, das Buch hat Ihnen gefallen und Sie hatten damit ein paar spannende Stunden.

Falls Sie nun auf den Geschmack gekommen sind und zeitnah informiert werden möchten, sobald ein neues Buch – sowohl von uns gemeinsam wie auch als Einzelautoren – erscheint, dann tragen Sie sich doch bitte in unsere beiden Newsletter ein. Das funktioniert schnell und einfach, lediglich per Eingabe Ihrer E-Mail-Adresse unter:

www.huennebeck.eu/newsletter
www.chriskarlden.de/newsletter

Im Namen der Vergeltung ist als Start einer Buch-Reihe angelegt, von der es zumindest einmal im Jahr einen neuen Band geben könnte. Ob die Reihe fortgesetzt wird, hängt zunächst einmal entscheidend davon ab, wie der vorliegende erste Band bei Ihnen ankommt.

Falls Ihnen also das Buch gefallen hat und Sie weitere Fälle des Ermittlerteams rund um Hannes Stahl und Gregor Brandt lesen möchten, so signalisieren Sie uns dies bitte, indem Sie eine Bewertung auf der Produktseite unseres Buches im Internetshop des Buchhändlers hinterlassen, bei dem Sie das Buch erworben haben.

Neben Rezensionen freuen wir uns auch über persönliches Feedback von Ihnen, sei es per E-Mail oder per Facebook.

Per E-Mail kontaktieren Sie uns unter:

marcushuennebeck@outlook.de

und

karlden@chriskarlden.de

Per Facebook erreiche Sie uns wie folgt:

www.facebook.com/MarcusHuennebeck
www.facebook.com/chriskarlden.de

Vielen Dank und herzliche Grüße
Marcus Hünnebeck und Chris Karlden

Über die Autoren

Marcus Hünnebeck studierte an der Ruhr-Universität Bochum Wirtschaftswissenschaften. 2001 erschien sein erster Thriller noch klassisch bei einem kleinen Buchverlag, 2003 und 2004 folgten zwei weitere Bücher. Danach schrieb er einige Jahre Kinderbücher, ehe er die Möglichkeiten des Selfpublishings für sich entdeckte. Mittlerweile haben über eine Million Leser seine Bücher gekauft, womit er zu den erfolgreichsten deutschsprachigen Autoren gehört. Zudem wurden zwei Bücher ins Englische übersetzt und eine Kurzgeschichte ins Japanische.

Chris Karlden, studierte Rechtswissenschaften. Mit seinem ersten Roman, dem als E-Book veröffentlichten Psychothriller »Monströs«, gelang ihm auf Anhieb ein Bestseller. Seitdem sind von ihm mehrere erfolgreiche Thriller erschienen. Der Autor lebt mit seiner Familie grenznah zu Frankreich und Luxemburg im Südwesten Deutschlands.

Weitere Bücher von Marcus Hünnebeck:

Verräterisches Profil
Eine dreiköpfige Familie wird ermordet aufgefunden. Als nach einer ähnlichen Tat alles auf einen brutalen Serienmörder hindeutet, zieht die Soko den Kriminalpsychologen Mark Gruber zurate. Aufgrund seines Täterprofils gerät einer der Verdächtigen in den Fokus der Ermittlungen. Da jedoch keine eindeutigen Beweise vorliegen, entwirft Gruber gemeinsam mit den beiden verantwortlichen Kommissaren eine Strategie, um den Mann unter Druck zu setzen ...

Die Rache des Stalkers
Kommissarin Anja Hübner jagt einen mehrfachen Frauenmörder. Zur gleichen Zeit trennt sie sich nach einer handgreiflichen Auseinandersetzung von ihrem Freund. Anfangs versucht dieser erfolglos, sie mit verschiedenen Aufmerksamkeiten zurückzugewinnen. Als Anja jedoch einen neuen Mann kennenlernt, startet ihr Ex-Partner einen verhängnisvollen Rachefeldzug. Während die Polizistin die Ermittlungen vorantreibt, schmiedet der von ihr besessene Stalker einen tödlichen Plan ...

Weitere Bücher von Chris Karlden:

Der Totensucher

Adrian Speer hat alles verloren: Seit ihrer Entführung vor zwei Jahren ist seine Tochter verschwunden und von seinem Job wurde er suspendiert. In einer Abteilung für besonders grausame Gewaltverbrechen wagt er einen Neubeginn. Der erste Fall führt ihn und seinen Partner zu einer alten Fabrikhalle, in der sie eine bestialisch zugerichtete Leiche finden. Schon am nächsten Tag taucht ein weiteres Opfer auf, das nach demselben Muster getötet wurde. Auf dem Handy des Toten entdecken sie ein aktuelles Foto von Speers Tochter. Die fieberhafte Jagd nach dem Serienmörder beginnt.

Der Totensäer

Über zwei Jahre ist es her, dass Lucy, die Tochter von Hauptkommissar Adrian Speer, entführt wurde. Unverhofft finden sich im Zuge der Aufklärung einer Mordserie erstmals Hinweise auf ihren Verbleib. Ein ominöser Unbekannter mit dem Decknamen »Sammler« hat Lucy zusammen mit zwei weiteren Mädchen in seiner Gewalt. Mit Hilfe seines Partners Hauptkommissar Robert Bogner stürzt Speer sich in eine atemlose Suche. Gleichzeitig zieht ein eiskalter Mörder eine blutige Spur durch die Stadt. Als die beiden Ermittler einen Zusammenhang mit Lucys Entführung herstellen können, geraten plötzlich auch Speer und seine Familie ins Visier des Killers. Schon bald können Speer und Bogner nur noch wenigen Menschen trauen, während sich die Ereignisse gnadenlos zuspitzen und der »Sammler« das Schicksal der Mädchen besiegeln will.